ミシェル・レリスの肖像

マッソン、ジャコメッティ、ピカソ、
ベイコン、そしてデュシャンさえも

千葉文夫

みすず書房

岡谷公二に捧げる

本文の傍らに振られている数字の［ ］に入ったゴチック体のものは参照される図版写真の、入っていないものは文末にまとめた註の番号を示す。なお引用掲載した図版の一覧は巻末にまとめた。

目次

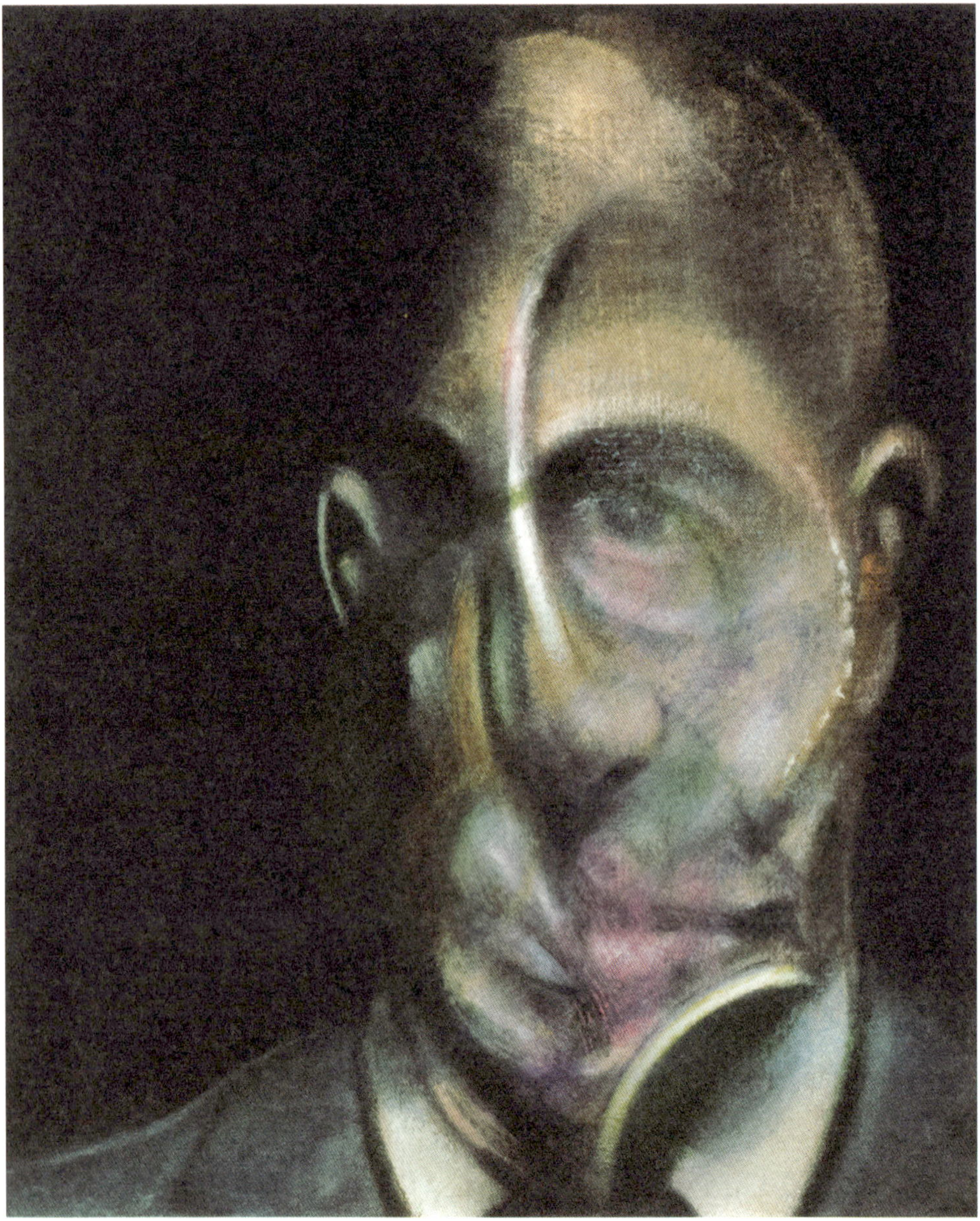

Francis Bacon, *Portrait of Michel Leiris*, 1976 [CR76-14]

1

奇妙な肖像画である。[1] これを描いたのはフランシス・ベイコン、モデルとなったミシェル・レリスは、一九〇一年四月二十日にパリに生まれ、一九九〇年九月三十日にパリ南郊のサンティレールに没した作家である。その仕事は代表作と目される『成熟の年齢』や『ゲームの規則』四部作に示されるように、記憶の襞の奥に入り込み、独自の「詩と真実」の追求を試みる自伝的作品に本領があると見なされている。ほかに適当な言い方が見当たらないので自伝的作品という言い方をするわけだが、時間的秩序にしたがって過去の出来事の叙述が整然となされるというよりも、埋もれた記憶をいまここに呼び戻そうとする想起の不可思議なありさまに焦点が定められ、しかもまたそのことを書き記す行為もまた叙述の対象として組み込まれる流れのなかで、語る主体と語られる対象が絡み合い、ウロボロス的な果てしないループが生まれる。その錯綜を反映するように、文章のほうもまた、文節が折り重なり、切れ目なく続いてゆくので、往々にして読者は迷路に入り込んでしまったような印象をもつことになる。ひとことで言えば、厄介な作家だ。

われわれにしても、ふと思いがけない記憶の連鎖に驚くことがある。レリスは時間的秩序を超えて結び合う事象の思いがけないつながりをまるで拡大鏡を通して見るように細やかな姿でわれわれにさしだす。錯綜に満ちた文章作法は、絶えず横滑りしてゆくような連想の奇妙な展開に呼応するものであって、このような独自の文体と並行するかのように、彼が外部の出来事ととりむすぶ関係もモザイク状に入り組んでいる。レリスは一九二〇年代から四〇年代にかけて、とくにアンドレ・ブルトン、ジョルジュ・バタイユ、ジャン゠ポール・サルトルなどとの出会いを経て、シュルレアリスム、『ドキュマン』誌、社会学研究会《コレージュ・ド・ソシオロジー》、『レ・タン・モデルヌ』誌などに象徴される思想潮流および知的営為に深くかかわった。それと並行してフランス民族学の大きな転換点をなすダカール゠ジブチ民族誌調査旅行（一九三一―三三年）に加わり、これを契機として民族誌家゠民族学者となる道を歩み始める。長いこと人類博物館に勤務し、フランス国立科学研究所（ＣＮＲＳ）の研究主任をつとめたこともある。民族学の分野ではバンディアガラの断崖での調査対象となったドゴンの秘密言語および葬礼、エチオピアの高地ゴンダールで同じく調査に取り組んだ憑依現象、黒人アフリカの造形美術などに関する著作がある。さらにレリスは闘牛およびオペラなどのスペクタクルに強い関心を寄せ、『闘牛鑑』や「牡牛に扇を」など独自のエッセイや詩篇を書くにおよんでいる。戦闘的左翼知識人というにはあまりにも内向的でその種の形容は彼には似合わないが、一九六〇年にはブランショ、マスコロ、アンテルムらが起草したアルジェリア戦争に反対する「百二十一人宣言」の署名者となり、一九六八年五月革命の際にはデュラス、ブランショなどによって設立された学生゠作家行動委員会に加わっている。このとき人類博物館の一角を占拠する行動に出たことで逮捕され、さらにまた一九七〇年には待遇改善を求めるマリ共和国出身の労働者の支援活動の際に逮捕されている。いずれも七十歳近くになったときの出来事である。

　レリスの仕事は、詩、自伝的作品、民族誌《エスノグラフィ》の三つの領域に関係している。ただし、彼はほかにもフランシス・ベイコンをはじめとする画家たちの仕事についてかなりの分量の文章を書いている。そのほぼすべては一冊にまとめられ、註、書誌情報に加えて編者ピエール・ヴィラールによる丁寧な解説がほどこされ、二〇一一年にＣＮＲＳ出版から刊行されている。[1] 優に六百頁を超える大冊であり、

Ecrits sur l'art という簡潔なタイトルはとりあえず「美術論」と訳すことができるが、それでもなお、この本に収録された文章がいわゆる美術批評あるいは美術評論なるフィールドにぴったりおさまっていないように見えるのはなぜなのか。

＊

本書は幾重にも折り重なる「肖像」の意味を問い直すために書かれることになるだろう。画家たちが描くレリスの肖像があり、レリスが描く画家たちの肖像があり、画家たちが描く芸術家と芸人たちの肖像があり、レリスが描く芸術家と芸人たちの肖像があり、そのなかには自画像もまた含まれている。イメージとテクストはそれぞれが鏡のようになってさまざまな鏡像が反射しあう。フランシス・ベイコンによるレリスの肖像が暗示するように、それはむしろ歪んだ鏡に投影される奇妙な像となる場合があるかもしれない。

レリスは彼の主要作品に『ゲームの規則』というタイトルをあたえた。「ゲーム」とは、すなわち賭けであり試合であり見世物であり遊戯であり演戯である。さらには、「ゲームの規則」をさぐる試みもまた一個のゲームを構成することになるだろう。レリスを理解しようとして、人はブルトン、バタイユ、サルトル、ブランショ、レヴィ゠ストロースらとの関係を論じ、二十世紀の思想史的、文学史的な文脈のなかに彼を位置づけようと試みる。ただし関係づけることが逆に裏切ることになるという罠があるように思われるのは、関係をもつとともに、身をかわすというその身ぶりのうちに、レリスのレリスたるゆえんが見出せるように思えるからだ。ブルトンに、バタイユに、サルトルに接近するレリスは、微妙に身をかわして彼らから離れるレリスでもある。バタイユおよびカイヨワとともに社会学研究会の創設メンバーとなりながらも、レリスはその最初の会合で「日常生活のなかの聖なるもの」と題するテクストを読み上げただけで、活動から離れてしまう。ダカール＝ジブチ調査旅行の日誌『幻のアフリカ』の刊行は、彼を調査旅行に誘ったマルセル・グリオールとのあいだに修復しがたい亀裂をもたらすことになった。シュルレアリスムを離れて民族誌の可能性をさぐるレリス、民族誌に失望するレリス、「政治参加《アンガジュマン》」を自分の問題として引き受けようとしながらも、サルトルにおける詩の理解の貧困に失望しシュルレアリスムの再評価を試みようとするレリス。詩を放棄したように見えて、ふたたび詩に接近するレリス。この人物は端的に言って文脈から逸脱をつづける人なのである。

一九九〇年十月二日付の『リベラシオン』紙の追悼記事でマチュー・ランドンは、レリスの特異性がある種のパラドクスを抱え込んでしまったとして、以下のように語っている。「この五十年間、ミシェル・レリスをとらえたパラドクスとは、アンドレ・ブルトン、ジョルジュ・バタイユ、モーリス・ブランショ、クロード・レヴィ＝ストロース、フランシス・ベイコンなどが機会あるごとにその重要性を指摘してきたにもかかわらず、レリス自身は彼を讃える者たちと肩をならべる名声を得るにいたらなかったことにある。ミシェル・レリスは作家、民族学者、美術評論家として特異な存在でありつづけ、自伝と民族学の〈ゲームの規則〉を突き崩しながら仕事をつづけてきた。そのことによって彼はマージナルな存在にとどまる宿命を負ってしまったのだ。」

レリスの死から三十年近い時間が過ぎた。この追悼文を書いたマチュー・ランドンは一九八四年以来『リベラシオン』紙の時評欄を今日にいたるまで担当しているが、その彼の眼にも、この三十年の時間の流れは、およそ「マージナル」などという牧歌的な響きをもつ語をとことん風化させ、すべてを文化のコンテクストのなかに嵌め込み、誰もがただちに理解できる意味をあたえて消費する方向に向かったと見えるのではないか。二〇一五年には、メッスのポンピドゥー・センターで大がかりな回顧展がひらかれ、二十万人を超える人々が訪れたとされる。いまやレリスは死後の生において、それなりの「栄光」を手に入れたように見える。

レリスはもはやマージナルな存在ではない。彼の死後、その著作の多くは普及版ペーパーバックとして刊行され、容易に入手可能な状態にある。また二十世紀フランス作家としてのすでに「文学史」のなかでしかるべき地位も獲得している。ガリマール書店のプレイアード叢書として『ゲームの規則』全四巻を収めた一冊が刊行され、その後さらに『成熟の年齢』と『幻のアフリカ』を合わせて収めた一冊も刊行され、全四巻になる予定の同叢書の作品集は、完成すればプルーストの『失われた時を求めて』あるいはアンドレ・ブルトンの作品集に匹敵する頁数になるはずだ。レリスについての数多くの研究論文が書かれ、二〇〇五年には『成熟の年齢』が教授資格試験《アグレガシオン》の課題ともなった。だがそれらすべては、どの作家にも訪れうる「死後の栄光」以上の何かを意味しているのだろうか。

＊

いまひとたび三十年前の時間に立ち戻ることにする。レリスの死を知らせる記事が『ル・モンド』紙をはじめとして代表的な日刊紙に掲載され、さまざまな証言が寄せられるなかで、『リベラシオン』紙に掲載された写真家フランソワーズ・ユギエの証言はひときわ印象的で記憶に残るものだった。この写真家は若き日のレリスが加わったダカール゠ジブチ調査団の足跡をたどるために現地におもむいて写真を撮影し、『幻のアフリカの跡を追って』と題する写真集を出している。[2]この仕事をきっかけとして最晩年のレリスとユギエのあいだに交流が生まれた。ある日彼女はレリスのポートレート写真を撮るために彼の住まいを訪れるが、どうしても写真を撮ることができない。そこでレリスはアフリカの王のように椅子に座ってみるから、その姿を撮影したらどうかと提案する。

アフリカの王が座る玉座をレリスが持ち出したという記憶もあったが、『リベラシオン』紙のコピーをとりだして確かめてみると、玉座のことは書かれていない。[3] ユギエは以下のように語っている。「二度目に彼の家に行ったときはポートレート写真を撮るためだった。彼は夕方五時頃私を迎え入れてくれた。目の前に彼がいて、ピカソとベイコンが描いた彼の肖像画にはどうしても目を向けることができなかった。突然、写真が撮れなくなった。どうしたらいいのかわからなくなったと彼に言うと、肘掛け椅子を部屋の中央におき、アフリカの王を前にするようにして写真を撮ったらどうかと提案してくれた。彼の足元には毛織物の巨大な蛇がいた。ソニア・ドローネーの絨毯だった。」

ユギエは「ある写真家の自画像」という副題をもつ回想録を書いている。そのなかにレリス宅での写真撮影に関係する一節が見出される。

彼には椅子に座ってもらって、背後にベイコンによる肖像が来るようにしたのは、二人をむすぶ友情や画家について書かれた彼の文章を知っていたからだ。フラッシュの光をあて、後ろにできる影のせいでアフリカの王に見えるようにして狙いを定めた。[4]

『リベラシオン』紙はタブロイド判の日刊紙だが、このときの一面には、ネクタイを締めたスーツ姿で小さな椅子に座るレリスのポートレート写真が紙面全体を占めるようにして掲げられている。[2] 全体の雰囲気からして、ユギエが撮影したものと錯覚しそうになるが、一九六〇年生まれのベルギーの写真家マルク・トリヴィエが一九八七年に撮影したものである。[5] パニックに襲われたときのユギエがどのような光景を前にしていたのか想像するために、ここで十年ほどさらに時間を遡り、一九七七年にマルティーヌ・フランクがレリス宅を訪れて撮影した何枚かの写真を参照してみることにする。壁

Libération
LEIRIS, ECRIVAI
ETHNOLOGUE ET MOR
L'auteur de «l'Afrique fantôme» et de «l'Age d'homme» s'est éteint dimanche à l'âge de 89 ans. Lire page 2.

2

3

にかけられたベイコンによる肖像画を背にしてレリスが小さな椅子に座った写真が二枚ある。一枚は正面像、もう一枚は斜め横の構図である。[3] 壁にかけられた絵は鮮明に見えるというわけではないが、問題の肖像画だとすぐにわかる。なぜかそこには重苦しいという以上の鬱屈した空気が漂っているように思われる。ユギエもまたこれとほぼ同じ構図のなかでパニックに陥ってしまったのだろうか。

護符《タリスマン》とは、魔法の力で不吉な力がおよばないようにわれわれを護るはたらきをするもののことである。小さな彫像の意味をもつ物神《フェティッシュ》もまたこれと重なり合う意味をもつ。[6] ユギエが無力感に襲われたのはベイコンが描くこの小さなレリス像のせいだったのではないかと想像してみる。ユギエの回想にあるような、二人を結ぶ友情、レリスが書いたベイコン論の数々もこの小さな肖像画に送り込まれ、肖像画という以上に、護符あるいは物神としての役割をもちはじめる。そこには「護る」だけではなく、新たに外部から加わろうとする力を「妨げる」はたらきもあるのではないか。得体のしれない力が潜んでいるので、下手に近づけない。だからこそ写真家は身動きがとれなくなったのだと考えてみる。

　レリスと親交の深かった映像作家ジャン・ルーシュは、ドゴンの仮面について、儀礼のダンスのなかにない仮面は不吉だと語っている。もともとが葬送の儀礼で踊るときに用いられるその仮面は、ダカール＝ジブチ調査団の一行が現地で採集した資料の一部として長らく人類博物館の棚に陳列されていた。踊らない仮面は仮面ではないとルーシュは繰り返し言う。仮面は美術品ではない。資料ではない。踊らない仮面は死そのものであり、不吉なのだと。

　ベイコンが描くレリスの肖像、それもまたドゴンの仮面のように扱われるべきものなのではないか。その肖像は、いまはセーヌ左岸のレリス旧宅を離れて河をわたりポンピドゥー・センターの所蔵品となっている。夥しい出版物（もちろん本書も含まれるわけだ）に転写され、ほとんど記号と化してしまったようなものに、本来そなわっていたはずの「護符」あるいは「物神」としての性格、さらにはドゴンの「仮面」に匹敵する力をふたたび戻してやるためにはどのようにふるまうべきなのか。

＊

フランシス・ベイコンのみならず、アンドレ・マッソン、アルベルト・ジャコメッティ、パブロ・ピカソという、文字通り二十世紀を代表する四人の画家たちが、ミシェル・レリスをモデルとして描く一連の肖像画は、個々の作風、あるいは制作年代といった条件の違いを超えて、あらためて肖像画なるものの可能性と不可能性をめぐる問いをわれわれにさしむけるように思われる。二十世紀絵画の歴史における肖像画の一般的な趨勢ということになれば、フランカステル夫妻の『人物画論』の例が示すように、このジャンルそのものの衰退という事実を確認するほかないにせよ、この四人の画家たちは、肖像画と縁を切るどころか、なおも顔と頭部の表現に執念を燃やし、エネルギーの少なからぬ部分を繰り返し肖像の制作に費やしてきたようにも見える。

レリスは少なからぬ数の美術論を残しているが、そのなかにあって、これら四人の画家を論じるテクストは分量的にも主要な部分を占めている。[7] さらに付け加えるならば、これら四人の画家たちは、絵を描くだけでなく文章を書くことも含めた二重の表現行為において、レリスにとって模範的な存在であり続けた。この四人の画家の文集の刊行に彼自身が大きくかかわっている点からもそのことは十分に想像できる。[8] レリス自身の著作のタイトルを借りれば、これら四人の画家は彼にとっての「基本方位」をなすものである。

画家から、モデルたる人物すなわちレリスのほうへと視線を移すならば、やはり肖像という主題を設定するに足る材料は数多く見出されるのである。レリスは画家の仕事をモデルとして、彼独自の書法を見出そうとする。マッソンとの共作となる処女詩集『シミュラクル』にはじまり、最晩年の小冊子『ブランド・イメージ』にいたる詩作にあっても、『成熟の年齢』から『ゲームの規則』全四巻にいたる自伝的作品にあっても、レリスの書法の基本は、いわば白紙をキャンバスと見立てて、自画像やさまざまな芸術家の肖像を描き出そうとするところにあったのではないかと思われるのだ。

レリスは画家の前でおとなしくポーズをとり、モデルの役割に徹するだけでなく、独自に画家にはたらきかける。だからこそ、通常の意味での肖像画とは別次元にある表現を誘い出す結果が生まれたのではないか。マッソンからベイコンにいたるまで四者四様の表現を前にして、われわれは肖像の多様なあり方、そしてまた画家とモデルの錯綜した関係について認識し直す必要に迫られることになるだろう。

レリスの肖像が孕む問題を考えるにあたって、とりあえず、問題となるコーパスがどのようなものであるかを確かめておく必要があるだろう。最初期のものとしては、一九二〇年代前半にアンドレ・マッソンがパリ十五区ブロメ街のアトリエで描いた数点のデッサンと油彩が存在する。それから少し時代は飛ぶが、一九五〇年代末にジャコメッティがレリス宅に身をおいて描いた一連のデッサンがあり、さらにその数年後の一九六三年、レリスの評論集『獣道』刊行（一九六六年）に関連してピカソが描いたデッサン連作がある。そして一連の肖像の最後に位置するのは、一九七六年と七八年に描かれたフランシス・ベイコンの二点の油彩である。

これらの肖像のあるものは、レリスを襲う危機の瞬間と深く結びついており、いわばその証言者としての役割を果たしている。こうして二十代前半から七十代後半まで、ほぼ半世紀にわたる時間経過のなかで、レリスは画家たちが描く肖像を通してどのような変身を遂げたのか。

第一章　骰子をふる男——マッソンの場合

4

レリスの肖像のなかで、もっとも制作年代の古いものはマッソンの作品である。木炭を用いて茶色味をおびた紙に描かれたもので、肉太の線を特徴としている。簡素ながらも骨格のはっきりした素描である。制作年は一九二二年もしくは二三年と想定されるものであり、「親愛なるミシェルへ／アンドレ」なる献辞が記されている。タイトルはポンピドゥー・センターでの回顧展の図録では《ゲームをする人（ミシェル・レリスの肖像）》となっている[4]。

この素描に関係する記述が、レリスの日記に二箇所ある。ひとつは一九四〇年七月十五日、もうひとつは一九五七年六月三十日の記述であり、ほぼ内容は同じだが、ここでは後者を引用する。

> サンティレールの家にはアンドレ・マッソンの一枚のデッサンがある。われわれがカード遊びをやっていた時代に描かれたものであり、絵のモデルが必要だというので引き受けただけの話だが、私自身の肖像画とみなして眺めてきた。右手に骰子《さいころ》筒をもった男が賽《さい》をふる。左肘をつき、左手の手のひらで額を押さえている。その手が邪魔になって目のあたりは見えない。男はまるで見たくないといっているみたいだ。
>
> 以前からこのデッサンが大のお気に入りだったし、まさに自分の象徴記号にあたるものがここにあると考えてきた。ところが、いまになってみると、一月前の例の行動もおなじく絶望の身ぶ

りのうちになされた「賽の一振り」だったように思われるのである。

サンティレールの家とはパリから百キロほど南にあって、D＝H・カーンワイラーとレリスが別荘として長年にわたって利用してきたものだ。このデッサンを見直すと、レリスが言うように、目のあたりが見えないというだけでなく、額が手で隠されているせいで顔そのものが判別できない。顔が見えないのだから、「肖像」としては、いかにも不完全な、あるいは特異な作例ということになるだろう。顔が隠されている分だけ、逆にわれわれの注意は、この人物の手もとに引き寄せられる。右手は骰子筒をふり、すでに二個の骰子が卓上に転がり出ている。眼のあたりをおおう左手のしぐさからすると、たしかに転がり出た骰子の目を直視する勇気がない様子にも見える。

日記のもうひとつの箇所、すなわち十数年時間をさかのぼったところに見える一九四〇年七月十五日の記述では、二つの骰子の目の組み合わせがはっきり見え、どんな運命が待ち受けているのかがわかって絶望しているのだという解釈がなされている。たしかに構図の点からすれば、腕から手首にかけて、さらに手首から指先にかけて、肉付きのよい右手の水平線と左手の垂直線が対比をなして、優柔不断な身ぶりの曖昧さを強調する効果が見て取れる。

絵を描くのにモデルが必要だっただけで、このデッサンには、肖像画とは別種の狙いがあったとレリスは言っているわけだが、同時期に描かれた油彩《カード遊びをする人々》[5]（一九二三年）と比べてみると、その意味が少しはっきりしてくる。油彩画の右下半分の部分には、骰子筒をふる男の姿がそっくりそのまま描かれている。絵の題名通り、テーブルの上にはカードが散らばっており、カードを操る複数の手が見える。ただし人物の表情までは見えない。カードのほかにはナイフやグラス、さらにはチーズまたはパンらしきもの、あるいは魚などの食べ物が散乱し、この時期のマッソンの油彩の

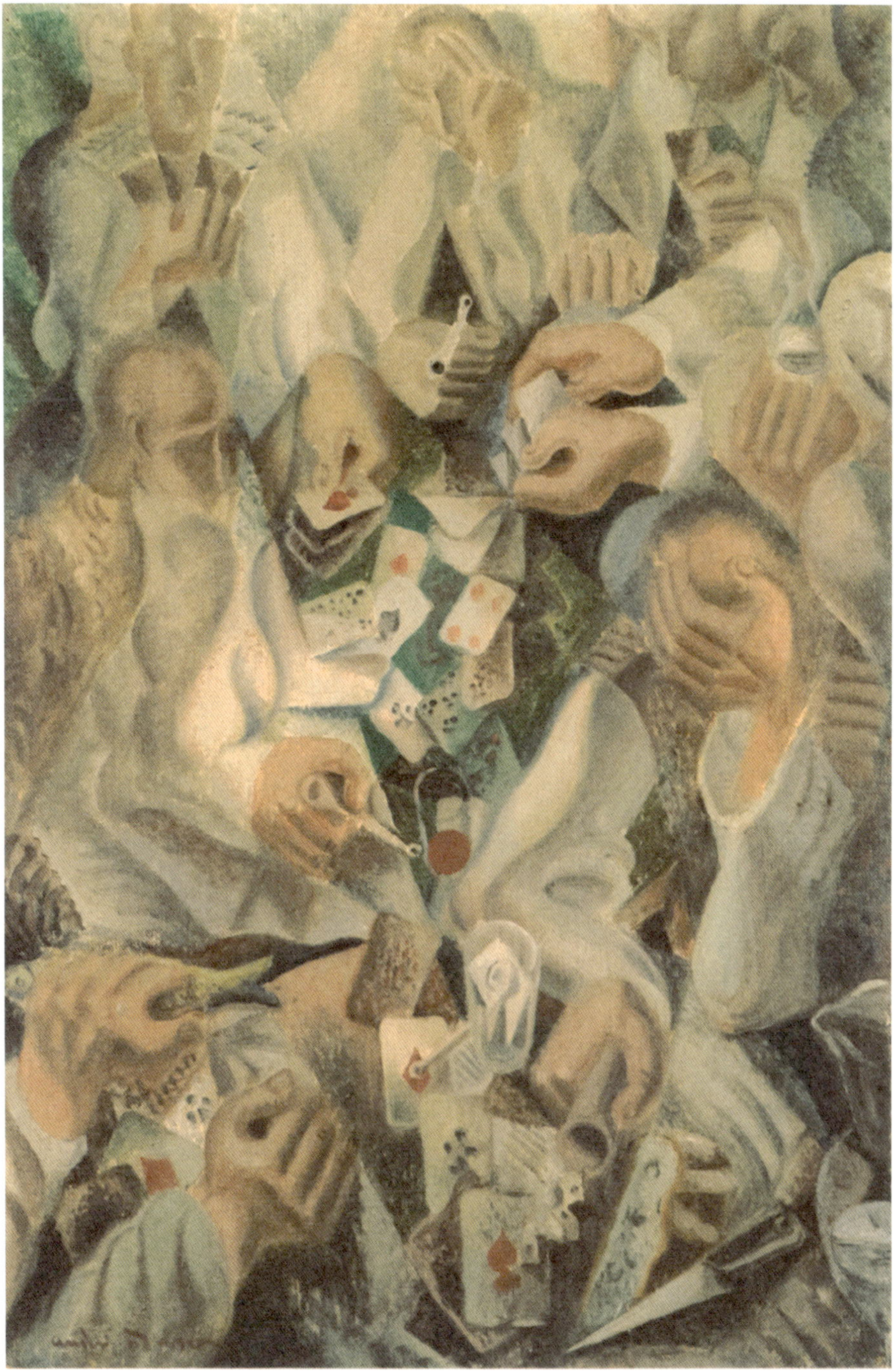

André Masson, *Les joueurs, la partie de cartes*, 1923 © ADAGP, Paris & JASPAR, Tokyo, 2019 / B0435

特徴をなすモザイク状に細かく分割された独特の空間構成が確認できる。[9]

《カード遊びをする人々》にあって、何よりも印象的なのは人物の顔ではなく、画面を埋めつくす十数本におよぶ手の存在である。その数からすると、七、八人の人間がテーブルを囲んでいる計算になるが、この時期のマッソンの油彩には、このような集合的な肖像と呼びうるものが数多く見出される。たとえば数名の正面像と横顔が浮かび上がる《骰子投げ》（一九二二年）、《食事》（一九二二年）、《カード遊び》（一九二三年）、《眠る人》（一九二三―四年）、《四大元素》（一九二三―四年）などはひとつの系列をなしていて、ブロメ街のアトリエの日常と深く結びついた情景がそこから見えてくる。仲間たちの姿を描く点では「群像」という言い方もできるだろうが、人物の個性的特徴がはっきりしないことを考慮に入れると、主題はむしろ「場」そのもの、あるいはそこでくりひろげられる「行為」そのものにあるとする解釈も成り立つ。これとは別に、この時期のマッソンの油彩には《室内の男　ミシェル・レリスの肖像》（一九二四年）、《塔のなかの男》（一九二四年）、マッソンの自画像とも言われる《オレンジをもつ男》[12]（一九二三年）など、群像ではなく単独の人物像もあり、雰囲気はいわゆる肖像画に近いが、それでもなお顔の描き方は類型的で表情を欠いている。人物というよりもまるで彫像を描いているようだ。

時間のずれ《アナクロニズム》の意味

デッサンが描かれたのは一九二〇年代前半なのに、一九五〇年代後半の日記にその話が出て来る。あいだにはなんと三十数年の歳月のへだたりがある。この時間的なずれは何を意味しているのだろうか。

そのことを考えるには、冒頭に引用した日記の記述の最後に見える「一月前の例の行動」という言葉が大きな手がかりになる。要するに、ここに仄めかされているのは、レリスの自殺未遂事件なのである。一九五七年五月二十九日水曜から三十日木曜にかけての夜に生じた事件のことは次のように『日記』に書かれている。

飲酒の後で、フェノバルビタール睡眠薬を五、六グラムほど口に放り込んだ結果、病院にかつぎこまれた。最初はパリ市立病院、次にクロード＝ベルナール病院。日曜の晩に意識が少し戻り始める。そしてまさにこの病院という場で、日記を、とはいっても最初のうちはまったく体裁が整わず、脈絡のない状態のまま、また書き始めることになった。[10]

危うく一命はとりとめたものの、喉の切開手術をした結果、一時は満足に声が出せなくなってしまうなどの後遺症が残った。ちょうど『縫糸』執筆中の出来事であり、自殺未遂事件の顚末もまたこの本のなかに書き込まれることになる。「日記を……書き始める」と述べられているが、具体的には、いまだ病院のベッドから起き上がれずにいる人間を襲う夢と幻覚を、混乱した状態のまま、しかもなお事細かな記述をもって書きとめる作業が始まるのである。

悪夢の連続にも似た幻覚がひとまずおさまると、執筆に取り組む連作のタイトル「ゲームの規則」という表現をめぐる反省がはじまり、「『ゲームの規則』＝（最終的には）自殺なのか」と思うにいたり、「勝負に敗れた」という苦い自覚が訪れる。『抹消』や『軍装』の執筆の際には、遊戯のようにして言葉の連想作用に身をあずけることができた。そのゲームは、いまは勝ち負けだけが問題となる「勝負」あるいは「賭け」に変わってしまい、まったくもって無惨なかたちで挫折が表面化することになったのである。

自伝的作品の出発点となった『成熟の年齢』において、レリスはあえて不器用さを強調した自画像を描いてみせる。彼が語るほとんどすべての挿話は失敗と挫折にむすびついており、自殺未遂事件にも、そのような不器用さの痕跡を見ることができる。要するにレリスは自殺にも失敗するのである。ただし、失敗ではなく成功していたならば、『縫糸』なる書物は書かれずに終わっていたはずであり、行為が完遂しえなかったからこそ、事件の推移を語る部分をまるで墓石のように中央に埋め込む書物が書かれることになり、冥府への下降と、その後の生への帰還が語られることになるのである。あるいは、そう考えるのはあまりにも倒錯的かもしれないが、冥府への下降を語るために危険を顧りみずにあえて身を賭したというわけなのだろうか。

一九二三年以来そばにあって毎日のように眺めてきたデッサン像に記された骰子の目がひそかに告げていたのは、そのような運命だったのではないかとレリスは考える。すなわち骰子の目の数字の組み合わせが意味していたのはほかならぬ「自殺」なのだと。

ブロメ街四十五番地

ただし「賭け」といっても、このデッサンが描かれた一九二〇年代前半のこの時期にはまた別の意味があったはずである。まずはその時代まで遡ってみることにしよう。パリ十五区のブロメ街四十五番地にあったマッソンのアトリエは若き芸術家と詩人たちが落ち合うための場所となっていた。その隣にはミロのアトリエがあり、ジャン・デュビュッフェ、ジョルジュ・ランブール、アルマン・サラクルー、アントナン・アルトー、ロラン・テュアルなどの面々が毎日のようにアトリエに集まり、二十歳をすぎたばかりのレリスもその輪のなかにいた。現在この場所は緑の多い公園になっていて、その奥には大理石像とブロンズ像を組み合わせたミロの彫刻作品《月の鳥》が置かれている。周囲は比較的静かな住宅街となっているが、昔はだいぶ違う雰囲気だったようだ。

このアトリエについては、レリス、マッソン、ランブールなどの証言が残されているが、ここでは画商D＝H・カーンワイラーの回想録の一節を紹介しておこう。レリスの義父にあたるこの人物は、それが「惨めなアトリエ」であり、「工場に隣接する場であって、朝から晩まで工場の作業が続き、そのせいでアトリエは四六時中揺れ動き、夜になって工場の機械が停止するまでその状態が続く」[11]と述べ、この界隈の当時の様子を伝えている。二十世紀の初頭から二〇年代にかけて、モンマルトルやモンパルナスは芸術家たちが集まる場所になっていた。ブロメ街はモンパルナスに近いが、その界隈とまでは言えない。一九二〇年代のブロメ街三十三番地には「ル・バル・ネーグル」があり、マルティニック出身の音楽家が集まってビギンなどを演奏していたという。工場が建ち並ぶ地域ではあっても、新たな時代の空気はマッソンのアトリエにも流れ込んでいたはずである。

レリスはブロメ街四十五番地のアトリエで詩を書き始めた。最初のテクストは「手の砂漠」と題され、『アンタンシオン』誌第二十一号（一九二四年一—二月）に発表された。タイトルのすぐ下の部分には、アンドレ・マッソンへの献辞が記されている。ジャック・ミュニエとのラジオ対談（一九八五年十二月）で、レリスはこのテクストの成立に触れていて、マッソンの絵画では「とくに手が重要なものとなっていた」と語っているが、《カード遊びをする人々》を見ると、そのことがよくわかる。レリスの「手の砂漠」はそんなマッソンの絵の特徴を模倣して書かれているようにも見える。

レリスの処女作『シミュラクル』はカーンワイラーが経営するシモン画廊によって一九二五年に出版された三十頁ほどの小冊子であり、百十二部という部数からしても私家版の範疇に入るが、これもまたマッソンのアトリエで産み落とされたものである。[12]表紙には、レリスとマッソンの二人の名が記され、さらにその下にはタイトルとなる「シミュラクル」の一語、これに続いて「詩篇」と「石版画」という二つの語が配されていて、二人が対等の資格で協力してこの本を作ったことが強調されている。収められた詩篇は全部で十三篇、言葉のつながりが見えにくい、むしろ統辞法が不在のままに言葉が紙面に浮遊するような印象があり、どこか腺病質の雰囲気が濃厚な世界だと言ったらよいだろうか。それぞれの詩篇には「裂け目」、「葬送の跳躍」、「触知不能の軌道面」、「追放された間隙」、「至高の逃走」などのタイトルが付されているが、果たしてこれはタイトルというべきものなのだろうか、いずれの言葉にもテクストの切断面を示すような独特の肌触りがある。書き手はマッソンの挿画の空間のなかに入り込んで、ごく至近距離からトポロジカルな記述を試みているようにも見える。

マッソンがこの本のために制作したのは七点のリトグラフであるが、レリスは、画家の身ぶりを模倣するようにして書く。以下の引用はまさしくその例証となるにちがいない。

先入見なしに白紙に好きな言葉を書きつける人がいる。突如として言葉は活気をおびてひそかな絆を頼りにおのずと結び合い、その人の肖像を描き出す。こうした作為のない形象作用が、もうひとり別の人の手によってなぞられる線条細工にぴったり合わさって、二重のシミュラクルが生まれる。

これは『シミュラクル』の宣伝解説文としてレリス自身によって書かれたものである。わずか数行の短い文章だが、彼独自の資質を凝縮して示す点で貴重なものだ。気に入った言葉を白紙の上に書きつけ、統辞法の力でこれを縛りつけるのではなく、言葉と言葉が連想作用の力によって新たな結びつきを獲得するまで待って放っておけばよい、そうすれば偶然のはたらきによって自画像が自然と浮かび上がるというわけだが、このような発想のなかに画家と詩人の接点がある。とくに「自動デッサン」と呼ばれるマッソンの一連の素描がここで関係してくるのである。自動デッサンは、その即興的性格からしてコーパス化が困難なものであるが、線描に秀でた画家マッソンの特質が最大限に発揮された表現世界がそこにある。[13] マッソン自身はこの手法を次のように説明している。

物質的に必要なのは少しばかりの紙。精神状態としては、自分を空にしなければならない。自動デッサンは無意識を源泉とし、予測不可能な誕生と見えるようでなければならない。[14]

マッソンの自動デッサンは一九二三年から二五年にかけての時期に集中的に制作されている。アトリエの隣人だったホアン・ミロも同じく自動デッサンを試みていることを考えあわせると、これはブロメ街四十五番地の特産物というべきものだったのかもしれない。自動デッサンは一般的にはシュルレアリスムが提唱する自動筆記との関係をもって説明されるが、後にレリスがマッソンにおける線描の独自性を論じたときのやり方にしたがって、[15]「存在」と「メタモルフォーズ」の相克という主題に向きあい「線の冒険」に身を投じるこの画家の特異体質がなせる技だと考えたほうが見通しはよくなる。

自動デッサンとはいっても、すべてが偶然の力にまかされているわけではなく、「裸体」、「鳥」など一定のモチーフの反復が認められ、ときに肖像に近い像も出現する。エリュアール、ペレ、アラゴン、ブルトン、[6] アルトーなどと並んでレリスの姿を描くデッサンは、[7] 即興的に描かれた流動的な線の絡み合いのなかに人物の特徴が自然と浮かび上がるしかけになっている。『シミュラクル』の宣伝文にあった「作為のない形象作用」とは、このような手法を念頭においているはずだ。

マッソンの作品目録のなかで肖像画は必ずしも中心的な位置を占めるものではないが、自動デッサ

7

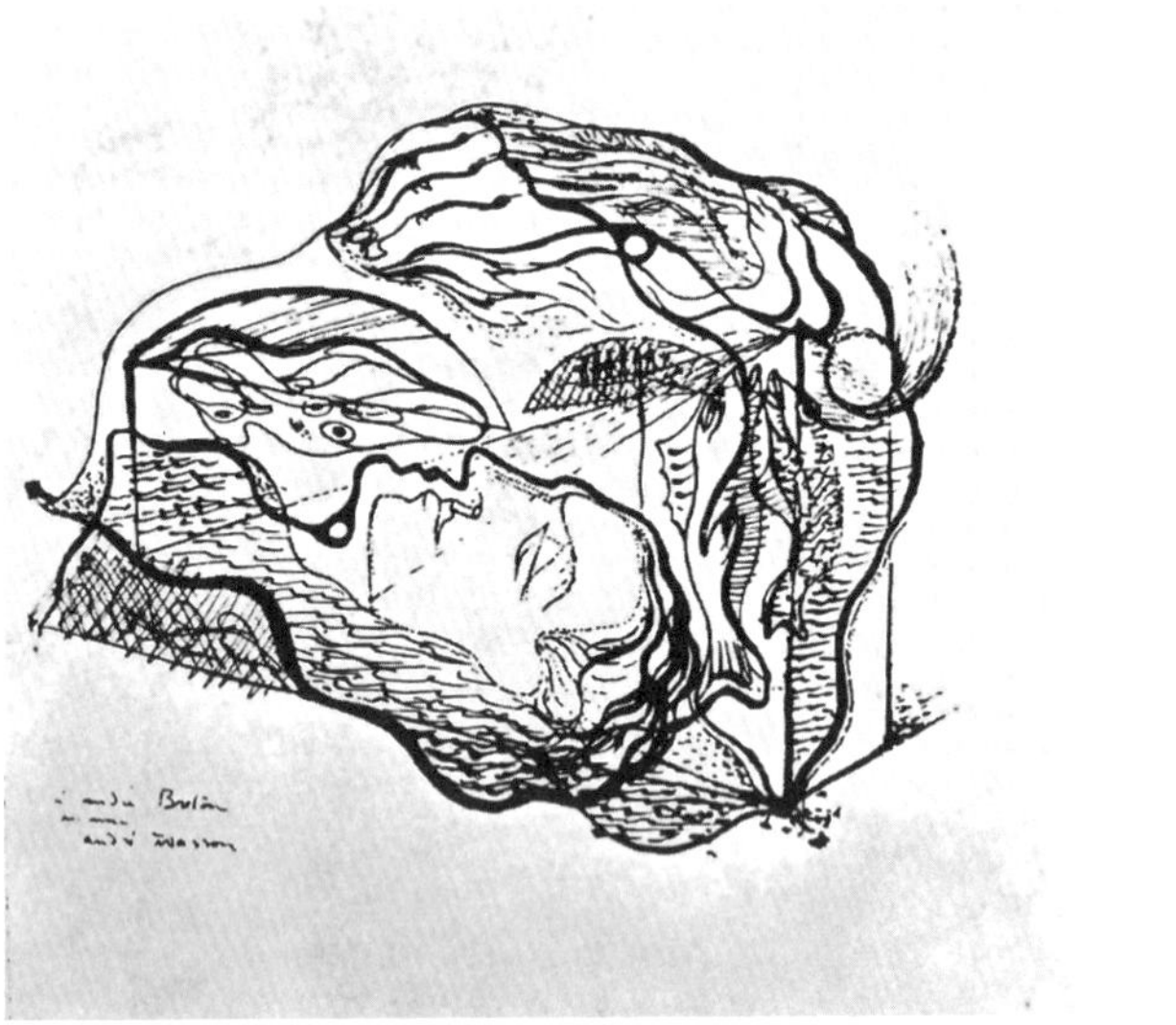
6

8

ンに先立つ一九二〇年代前半の油彩には、伝統的な肖像画に近い作例がないわけではない。一九二三年に描かれた《ロラン・テュアルの肖像》や《ジョルジュ・ランブールの肖像》[8]は、キュビスム的雰囲気だったり、ピカソもしくはホアン・グリスの作風を連想させたりとスタイルの変化はあるが、油彩という点もあって、自動デッサンの流動的世界とは違った静止像となっている。ただし先の引用文で「肖像を描き出す」と言われているのは、そのような伝統的な意味に近いものとしての肖像画ではないだろう。肖像画のためのポーズとは、日常的な所作から解き放たれ描かれることを前提とした身ぶりのことである。これに対して、《ゲームをする人》の場合は、骰子を投げる瞬間的行為がクローズアップされている。さらにそこには現実の表象という次元とは異なる偶然性への賭けという形而上学的次元への通路が潜んでいる。

テクストとイメージ

仮に『シミュラクル』のための宣伝文を来るべき作品のためのプログラムとみなすならば、まさに「肖像を描き出す」という言葉には『成熟の年齢』から『ゲームの規則』四部作に向かうその後の展開が予告されているとも考えられる。これに対して以下の引用にあるように、『シミュラクル』の詩法は『ゲームの規則』の手法に転換しうるものだとレリスが言うとき、その視点はむしろ回顧的である。以下は、前後の事情からして一九六〇年代前半の言葉だと推測される。

［……］一枚の白紙に（その隅々まで用いられることになるだろう）響き合うと思われる一群の語を——つながりをもたずに可能な限り無秩序のままに——書き記す。たがいに関係づける必要があると思われる語群が見つかると、そのときは、これを円で囲み、この語群をベースとして一個

の文を作ってみる。最初に紙の上に記された語がすべて用いられるまで、こんな操作をつづける。ただし（必要に応じて）タイトルとして用いられる二、三の語はこれとは別扱いにする。このようにして『シミュラクル』の詩篇はつくられた。それらの詩篇を書くにあたって用いた手法は、結局のところは『ゲームの規則』の手法とさほど違ってはいないように見える。つまり後者の場合には、（語の代わりに）カードに書き記された事実からなるファイル（もはやノートの紙面ではない）がもとになっていて、本来の意味での仕事は関係を解き明かすことにおかれる……[16]

全部で十三篇の短い詩篇からなる——それも白紙の上に言葉を撒き散らしたような体裁の——小冊子と『ゲームの規則』のように長い年月をかけて書き進められる——プレイアード版にして千頁を超える——散文テクストでは、おのずから性格は異なるのではないかと思うほうが自然だろうが、レリス本人は、両者の手法にさほど違いはないと言い切る。あらかじめ決められたプランがないところで、骰子を投げるように語を放り出すのが出発点だという言い方には、たしかにそれなりの根拠があるように思う。『ゲームの規則』、とくに連作の最初の二巻には、言葉の連想作用が強くはたらいている箇所が数多く見出されるからだ。『抹消』の「……かった！」でも「ペルセポネー」でもよい、『軍装』の「死《モルス》」でも「スポーツ記録板」でもよい、読者が最初に目にしたとき、あるいは耳にしたときにはいったい何のことかわからない意味不明の状態にある言葉が、それにまつわるさまざまな記憶を反芻する試行錯誤のなかでしだいに具体的な輪郭を獲得しはじめる。出発点にあるのは、賽をふるように、異物めいた不可思議な語を投げ出す身ぶりなのである。

『シミュラクル』の紹介文には、レリス特有の自己言及的な性格がすでにあらわれている。ごくミニマルな記述ながら、未来の作品の青写真だともいえる内容を含んでいるのである。ただし、言葉を投げ出すゲームおよびその規則を記述するプログラムにあたるものがここにあるとしても、実際に書かれるテクストが果たして彼の言うとおりのものになっているかどうかは別の問題だといえよう。ならば『シミュラクル』本体はどのように書かれているのか。

苦悶の塵
勢いよく飛び出す男がひとり
獣じみたランプ
回転するのは神秘の無邪気な騒乱
顔の上には姿をかき消すガラス鏡

最後の「ガラス鏡」は「氷」と解すべきなのかもしれない。さらにまた原文に比べるとここに掲げた訳文はいくぶん説明的になっているかもしれない。いずれにしても、ここに並ぶのが第一頁に配される語句のすべてであり、しかも各々の語群の周囲にはかなり大きな余白部分が入り込んでいる。各々の語群のつながりは明確ではないばかりか、それ以上に言葉のかけらが白い頁の上にただひたすら浮遊する印象がある。このような語の配置がマラルメの『賽の一振り』を意識してなされているという推測も可能であり、そのような見方を裏付けるかのように、一九二四年四月二日の日記には以下の言葉が書き記されている。

マラルメの『賽の一振り』。語は星のように力線の交錯点をなす。
アンテナとなる語を見つけること、新たな流れが生じるように願ってその語を置き直すこと。

同じく一九二四年七月九日の日記には、『『シミュラクル』のための序文の構想』と題されたメモが掲げられており、すでに紹介した宣伝文やモーリス・ナドーが引用するテクストとも似通った事柄が述べられているが、詩を「力線の束」と定義する点は『賽の一振り』をめぐる右の引用とぴったり重なる。結論を急ぎすぎるように見えるかもしれないが、ただ単に平面に言葉を並べて整えてみせるというのとは違う何かが問題となっているように思われる。いずれにしても、これまで引用してきた断片的なテクストの数々は、《ゲームをする人》や《カード遊びをする人々》の舞台裏に照明をあてるものである。つまり joueur すなわちゲームもしくは賭けに熱中する者とは、マラルメの『賽の一振り』に手がかりをえて、芸術を一個の賭けに見立てる人々であるというわけだ。こうしてレリスはみずからの仕事の出発点をマッソンとマラルメという二つの力線の交錯点においてみせる。

シミュラクルとしての彫像

次に『シミュラクル』のためにマッソンが制作した石版画のほうもあわせて見ておくことにしよう。計七葉におよぶ石版画シリーズであるが、いっぽうには幾何学的形象に向かう力が感じられ、もう一方には力動的な線の描出へと向かうベクトルが感じられる。この時期のマッソンが好んで描いたモチーフ、たとえばピラネージ風の建築物の断片や、鳥、魚、馬などの生き物が随所に姿をあらわし、とくに馬の描き方などは現実の動物というよりも明らかにチェスのコマを思わせる描き方がなされていて、われわれはあたかもゲームの世界に誘い込まれたような気になる。

四番目の石版画は、トルソに相当する部分を描いたもので、この点でアントナン・アルトーを魅了した同時期の油彩画のひとつ《男》(一九二四年)に通じる要素がある。すでに触れた素描《ゲームをする人[4]》と油彩《カード遊びをする人々[5]》の関係にも似て、この場合も油彩画は石版画の発展形態だといえるかもしれない。[17]『シミュラクル』の抽象的な書き割りのなかに人物らしきものの姿が見える瞬間がないわけではないが、このトルソの例のように、頭部が欠けていたり、あるいはまた同じ時期の油彩画の特徴をなす人物像にも似て、一貫した楕円形の頭部の描き方が、生身の人間というよりもむしろ彫像を思わせたりもする。冒頭に紹介したレリスの「肖像」の木炭画と同じく、人物が描かれているようであっても顔が判別できないというのは、興味深い符合である。マッソンがバタイユとの密接な関係のなかでアセファル像を描くのは一九三〇年代半ばのことだが、一九二〇年代半ばの素描や油彩に登場する頭部を欠いたトルソの表現はそのひとつの起源と考えられるのではないか。[18]

いまや「シミュラクル」という語には「彫像」の意味があったことを思い出すべきところだろう。マッソンの版画作品のカタログ・レゾネの編者ローレンス・サファイアは『シミュラクル』のための石版画は、テクストの図解を試みるような種類のものではないと述べ、むしろテクストと石版画は対位法的な関係にあるとしている。「二重のシミュラクル」というレリスの言葉の意味を考えてみると、この「対位法」には、詩人と画家の二重の試みというだけではなく、もう少し複雑な含みがあるように思われる。ここでの石版画の表現に固定化と流動化という二重性が見出されるのと同様、テクストの側にも二重性が認められるのである。つまりいっぽうには統辞法的な制約を断ち切って自由に語を解き放とうとする志向があるとすれば、もういっぽうにはイメージの「鉱物化」もしくは「結晶化」に向かうベクトルがあって、両者のせめぎ合いが生じる。だとすれば、「対位法」は、イメージとテクストの相互関係にはとどまらず、流動（線描の軌跡）と、彫像（凝固する像）の対比の演出にも及んでいると考えられる。いずれにしても抽象化された楕円形の球体にまで還元された頭部、具体的な目鼻立ちを欠いたまま輪郭だけが描き出されるシルエットのような存在、それこそシミュラクルと呼ぶ

*
* *

Phalanges d'aube hissant l'obstacle des chevelures,
incrustations de la lumière vierge d'ossements,
les nuages contournent le creuset
au ras des gisements pétrifiés par le déluge.
Gravite lentement le rite complice des paroles,
ressuscite la bavure primitive submergée par le futur,
cendres pour enchaîner les racines ensevelies.
Les cartilages dissous s'insinuent en fusées criminelles
avec le cortège rauque des désastres,
délicatement montent au sillage aboli du néant propice,
facettes floconneuses des semences
dépouillées par les morsures révolues,
tendre présage illimité des flammes :
lèpre limpide.

9

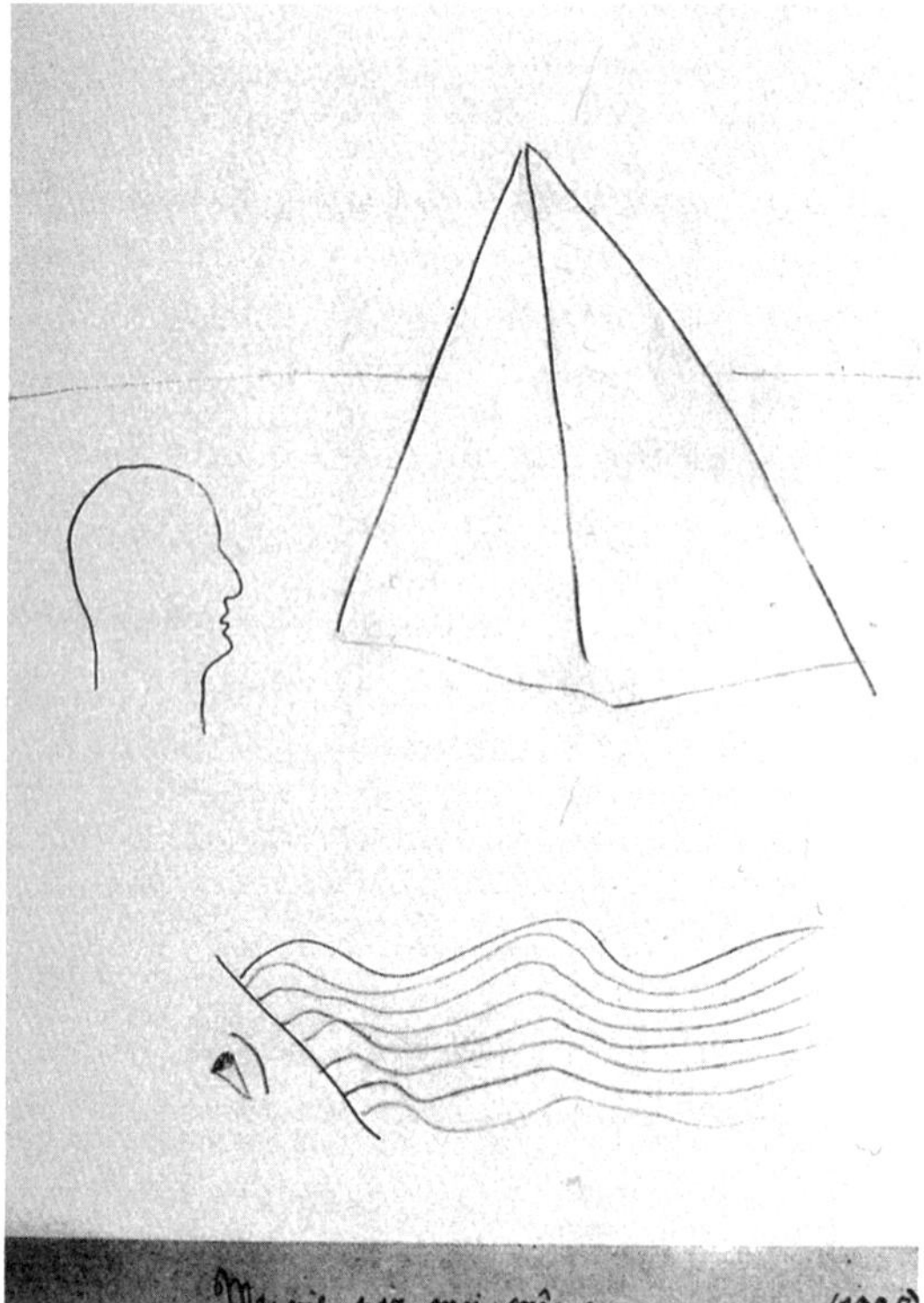

10

にふさわしい像であり影だというべきではないか。

第五番目のリトグラフ[9]については日記の一九四〇年七月十五日の項に、これに触れた記述が見出されるが、「肖像」が主題となっている点をはじめとして見過ごせない要素が含まれている。レリスの言にしたがうならば、そこにあらわれる男女の横顔は、雌雄一体であるはずのものが引き裂かれた状態にあるのを示しているという。彫像のような頭部、引き裂かれた男女の姿といったモチーフは、じつはレリス自身によって描かれた簡素な素描にもきわめてよく似たかたちであらわれている。

骰子をふる男を描くデッサンから出発し、《カード遊びをする人々》や『シミュラクル』のための石版画を通じて、肖像ならざる肖像の変奏を眺めてきたわれわれは、この系列の終着点に一九二八年にレリス自身が描いた一枚の素朴なデッサン[10]をおいてみる誘惑にかられる。『日記』の口絵頁を飾るこのデッサンの下部には、「私自身によるわが生涯」なる言葉が書き込まれており、そのことからしても象徴的意味を凝縮して閉じ込めた図式《ダイヤグラム》と呼ぶにふさわしいものになっている。ピラミッド、男の横顔、眼と長い髪という三種類の図像が一筆書きで描かれている。ここにも男女の横顔が描かれており、さらには象徴的意味をもつはずのピラミッドが配されている。このデッサンが描かれたのとほぼ同じ時期ということになるが、一九二七年から二八年にかけてレリスはシュルレアリスムの影響が濃厚なテクスト『オーロラ』を書く。そこにはいわば主人公に相当するものとしてレリスの家族名のアナグラムでもある名を冠したダモクレス・シリエルが登場し、このデッサンの図式に対応する物語がくりひろげられる。こうしてレリスはデッサンと物語の両面においてスフィンクスの謎のもとにみずからの生をおこうとする。

マッソンを描くレリス

一九二二年十月二十七日の日記にレリスは「アンドレ・マッソンはピカソと並んで現存の画家では最大の存在だ」と書いている。『日記』の校注者ジャン・ジャマンが指摘するとおり、この時点でのマッソンはまったく無名の存在であり、いまだ個展すらひらいていない状態にあった。マッソンが一般に認知されたのははるか後のことである。一九七六年にグラン・パレを会場として開催された回顧展が最初の大がかりな展覧会だったといってもよいが、このときマッソンはすでに八十歳近くになっていた。マッソン研究家のフランソワーズ・ルヴァイアンがこの画家の研究に着手したのは、一九六〇年代末から七〇年代初頭のことだが、周囲からはなぜマッソンのようなマイナーな存在を選ぶのか不思議がられたという。いまではバタイユとのつながり、またジャクソン・ポロックを代表とするアメリカ絵画への一定の影響など、さまざまな点においてマッソンの仕事の重要性を疑う者はいないが、そのような評価の変化とは別の地点で、レリスはマッソンに忠実に寄り添い、「デッサンの線」、「神話」、「闘牛」、「大地」、「肖像画」などの主題のもとに画家論を書き続けてきた。一九八三年に発表された「演劇人アンドレ・マッソン」にいたるまで、文章の上の付き合いにかぎってみても、ほぼ六十年におよぶ紆余曲折がある。

詩人と画家の共同作業の分野でも、『シミュラクル』以後、『闘牛』（一九三七年）、『闘牛鑑』（一九三八年）、『語彙集』（一九三九年）、「牡牛に扇を」（一九三八年）、『牡牛』（一九五一年）などが生まれている。このリストからも推測できるはずだが、とくに一九三〇年代後半に集中してあらわれる闘牛という主題は両者にとってきわめて重要な意味をもつものである。マッソンは、そしてピカソもまた、レリスは闘牛士よりも殺される牡牛のほうだと、見ていたという。マッソンがレリスと牡牛を重ね合わせて描いた鉛筆デッサンの肖像[11]（三三×二五センチ）はあたかもその考えのあらわれであるかのようにも見

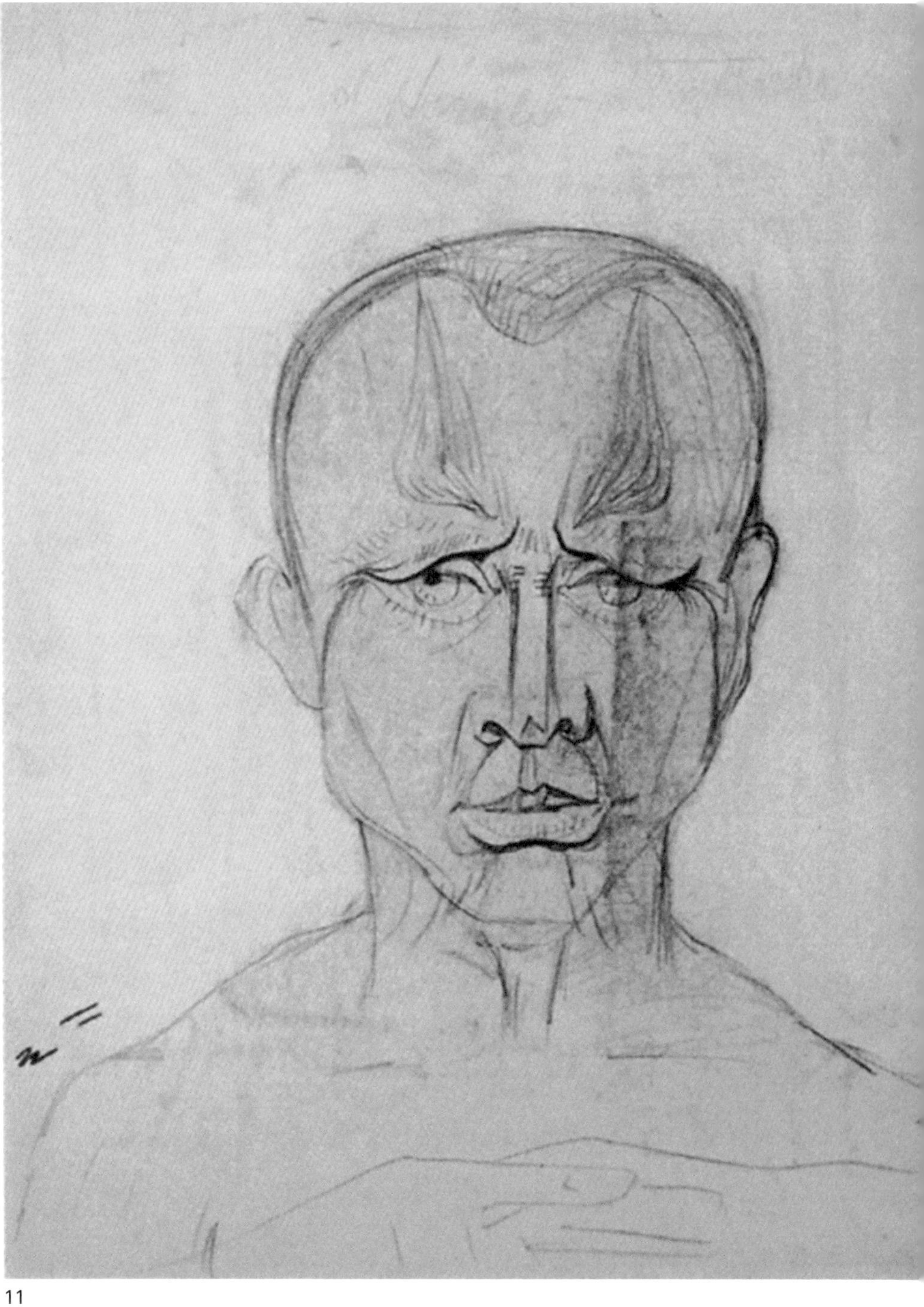

André Masson, *Portrait de Michel Leiris*, 1939 © ADAGP, Paris & JASPAR, Tokyo, 2019 / B0435

える。この肖像が描かれた一九三九年は『成熟の年齢』の初版が出た年にあたり、そこにも闘牛をめぐる一節があるが、これが古代ローマの悲劇のヒロインであるルクレティアをめぐる一章——つまり自害する、あるいは殺される者たちの側——におかれている点は、マッソンおよびピカソがレリスを、殺される牡牛に見立てる考え方と重なり合う。闘牛という主題を論じようとするならば新たにそのための独立した一章が必要となり、「肖像」という問題系から大きく逸れる危険がある。ここではレリスがどのように言葉をもってマッソンの絵を描くのかというエクフラシス的側面に注意を向けることにする。

レリスのマッソン論のなかで最初期のものとして、マルコム・カウリーの英訳により『ザ・リトル・レヴュー』誌第十二巻第一号（一九二六年）に掲載された「アンドレ・マッソン」と題された小文がある。人目に触れる機会は少ないが、含蓄は深い。ここでのレリスは予備的な説明抜きでいきなりマッソンの絵の核心部に跳び込もうとする。絵に描かれた事物がレリスの言葉を通じて一個の宇宙の記述へと変貌するありさまは古代ローマの詩人・哲学者ルクレティウスの『事物の本性について』を連想させるといっても言い過ぎではないだろう。

> 魚が円柱の柱頭の割れ目と、鳥の翼の痕跡とのあいだを垂直に泳ぐとき、風に吹かれてほとんど水平になっている髪の毛がうねる線をなして、欲望の強さに応じて、水、大地、大気、火に対する人間の支配権の変数となる。炸裂する手榴弾から飛び散る閃光に沿って読みとることができるのは、生成《ゲネーシス》の物語であり、そしてまた、女の尻の線をたどるならば、官能性の物語となる。そのとき魅力あふれる横顔は、その上昇が永遠のスクリュー運動を思わせる渦巻き曲線のかたわらで、血の倦怠の物語を描き出す。しかし鳥たちの飛翔が悪い前兆であるならば、それは、彼らの

方向とそれを見る者の眼があわさって作り出される角度が、不吉な数をあらわしているからだ。まさにこの数字、つまり傷と群集と忌まわしい出来事を呼び出す魔術師の姿はどこにでも見出される。線条細工のなかに、へその穴のなかに、中空の果実の内部に、光の重さをはかる秤の円い皿の上など、その姿はいたるところにあらわれる。[19]

魚も鳥も円柱もマッソンの絵に頻出するモチーフをなしている。ただし描かれた事物そのものを言葉に置き直すエクフラシス的記述とも微妙に違う何かがここにある。まずもってレリスの視線は、個々の事物そのものよりも、どちらかといえば事物が構成するつながり、あるいは動きといったものに向けられているように思われるのである。このような記述法はやはりまたマッソンの絵に触発されて書かれた同時期のアルトーのテクストにも認められる特徴である。たとえば『冥府の臍』に収められた一篇、「このタブローを描いた人間は、世界で最も偉大な画家である、アンドレ・マッソンに、彼にふさわしい一切を」という語句をもって終わるテクストは油彩《男》の描写がもとになっているとされる。アルトーもレリスと同じくタブローの至近距離に身をおいて書いている。

画布は落ちくぼみ、層をなしている。絵は画布のなかにきっちりとじこめられている。それは閉ざされた円のようだ。くるりと回転し、中央で二分されている一種の深淵のようだ。それはみずからを注視し、掘り返す精神のようだ。精神のひきつる手によってたえずこねまわされ、加工されている。一方、精神はおのが燐を蒔くのだ。

精神は堅固だ。世界のなかにしっかり片足をおろしている。ザクロ、腹、胸部は、現実の証拠物件というべきだろう。一羽の死んだ鳥がいる。列柱の葉むらがある。大気は鉛筆の打撃にみちている。ナイフの打撃のような、魔力をもつ爪の溝のような、鉛筆の打撃に。大気は十分裏返しになっている。[20]

レリスにしても、マッソンの絵のうちに動的なメタモルフォーシスのプロセスを見る点が共通しているが、先の引用部分にあってさらに興味深いのは——細部といえばあまりにも微細な要素だが——、水平にうねる髪の毛の動きであり、いまにも物語が生まれ出ようとする気配がそこに漂う点である。たしかにこの引用文はマッソン論という以上に散文詩的な内容をもっており、さらには言うならば散文詩的性格という以上に物語的な展開の予感を孕んでいる。一九二八年にレリス自身が描いた素朴なデッサン、つまり男の横顔、ピラミッド、女の眼と髪の毛を描くあのデッサンが『オーロラ』の物語を凝縮してしめす図式《ダイヤグラム》もしくは象徴記号となりえているというのは、言い換えればエクフラシス的記述から物語的記述への展開の契機がそこにひそむことを意味する。[21]

肖像という問題

ここで六十年近い時間を飛び越えることにする。一九八八年に出たレリス最晩年の『角笛と叫び』は、筆者がレリスの翻訳を手がけるきっかけとなったものである。もう三十年近く昔のことだが、翻訳を終えて出来上がった本を一冊レリスに贈った。しばらくして小さなカードが送られてきた。手書きの文字ではなく、ほんのわずかな数の言葉がタイプライターで打ってあった。その文面を見て、パリに行けばレリスに会えるのだと思ったが、大学から最初の研究休暇をもらって自由に動けるようになったのはその二年後のことであり、その前の年にレリスは世を去り、会うことはできなかった。写真家フランソワーズ・ユギエもたしかそのことを書いていたと思うが、最晩年のレリスは手で文字を書くことができなくなっていて、何か書くときはタイプライターを使って——おそらくは一本の指をたどたどしく動かして——いたという。送られてきたカードを最初に見たときは、なぜタイプ書きなのか不思議な気がしたが、レリスが亡くなったあとでそのことを知り、小さなカードがかぎりなく大事なものに思えるようになった。ひととひとが出会うのは文面《テクスト》を通してではなく、じつは身ぶりを介してのことなのではないか。いつからか私はレリスのテクストをすべて文面としてではなく身ぶりとして読むようになった。

『角笛と叫び』には架空の絵の話がなされる箇所があった。その最後は以下のようになっている。

　もしも絵を描くことがいまの自分にとってほかのすべてに優先する仕事であるならば、たぶん私は《オレンジをもつ少女》と題される絵にとりかかることになるだろう。[22]

『角笛と叫び』は断章を連ねて書かれた一冊であり、この部分がふくまれる断章は少女時代の妻が歯の痛みに苦しんだことを述べるところに始まっていた。自分が画家であれば、その少女の姿をいつくしんで絵にしようという話になるのだ。「オレンジをもつ少女」という絵の題名には、若き日のレリスが知った一枚の絵の記憶が投影されている。マッソンには《オレンジをもつ男》と題された油彩画があった。[12] 一九二三年の夏に描かれたもので、それ以後の一年間に描かれた一連の自画像の最初を飾るものだとされている。[23] こうして架空の絵は現実の絵と合わさって、両者は二枚続き《ディプティック》の絵となるのである。

二十世紀を「肖像画の消滅」の時代と見るピエール・フランカステルは「画家が彼の想像力の思いのままの形象の領域に他の図像とならべ、人物像を表現しても、肖像画を描いているのではない」とする。[24] このような視点からするならば、マッソンの絵は自画像でも肖像画でもない。レリスは一九四七年に書かれた「肖像画」と題する文章で、その種のマッソンの絵に言及している。さほど長い文章ではないが重要なものだ。マッソンは親しい友人たちをモデルとして描くのを好んだが、いわゆる伝統的な肖像画とは違っている。単に描写を試みるのではなくて、個々の事物の特異性に注目し、そこから普遍的なものに触れようとしたというのがレリスの見方だ。

この文章では、さらにまた、肖像画がとくに魅惑的なジャンルとなるためには「絵画的創意」と「人物の類似を捉えるために必要な分析的メカニズム」の完全な一致が必要であり、マッソンの肖像画を特徴づける手法は、「人物とその属性を示す観念上もしくは物質的な事物の相互的浸透作用」を捉えようとする「類推的」なものだとされている。これだけではぴんと来ないかもしれないが、ルクレティウスの『事物の本性について』を思わせる物体の運動からなる抽象的な風景に人物像が重ねて描かれ、個としての特性が、かろうじて識別可能な程度に見て取れるという光景を想像すればよいだろう。少しばかり図式的すぎるかもしれないが、特異点としてのフィジカルな個ではなく、個でありながらもメタフィジカルな普遍に変化するプロセスを見ようとする点がレリスのマッソン理解の根本的構図をなしているように思われるのである。

ブロメ街のアトリエ時代のマッソンの綽名は「羽毛＝男」であるが、この名の由来には十五世紀イタリアの画家パオロ・ウッチェッロ、エリー・ラスコーの油彩、[13] ジョルジュ・ランブールのマッソン論などが関係している。[25] ラスコーの絵《羽毛＝男の家》に見出されるのは古びたカーディガンを着た画家がバットマンのように見えるという逸話的要素だが、レリスはこの絵と《オレンジをもつ男》を並べることで、マッソンにはフィジカルな世界を抜け出るベクトルが存在することを強調する。

12

13

マッソンがこの地点に立ったとき――《羽毛＝男》と同時期のタブローである《オレンジをもつ男》は、両者ともに単なる肖像画にとどまるものではないのだが、後者においてただ一度だけ、みずからをモデルに仕立てたことがあった――、つまりマッソンが、大きな仕事の展開を経て自画像を描くにいたったとき、タブローもしくはデッサンに変えるべき表面はまさに自分自身の意識に差し出される一個の鏡となり、さらに強烈な意識にたどりつくのに必要な操作もまたそこに映し出されているのを眺めるぐあいに、何よりもまず芸術家の形而上的な役割に表現を与えようと考えたのだった。[26]

《オレンジをもつ男》を自画像として描くマッソンの仕事を模範として、レリスは《オレンジをもつ少女》なる架空の絵のうちに妻ルイーズの少女時代のポートレートを描き込もうとする。何気ない記述に見えるが、レリスは、ほぼ六十五年におよぶ時間を一気にさかのぼり、マッソンと最初に出会った頃の記憶に立ち戻り、画家の仕事から受け取ったものをもう一度たしかめなおしているように見えるのである。

ジャコメッティ、ピカソ、ベイコンと比較するならば、マッソンは必ずしも肖像という問題と深く関わりをもつ画家だとは言えない。レリス自身もこのことを十分に意識し、「手綱をはなたれた線」と題された文章では、ピカソやジャコメッティが「現象学的芸術」をなすのに対して、マッソンは「存在論的」芸術をなしていると述べており、「画家とそのモデルとのあいだの葛藤劇は、マッソンには無縁のようにみえる」のもそこに理由があると結論づけている。「芸術家の形而上学的役割」であるとか「存在論的芸術」という言い方は必ずしもわかりやすくはないが、要するに眼に見えないものの表現に向かう傾向があるということにほかならない。[27]このような見方を示しながらも、レリスがなおも「肖像画」を主題とするマッソン論を書いているのは矛盾だとも見えかねないが、「個」と「普遍」の関係はむしろレリス自身にとってはきわめて切実な問題だったと考えられるのである。「各事物の個別性を通して普遍的なものに触れたいと考えている画家にとって、肖像画はきわめて魅力ある分野である」という彼の言葉は、個を徹底的に追究することで普遍に触れるという発想において、自己省察を通じて普遍的なものに達することをめざすのだと述べる『幻のアフリカ』（一九三四年）の一節に重なり合う。

「肖像画」と題されたこの文章で、レリスはマッソンの仕事を「類推的な肖像画」、「想像の肖像画」、「実際の肖像画」の三つに分類してみせて、そのいずれにも共通の要素があると語る。

> 類推的な肖像画であろうとなかろうと、想像の肖像画であろうと実際の肖像画であろうと、これらの肖像すべてに示される欲求とは、油彩であってもデッサンであっても、ひとりの人物に固有の運命が深く刻み込まれていて痛切なものと感じられる存在《プレザンス》をキャンバスもしくは紙の上によびおこそうとするものであり、この場合の運命とは、ボードレールが言う意味での「灯台」であるにせよ、道具や目的と区別がつかないありきたりの人間の境遇であるにせよ、変わるところはないのである。[28]

「想像の肖像画」とあるのは、ゲーテ、クライスト、エンペドクレスなどの肖像を描こうとするマッソンの試みをさす。そもそも似姿ではありえないという点で、通常の意味での肖像とは異なっているわけだ。ダンテの肖像[14]もまたこの系列のうちにおかれるべきものであるが、ただしこの場合に興味深いのは、画面に描き加えられた画家の「手」の存在によって、画家の操作を映し出す鏡の効果があ

ndré Masson, *Je dessine Dante*, 1940 © ADAGP, Paris & JASPAR, Tokyo, 2019 / B0435

らわれるとレリスが指摘する点にある。「頭巾をかぶった、正面向きのダンテを紙の上に素描している手の描かれた《ダンテをデッサンする私自身》[29]」という表現は、いままさに絵が描かれている瞬間が主眼となっているのを強調するものだ。これはダンテの肖像なのか、それともマッソンの自画像なのか。

ストイキツァが『絵画の自意識』において辿り直してみせたように、ファン・アイクからピカソにいたるまで、画家の姿が絵のなかに描き込まれていたり、さらには画家が絵を描く瞬間を描いてみせていたりする絵画作品の例は数多く存在する。[30]ただし《ダンテをデッサンする私自身》において画家の存在は手によって示されるだけである。《カード遊びをする人々》に数多くの手が描かれていて、レリスの最初の詩もこれと並行するかのように「手の砂漠」と題されていたわけだが、ここでもまた手の存在がひときわ鮮やかに示されているのが確認できる。絵のなかの絵はまだ描き終えられてはいない。絵を描く手が絵のなかに描き込まれることで、絵のなかの肖像は制作中の作品《ワークス・イン・プログレス》へと変化する。このように表現行為の現場そのものに踏み込み、その瞬間をスペクタクルに変えること、それと似たような場面は『ゲームの規則』連作のなかにも繰り返し登場することになるだろう。

第二章　ラザロのように——ジャコメッティの場合

レリスの考えにしたがえば、マッソンの本領は「存在論的」な構えにあって、絵画空間のうちに形而上学的次元を切り開いた点に見出される。これに対してジャコメッティの仕事は「現象学的」だというわけだが、とくにこの画家の肖像画については、たしかに「現象学的」という形容にあてはまる部分があるように思われる。とりあえずそのような認識から出発することにしよう。

デッサンにあけくれるジャコメッティの執拗な仕事ぶりはすでに伝説の域に達している。彼はパリ十四区イポリット・マンドロン街にある粗末なアトリエを仕事場として、生涯変わることなくそこで制作を続けた。アトリエ内の小さな椅子にモデルとなる人物を座らせ、眼と鼻の距離を介して相手に向き合い、対象を凝視し飽くことなくデッサンを続けるその姿は、ジャン・ジュネあるいは矢内原伊作などの証言が語るところである。[31] そのほかサルトルやメルロ＝ポンティなど同時代の哲学者たちが「距離」、「現前」、「あらわれ」などの問題を語ることで、ジャコメッティの仕事にそなわる実存主義的もしくは現象学的次元を強調するにいたった流れもよく知られている。

ただし肖像画といっても、モデルとなる人物は妻アネット、弟ディエゴをはじめとする少数の親しい知人に限られていて、いわゆる「エフィジー」としての肖像画の作例がここに見出されるということにはならない。[32] この場合、似姿という以上に、顔面もしくは頭部の像という形容のほうがふさわしいのではないかと思われるのである。

ところで、ジャコメッティがレリスを描く一連の肖像に目を向けると、すでにおなじみのものであるはずの正面像のほかに、モデルとなる者の視線に映じる事物を描く特異な展開が見られる。そこには一九三〇年代半ばにブルトンがおこなったようなシュルレアリスムの神話化と隠秘化に連なる解釈はもとより、実存主義的あるいは現象学的な解釈の試みをもってしても十分にアプローチしえない要素が表面化しているように思われる。

ジャコメッティによるレリスの肖像

ジャコメッティがレリスの肖像を集中的に描くのは、モデルたるべきこの人物が自殺未遂事件を引き起こした直後のことである。すでに述べたように、この出来事が生じるのは一九五七年五月末、数グラムの睡眠薬を嚥下し自殺を図ったレリスはただちにパリ市立病院にかつぎこまれ、かろうじて一命をとりとめる。その後はクロード゠ベルナール病院での治療、さらに退院後の自宅療養を経て、同年九月には妻とともに鉱泉で知られるイタリアの保養地モンテカティーニ・テルメを訪れ、十月の半ばまで療養生活を送る。

この事件については、『日記』にもかなりの分量の記述が残されている。結果的にこの事件が新たに書く材料を彼に与えたように見えるのは皮肉といえば皮肉だが、その前年の日記が一年間を通じてわずか三頁で終わっているのに対して、一九五七年の分の日記の記述はなんと三十二頁にも及んでおり、事件以前のレリスは創作活動という面では、ある種の涸渇状態に陥っていたとも想像できるのである。一九五七年の日記は、まさに事件が生じた五月二十九日から三十日にかけての記述に始まっていて、それ以前の当該年の記述が皆無であるのを見れば、この事件が文字通り「新生」にも匹敵する新たな展開のきっかけになったことがわかる。

病院にもちこんだノートにレリスは「ラザロ」と題する詩の一編を書きつける。日記には加筆修正の跡をそのまま残す形でこの詩篇の転写がなされている。後にジャコメッティの版画を収め、『生ける灰、名もないまま』と題する詩集[33]が出版される際には、「ラザロの身ぶりを真似る」と改題されることになるが、その最初の稿にあたるものが日記に書き写されている。以下の引用部分に見える［　］内の抹消線は推敲の痕跡である。

寝台の四つの主要方位に手足を繋がれ、
眼はぼんやりくもり
言葉は岩のようにごつごつとして
喉は切り裂かれ
わたしは何者なのか
すばやく［~~急いで~~］応急手当を受けた［~~縫い合わされた~~］ピカドールのための馬
それともプロメテウスの人造人間なのか？

病室で意識を取り戻したレリスは自分を襲う種々の幻覚を書き留めることになるが、その最初の記述がこれもまた画家に関係している点は注目に値する。意識不明の状態のレリスが運び込まれたのは、実際にはパリ市立病院だが、彼は朦朧とした意識のなかで自分がブリュッセルの病院にいると思い込み、さらにはピカソとその伴侶ジャクリーヌの二人に会うためにカンヌに行こうとして病室を抜け出したという錯覚にとらわれる。これを皮切りに、さまざまな幻覚と妄想が交錯し、さらに夢の記述も交えてメモの分量はふくらみはじめ、それはやがて悲劇ともオペラ・ブッファともつかぬ二重のトーンを帯びたテクストへと発展し、折しも執筆中だった『縫糸』の中核部分をかたちづくることになる。この書物の最大のパラドクスとは、すでに述べたように、自殺が「成功」していたら、それが世に出ることはなかったという点にあるといえよう。現実世界のレリスは、睡眠薬の嚥下に対する処置としてなされた気管切開手術のせいで本来の声を失うが、テクスト空間に住まう話者は、さまざまな幻覚が絡み合う糸をほどいてみせることによって、いわば声なき声、すなわち物語る声をふたたび獲得する。

ほぼ時期を同じくしてレリスは詩作への強い衝動に駆られ、詩集『生ける灰、名もないまま』に収められることになる詩篇を書き始める。『ゲームの規則』を数多くの襞をかかえもつバロック的な散文世界と形容しうるならば、この場合の詩作とは、対照的に、可能なかぎり贅肉を削ぎ落とし、まるでウェーベルンの音楽のような寡黙さに徹して裸形の言葉をつかみとろうとするものである。

ジャコメッティは事件直後のレリスの肖像を描くことで、危機の証言者というべき存在となる。レリスがクロード゠ベルナール病院を出て自宅に戻るのは六月十五日、この年の夏ジャコメッティは前の年につづいて矢内原伊作の肖像デッサンを描く仕事にかかりっきりになるはずだから、この連作の仕事がレリス宅においてなされるのは、六月後半のことだとするのが自然だろう。連作は詩集『生ける灰、名もないまま』の挿画のためのものだった。この詩集は二十九篇の詩をおさめ、ジャン・ユーグ書店から百部限定で出版される。収録されたエッチングは計十三点、そのうちの四点がレリスの肖像である。刊行年は一九六一年だが、これより五年後の一九六六年一月二十四日のレリスの『日記』には、以下の記述が見える。

グランゾギュスタン河岸五十三番地の二の住居にあって基本的には私の「書斎」と呼ばれるこの

部屋。『縫糸』では、その中心部分のエピソードの展開にあたって、この部屋が舞台装置になったと述べた。フェノバルビタール睡眠薬を嚥み下す決心をしたのもこの部屋だったし、クロード＝ベルナール病院から戻ってすぐに横になって休んだのもこの部屋だった。この部屋はアルベルトが『生ける灰、名もないまま』を飾るエッチング（アヌビス像を除くほとんどすべて）を制作した部屋となった。この部屋の細部のさまざまな描写（とくに家に戻ったときに横になって眺めた天井の刳り形細工およびその中央にある照明器具）、座ったり寝そべったりしている私の肖像。[34]

ジャコメッティが『生ける灰、名もないまま』のために手がけた銅版画は実際には収録されなかったものを含めると五十二点にのぼる。レリスの肖像としては、正面像が十四点、横顔が五点、ベッドに横たわる像が五点、残りは、問題の部屋の内部の情景およびそれに準じるものを描いている。

正面像は[15]ジャコメッティの名が喚起する世界そのものだ。肖像は文字通り真正面からわれわれを見据える。毛髪を剃り上げた楕円形の頭部、額に刻まれた深い皺、大きく見開かれた両眼とそれを取り囲む眼窩の曲線の重なり、顔の両側に突き出る大きな耳、どちらかと言えば肉厚の唇などがその特徴をなしている。シャツの首周りのボタンは外されていて、そのあいだからスカーフのようなものがのぞいている。手術後の喉の傷跡を隠すものだったと思われる。同じく正面像であっても、これとは別に背広を着て、ネクタイ着用の姿を描くものがある。[16]窮屈そうにちぢこまった雰囲気があるが、同じく背広とネクタイ姿でも、これとは違ってやや斜めを向いた肖像もある。[17]こちらのほうは背景に室内装飾も描き込まれていて、少しばかりくつろいだ雰囲気も漂う。

この連作の最大の特徴は、ベッドに横たわるレリスの姿を描いている点にある。[18]こちらは五点ほど、首より若干下がったあたりまでを描くもの、さらに腹部までを描くもの、ほぼ真横から描くもの、若

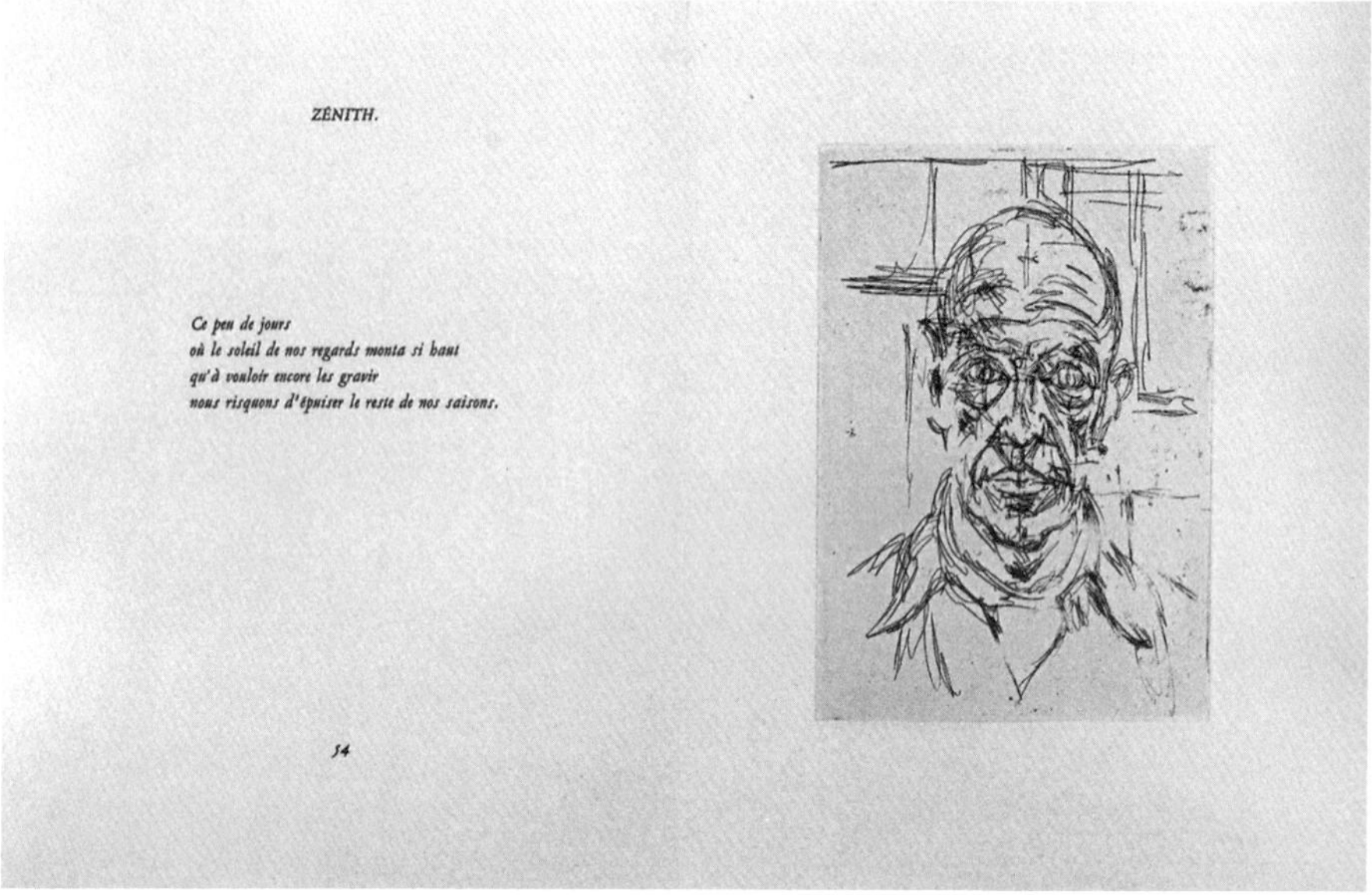
ZÊNITH.

Ce peu de jours
où le soleil de nos regards monta si haut
qu'à vouloir encore les gravir
nous risquons d'épuiser le reste de nos saisons.

54

15

17

16

18

干斜め上から俯瞰するかたちをとったものなど、視点およびフレームの選択の違いに応じて、変化が生まれている。モデルはレリスであっても、果たしてこれは肖像と呼びうるものなのかどうか。ベッドに横臥する人物の姿はすでに生死の区別も定かではない。描かれた人物の視線が真直ぐこちらを見据えることがないばかりか、この横臥像には、そもそも視線というべきものが欠落しているように思われるのだし、目鼻立ちの特徴もはっきりせず、すでに全体が溶解しかかっているように見える。

　レリスの伝記を書いたアリエット・アルメルは同書[35]の執筆のために『生ける灰、名もないまま』の出版人となったジャン・ユーグにインタヴューを申し込み、幾つかの貴重な証言をえている。この仕事のためにジャコメッティはレリス宅でじかに銅版画が制作できるように銅板をポケットに入れて持ち運んだという。その証言は、レリスの記述とほぼ一致するが、細かな点では疑問が残らなくもない[36]。ただしそのような真偽の問題以上に興味深いのは、ジャン・ユーグがこの連作の仕事を「心理的ルポルタージュ」と形容している点である。いまわれわれはどのようにこの「ルポルタージュ」の意味を捉え直すことができるのか。

　この連作を見直してみることにしよう。そこにはレリスの正面像と横顔以外に、部屋を描くものがあり、バルコニーに通じるドア、マントルピースと鏡、天井、寝台の脇におかれた丸テーブルと椅子などが次々と描かれていた。そのような室内の光景のあるものは、寝台に横たわる者の視点で描かれている。正面像を描く肖像の試みだと、視線の軸が完全に固定されているのに対して、正面像と横顔以外の場合には、視点の移動と変化をともなう一連の流れが感じられる。ジャコメッティが写真や映画がもたらす現実感に対して懐疑的だったのは有名な話だが、それを承知で言うならば、この連作に見られる一連の流れは映画的シークエンスと呼んでもよいような性格をもっており、あえて強調すれば、ここにおいてわれわれはまるで映画撮影に立ち会っているような印象をもつのである。たとえば

19

マントルピースの上の鏡を描く銅版画[19]の場合のように、いわばクローズアップに近い見え方の変化をともなう場合があるのだ。シークエンスと言っても、あくまでも室内に限られた描写だが、その後のジャコメッティには「終わりなきパリ」と題する試みがある。最晩年のジャコメッティの仕事であるが、そこで視線が向けられるのはパリの街路そのものであり、それゆえにこの試みが「終わりなき」ものとなるのも道理だが、ジャコメッティがレリス宅で描いた連作のうちには、視点の移動という意味において、その最晩年の仕事につながる要素を認めることができるように思われる。

　視点の移動という問題についてさらに考えてみると、レリスとジャコメッティの両者のあいだでもこれに類する事柄が生じている。この場合は「移動」という以上に「交換」が問題となるというべきだろう。連作における室内の情景の描写は、純然たるジャコメッティの視点からなされるという以上に、レリスの眼に映じた室内の情景が描かれていると考えるべきではないか。たとえば天井を描くデッサン[20]などはその恰好な例となるだろう。日記の記述によれば、六月十五日に退院して家に戻ったレリスは、ただちに「書斎」に入り、長椅子に横になるが、睡眠薬をしまいこんでいた引き出しや、天井の刳り形細工を眺め、陰鬱な気分にとらわれる。[37] そもそも天井装飾というものは、横臥する者でなければ、視野に入ってこないものであるはずだ。『縫糸』にも、以下のように、日記の記述に相当する一節が見出される。

> 仰向けになると、正面のほぼ頭上にあたる部分には天井が見えて、四隅の化粧漆喰および古びた天井装飾の一部をなすその他の刳り形装飾が目に入るが、その天井装飾の中央部分のモチーフは四方の壁の上にのるかたちの軒蛇腹の上方に引かれている長方形の線よりも心持ち長さが短く幅も狭い楕円の形をしている。例によって、照明の受皿——見えないよう隠されていて、垂直線の

下端にねじ止めになった鋼鉄の円盤で支えられた艶消しガラスの切片——が丸い乳房の形状をしているとともに、ひそかにへこんでもいて世界の臍もしくはオンファロスに似ているように思われるのがおかしくもある隆起をもって天井の中心点を抱きとめている。だがそこに私の注意が惹きつけられたわけではなかった。横になるとすぐに、造作としてはじつにありきたりであって、完璧なまでに周囲と一体化しているのでふだんはその存在に気づくことなどなかったはずのこの楕円形をした独特な浮彫りが、悪寒を覚えるまでに強烈にこちらの目に飛び込んでくることになったのである。[38]

『縫糸』が刊行されるのはジャコメッティの死後のことだから、おそらくは彼がこの一節を目にすることはなかったはずである。だとしても、それ以前に、二人のあいだには、この天井装飾およびその他の室内の光景をめぐるやり取りがなされたのではないかと思われる節がある。ジャコメッティの連作で、天井装飾が繰り返し描かれていて、われわれの注意もまた必然的にそこに向かうことになるのは、そのようなやりとりが二人のあいだにあったからではないのか。ジャコメッティは単に室内の情景を描くというのではなく、むしろ事件の現場を描き、事件を引き起こした人間と室内装飾あるいは室内の調度品との関係を描こうとしているのではないかと考えるとき、ジャン・ユーグが口にしたルポルタージュという言葉が強い響きをおびる。

同じく連作には古代エジプトの神アヌビスを描くものがあるが、[21]ほかのものと違ってこれはレリスの部屋の調度品ではない。作品を順々に見てゆくと、あたかもマントルピースの上にアヌビス像がおかれているような印象があるのだが、実際はルーヴル美術館にある古代エジプトの彫像を描いたとされている。『日記』を参照すると、クロード゠ベルナール病院の医師でレリスの診察にあたった人物

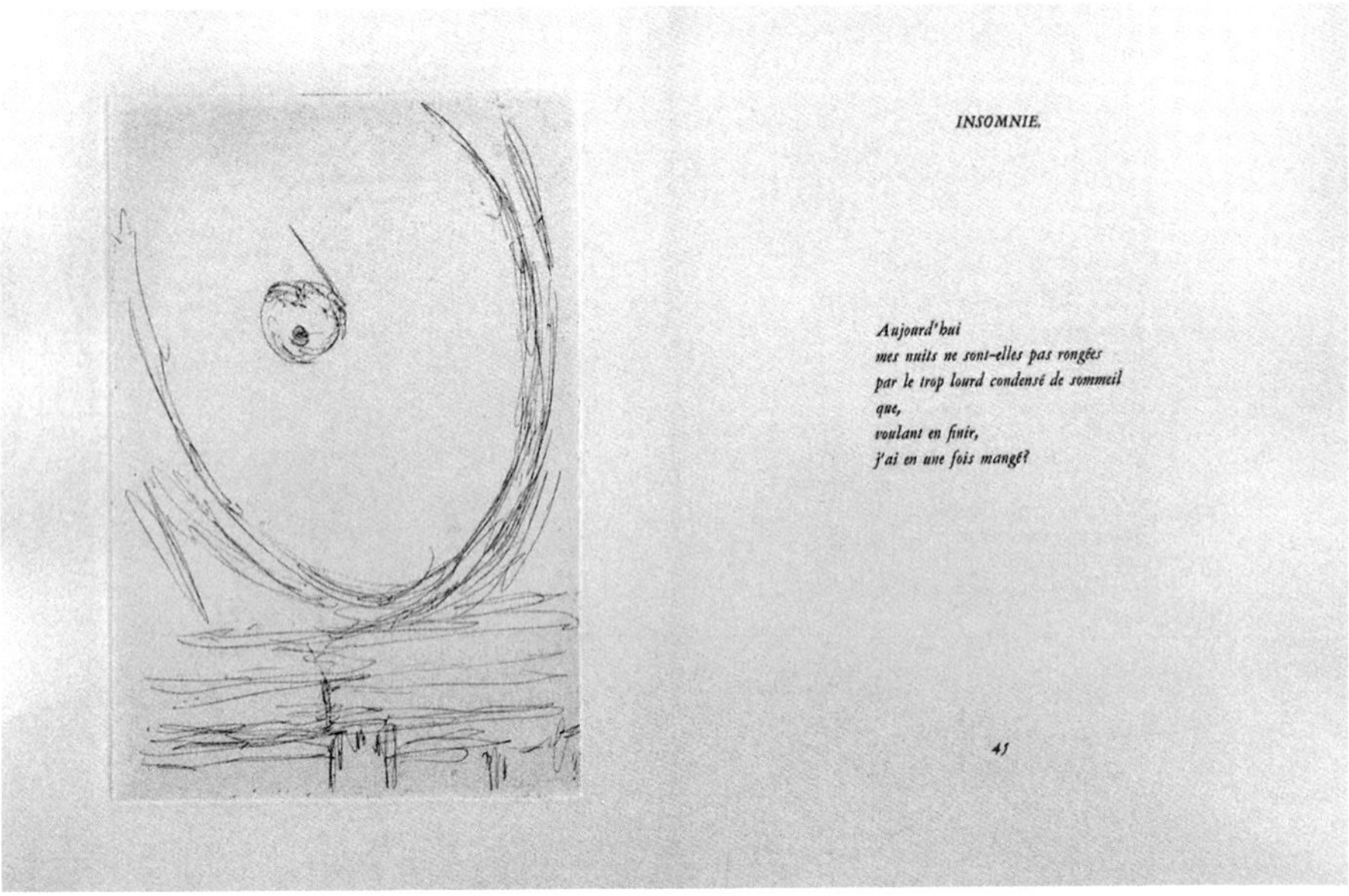

INSOMNIE.

Aujourd'hui
mes nuits ne sont-elles pas rongées
par le trop lourd condensé de sommeil
que,
voulant en finir,
j'ai en une fois mangé?

45

20

21

に関係するものとして、「今日わたしの診察にあたるのはサン＝ポール先生（随分背が高くて、初回の診察の際には、美しきアヌビスのように思われた人物）」という言葉とともに、エジプトの神への連想が記されている。

アヌビスは古代エジプトの神である。セトの妻ネフティスが兄であるオシリスと交わってできた子であり、オシリスがセトに殺されたときはオシリスの遺体に防腐処理を施したとされる。アヌビスがミイラ作りの監督官とされるのはこの故実に由来する。オシリスが冥界の王となった後も彼を補佐して死者の罪を量る役目を担い、その様子は『死者の書』や墓の壁面などに描かれている。だとすれば、日記の一節、さらにはジャコメッティの連作において、なぜアヌビスが召還されるのかという理由がよりはっきりと見えてくる。このアヌビス像のうちに認められるのは、ミイラあるいは「生ける灰」となってベッドに横たわる者をそのかたわらでじっと見つめる証言者の姿なのである。

乾いた言葉のひびき

冥府からの帰還者は奇妙な幻覚にとらわれながらも、やがてはオペラ歌手だった叔母および芸人だった伯父の記憶を呼び起こし、彼らの肖像を描き出す試みに手をつけることになる。レリスの「自伝的作品」は随所に芸人もしくは芸術家の肖像をちりばめ、ときには彼らの芸そのものの事細かな記述に向かう傾向を含んでいる。それもまた「ゲームの規則」の追求に内包される自己言及性のひとつのあらわれであるといってよい。ところで『縫糸』の末尾では、いささか強引とも見えるが、ヴェルディもまたバロック的性格を帯びているのだとしてその名が引かれ、レリス自身の書法の綾をなす直線的なものの忌避および揺動とうねりへの欲求が確認されることになる。そのようなバロック的な繁茂のありさまを一方におきつつ、『生ける灰、名もないまま』では、その対極をなすように、言葉の涸渇とでもいうべき現象が生じている。寡黙な言葉のつらなりの背後に、自殺未遂事件の傷痕が透かし模様のように見えるしかけになっている。その言葉は、場合によって、まるで初歩の語学教材でお目にかかるような、もっとも基本的な日常の所作を示す動詞の一人称現在形の連続にまで縮減されるのである。

わたしは読む。
わたしは書く。
わたしは食べる、
飲む、
眠る。
わたしは歩き立ち止まり、
出かけて戻ってくる。

だがわたしは大地のごとく
ただひとつのその大陸は
氷河の平原と焰の山に縮約され、
その周囲には新鮮な草がわずかに生えるだけ。

肉を削ぎ落とし、裸形の言葉だけを残そうとする詩人の身ぶりは、貧しさを追求する点においてジャコメッティの芸術に通じる要素を含んでいる。詩人と画家はこうして「骨まで、これ以上やると壊れてしまうところまで削る」[39]行為を共有するのである。

ジャコメッティの試みが「みせかけが似ているだけではなくて、真に似ている肖像をつくりあげる」[40]ことにあると見定めるレリスは、当然ながら、このような課題が彼自身のものでもあることを意識していた。『生ける灰、名もないまま』におけるレリスは、いわば一筆書きで回復期の自画像を描く試みを実践しようとしたのではないか。ここに収められた詩篇のなかには果たして詩と呼ぶべきかどうかためらわれるものがあるのもたしかである。成句的表現を並べただけに見えるAu vif（「核心を」）と題された一篇などその典型といえるだろうが、前置詞のàを頭においてわずかな数の単語を並べただけの形式的特徴の彼方に「ただひたすら」、あるいは「必死な」何かを訴える身ぶりが透かし見えるようになっていて、自殺未遂事件を引き起こすにいたった人間の逼迫を表出しているとも考えられるのである。すでに引用した「ラザロの身ぶりを真似る」と題された一篇、そしてまた詩集の最後におかれた「生ける灰」の一篇もそのような試みの典型といえるだろう。末尾におかれた詩篇はひと続きのものとすべきか、それとも中断符によって隔てられた二篇というべきなのか、詩集のタイトルそのものに関係する断片である。このようにして「生ける灰」はひと呼吸おいて「名もないま」につながってゆく。

生ける灰……

……めまいを征服した者なのか
その波に滅ぼされた者なのかわからずに、
わたしは水銀の未来にこれを捧げる。

わたしのうちに——華奢な漂流物——
これが枝分かれするのを見たいと願う、
火箭、
生ける霧氷よ

名もないまま、とは

そこにあるのは
——変幻自在と思われながら
だが、嘘偽りと判明する——
わたしの踵にいたずらっぽいシルエットを引っかけるもの
そしてまたこの場において
この乳白色の挿話の展開の靄のなかで
ただ生き残るのは乾いた言葉の摩擦音

「生ける灰」と呼ばれるものが、レリスの自画像であることはいうまでもない。わずかな数の語の選択のうちにはボードレールあるいはマラルメの詩句の記憶がはたらいているのかもしれないが、簡素な語の組み合わせのうちにおのずから浮かび上がるのはそのように語を選んで配列する者の肖像なのだ。レリスの詩人としての出発点となった『シミュラクル』の紹介文に記されたプログラムをここで思い起こしてみるならば、まばらな言葉の配列からなる『生ける灰、名もないまま』の試みもまた、その延長線上に位置づけられることになる。このあとも自画像を描く試みは持続的に追求され、さらに言葉が削ぎ落とされ、『ブランド・イメージ』にその最終地点を見出すことになるだろう。この小冊子には全部で百三十八篇の断片が収められているが、その断片のほとんどが不定冠詞つきの名詞で始まっており、関係詞をともなう名詞文となっている点を特徴としている。ほぼ同一の形式が繰り返されるなかで、これもまた自画像をめざす試みなのではないかという思いが浮かぶのは、たとえば「たえずひとりごとで〈立ち上がって歩け〉と自分に言い聞かせるラザロ」という表現に出会う瞬間である。そこに描き出されるのは、流動性を失い、限りなく紋切型に近づいたように見えるイメージ群だといえなくもない。

本書の第五章で詳しく見ることにするが、『成熟の年齢』はひときわ鮮やかな手つきで自画像を描いてみせるところに始まっていた。その一節が自分の身体的特徴をあえて貶めて描くものであったとすれば、二十年後に書かれた『生ける灰、名もないまま』は臨床的な記録であり、年月の経過とともに、希薄化と形式化がさらに進行してほとんど骨ばかりの状態になった姿が『ブランド・イメージ』に見出されることになる。

危機の結晶化

こうしてジャコメッティはレリスを襲った危機の証人となるわけだが、このような特別の関係はここに始まったわけではない。二人は同じく一九〇一年生まれで、両者の交流は一九二〇年代半ばに始まっている。ジャコメッティが亡くなったのは一九六六年一月半ばのことだが、ほぼ半年が経過した八月二十二日のレリスの日記には、「なおも〈友人たち〉はいるにせよ、もはや〈一緒に歩む者〉（＝仕事の同僚、あるいは少なくとも、彼らが仕事をしているのだと思うだけで勇気が与えられる存在）がいなくなったという感情」について語る言葉とともに、バタイユの死後、ジャコメッティこそが彼にとって最後の盟友のひとりというべき存在だったとする思いが記されている。

レリスはすでに一九二〇年代末にジャコメッティについての文章を書いている。[41]『ドキュマン』誌一九二九年第四号に掲載された「アルベルト・ジャコメッティ」と題する小論がそれだが、この文章は、レリスが同時代の画家を論じる文章の最初のものであるとともに、おそらくジャコメッティについての最初の言及と考えられるものだ。これより四十年近い歳月を経て、亡き友ジャコメッティへの追悼文を記すことになったのもレリスだった。[42]レリスは文字通り彫刻家・画家としてのジャコメッティの誕生に立ち会い、またその死を看取ることになった。

『ドキュマン』誌の編集主幹をつとめたのはジョルジュ・バタイユだが、この雑誌の頁の少なからぬ部分を同時代の美術の動きに向かってひらいたのはカール・アインシュタインの功績だといってよい。アインシュタインの視点は同時代美術の動向を追うだけではなく、より深い奥行きをそなえた芸術史的かつ文化史的なパースペクティヴをもってこれを位置づけようとするものだった。『ドキュマン』誌一九二九年第一号に掲載されたアンドレ・マッソン論は副題に「民族学的研究」なる言葉が記されていてイメージ人類学的な射程を示すとともに、まさにそのような方向性でマッソンをとらえる試みの先駆性を十二分に示す内容になっている。ピカソ論なども含む『ドキュマン』誌へのアインシュタインの寄稿は内容的にはきわめて難解なものだが、形態分析から離れて、より深い層に「内的体験」や「神話の生成」を見出そうとする方向性を有しているといえる。この雑誌の刊行に深くかかわったアインシュタインとレリスとバタイユの三者の関係は必ずしも友好的だとはいえない複雑な要素が絡んでいるが[43]、レリスのジャコメッティ論を見ると、「フェティッシュ」という言葉をキーワードとして導入する視点や、「芸術作品」の枠を問題化する点で、アインシュタインの影響が濃厚に感じられる。

そうはいってもレリス独自の視点もすでに顕著にあらわれている。それを象徴的に示すのが「危機」の一語だといえる。「ジャコメッティの彫刻を好むのは、その彫刻の制作の全体が、あたかもこうした危機のひとつの瞬間の石化であり、すばやく捉えられ、瞬時のうちに凝固する冒険の強度であり、その証人となる遠い距離の限界であるからだ[44]」とレリスは言う。

このテクストが一般的な意味におけるジャコメッティ論となっているかどうかという点については議論の余地があるかもしれない。というのもテクスト後半に画家の紹介にあてられた一節があるとはいえ、書き出しから途中まで、ジャコメッティについての具体的な言及はまったくといってよいほどなされておらず、もっぱら論じられるのは、人生における危機と芸術表現との結びつきを主題とする一般論だともいえるからである。ほとんどすべての芸術作品が退屈さを免れ得ないのが現状だとする認識が示されたあとで、そのような退屈さを免れている例外としてジャコメッティの名が引かれる。こうして危機をかたちづくる瞬間の列挙がなされるのだが、その展開には、まぎれもないレリスの署名が認められる。

「危機」と呼びうる瞬間、それは現実の生にあって唯一重要な瞬間である。外部が突如として内部からの呼びかけに応じる瞬間であり、外部世界が扉をひらいて、われわれの心と外部世界のあいだに突如として交感が生じる瞬間である。この次元に相当する記憶が現実の生に見出され、そのすべては表面的には取るに足りぬ出来事、象徴的な価値をもたず、無償のものだとも言ってよい出来事に関係している。モンマルトルの街灯に照らされた街路で、ブラック・バーズ一座のひとりの黒人女が濡れたバラの花束を両手にもっているとか、客船に乗りこんで、その船がゆっくりと埠頭を離れてゆくとか、たまたま口ずさむシャンソンの一節とか、ギリシアの廃墟で一種の巨大なトカゲとおぼしき奇妙な動物に出会うとか……　詩はこのような種類の「危機」からしか生まれえないし、これと同等の価値を有する作品しか考慮に値しない。[45]

『ドキュマン』誌にはテクストと並行して、作品紹介のために計四枚の写真図版が用いられている。[22] これはジャコメッティの作品に関係する図版としては最初期のものだろう。写真図版の説明には、「作者によって切り取られた」あるいは「作者によって構成された」とあるが、この場合の「作者」が誰を意味するのか、ジャコメッティなのかレリスなのかは必ずしも明らかではない。「切り取られた」という表現は、《見つめる頭部》の紹介にあって、写真の作品部分が切り抜かれ、別の布地に貼り付けられている（ように見える）点に関係しており、いっぽう「構成された」というもうひとつの表現は、これが関係する三点の写真図版がいずれも複数のオブジェをテーブルの上に並べた状態で撮影されている点を説明していると考えられる。近年ポンピドゥー・センターで開催された「ジャコメッティのアトリエ」と題する展覧会では、マルク・ヴォーがこの写真の撮影者だと同定されているが、『ドキュマン』誌には、撮影者の名が記されていないのだから、この場合の「作者」が写真撮影者を

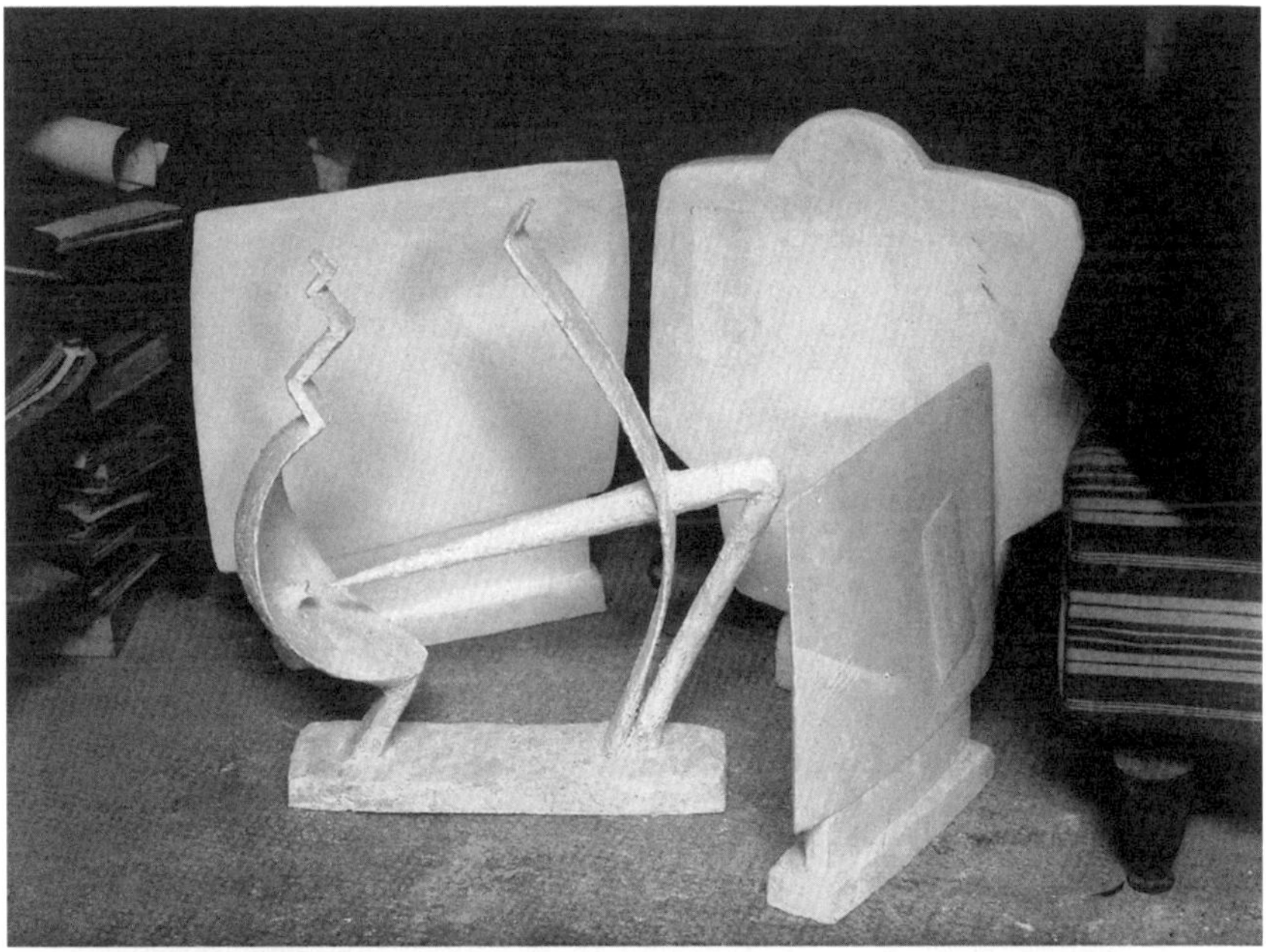

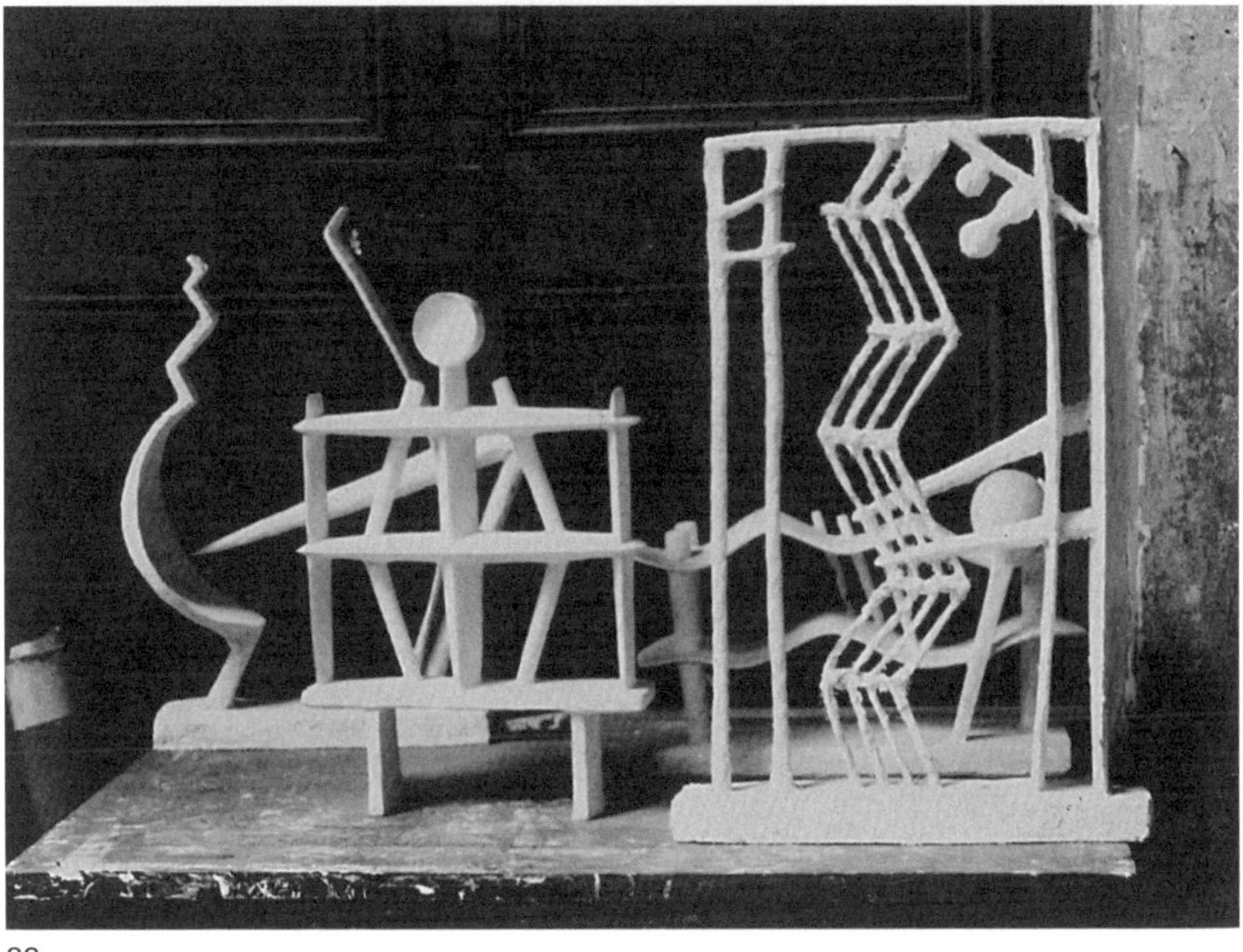

意味していると考えるには無理があるだろう。オブジェの作者ジャコメッティ、あるいは文章の作者レリスのどちらかと考えるのが常識的といえるだろうが、カール・アインシュタインが写真図版の用法の重要性を強調していた事実を勘案すると、単なる写真掲載という以上に、そこにある種のモンタージュに似た操作（「切り取り」と「構成」）が加わっている点が気になりはじめる。

掲載された写真図版が示すのは、《見つめる頭部》（一九二七―二九年）、《男と女》（一九二九年）、《横たわる女》（一九二八年）、《左と右の人物》（一九二九年）など計四点のオブジェもしくは彫刻作品である。そのうちの三点についてはピエール画廊の表記があるが、これは写真撮影がおこなわれた場所というよりも、作品の帰属を示す表記だと考えるのが適当だろう。撮影はジャコメッティのアトリエでおこなわれたと考えるのが自然である。写真図版にあって、注目に値する要素となるのは、ある特定の作品の「正面像」の提示にはなっていない点である。作品一点につき対応する写真図版が一点、それも正面像と考えられる写真を提示するというのが一般的なやり方であるとすれば、ここに認められるのは、それとは別種のふるまいである。ジャコメッティのオブジェはおそらくはアトリエ内のテーブルの上に並べて組み合わされ、場合によって、複数のオブジェを並べたうえで、あるオブジェの「裏側」まで写し込むかたちで写真撮影がなされている。要するに、このようなオブジェの配列の問題は単に写真撮影の条件に関係するだけではなくて、どこから眺めるべきなのかという問いに対して正解があるのかどうか判然としない作品構造そのものに関係している。

《午前四時のパレス》[23]（一九三二年）を例として考えてみよう。言うまでもなく、シュルレアリスト時代のジャコメッティが制作した最も有名なオブジェのひとつである。きわめて早い段階でニューヨーク近代美術館の収蔵品となったこの作品については、その設計図と見えなくもない複数のデッサンが存在している。同じくニューヨーク近代美術館にピエール・マティスが寄贈したデッサンもまたそ

23

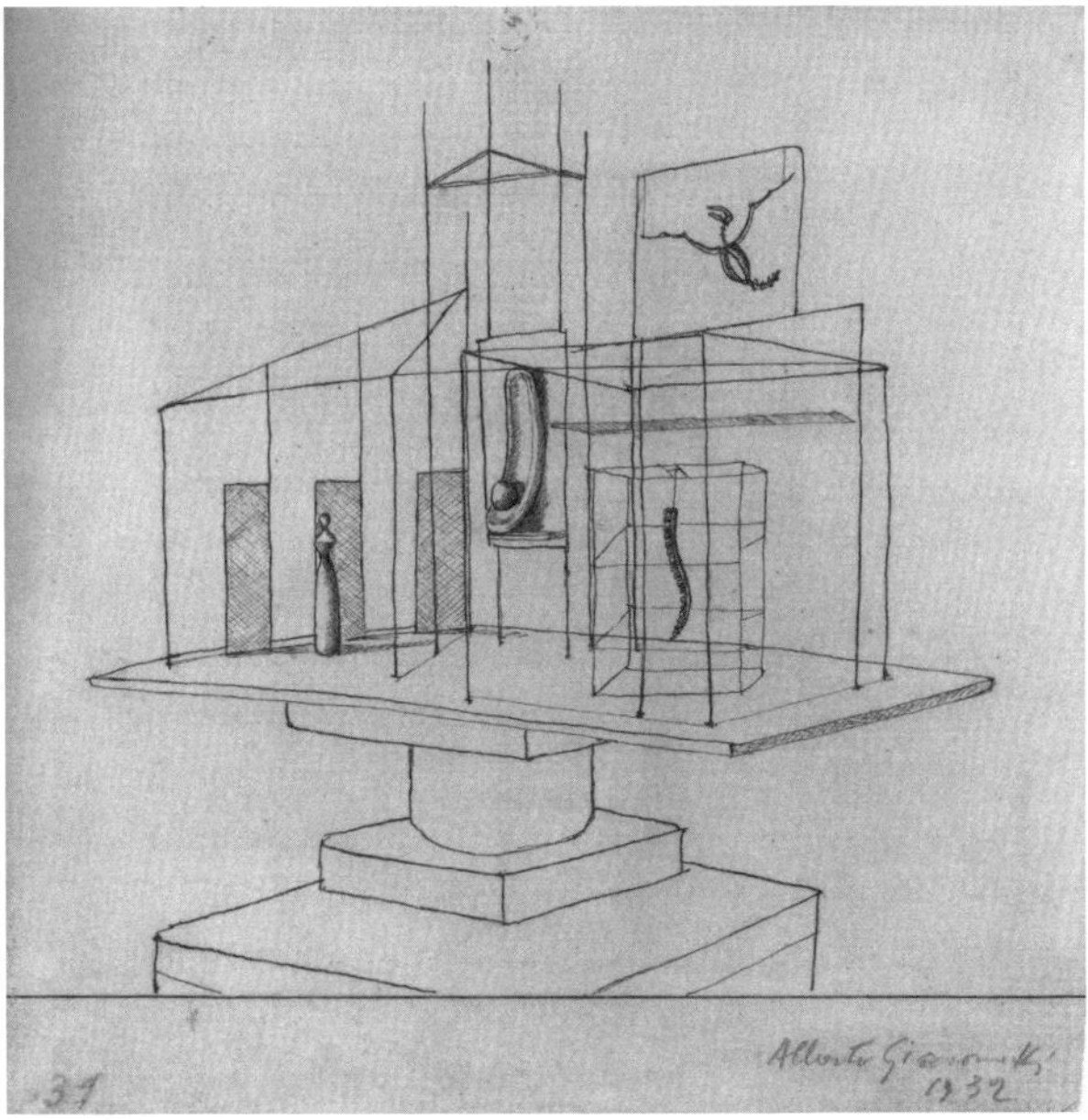

24

の一点であるが、たかだか二〇センチ四方の紙に描かれたこのペン画デッサン[24]に思わず目がひきつけられてしまうのは、オブジェとデッサンのあいだに見られる形態上の類似というよりは、むしろ両者のあいだに潜む差異のせいである。

複製写真を通してニューヨーク近代美術館に収められた作品をわれわれが見る場合、ほとんどのケースはその「正面像」を見ることになる。これに対して問題となるデッサンでは、右三〇度くらいに振った角度からオブジェが描かれていて、ほかにも作品を支える、あるいは作品の一部となる台座の形態が違うなどの異同がある。本来のオブジェのほうは四隅が丸く削られた長方形の盤状の物体の上に幾つかの構成部分が整然と並べられているのに対して、デッサンのほうでは、盤状の台の下にさらに台座らしきものが何層にも重なっていて、その層のひとつが筒状の形態をしている点も加わって、その台座に乗る部分があたかも回転可能であるように思われてくる。[46] 盤の上に並んだオブジェ群を見ても、デッサンのほうは複数のものがある程度無造作に並んでいる印象があるのに対して、オブジェのほうは複数の部分的要素を取り込みながらも全体が一塊になっているように見えるのは、そのように眺めるようにすでにわれわれの感覚が馴致されているからなのかもしれない。レリスが語る「危機の瞬間の石化」に、果たして石化とは別の動いて見える可能性が見出せるのかどうか。この問題を考えるためには、別の資料体を参照する必要がある。

記憶の円板

「アルベルト・ジャコメッティのような人物のためのいくつかの石」（一九五一年）と題された文章はレリスにとってジャコメッティが真の意味で身近な存在となる変化を証言するテクストでもあるが、その書き出しが、一九三〇年代初頭に彼が加わったアフリカを横断する民族学調査旅行の途中で見た夢の記述で始まっているのは、一般の読者にとってはいかにも奇異と感じられる点だろう。しかしながら、このような展開はレリスの読者にとってはさほど珍しいことではないはずで、さらにジャコメッティとレリスとのつながりをなす要素として、夢の記述、あるいは夢と現実の記憶の混同といった事態を背景において考えるならば、このような書き出しは、むしろ両者の深いつながりを示す証拠物件とも見え始める。レリスの語る夢はジャコメッティが制作するオブジェに通じる要素をもち、またジャコメッティが語る幼少期の記憶、とりわけある種の閉鎖的な場についての記憶は、レリスの自伝的記述と重なり合う要素を含んでいる。

彫刻家アンリ・ローランスについてジャコメッティが書いた文章のうちに、レリスは芸術作品について書かれる文章のあるべき姿を見出す。まずはジャコメッティのテクストを確認しておこう。

> 僕は森の中のそこだけ木がない空地にいた。何となく円を成していて全体が秋の木の葉の色をしている空間で、かなり近くに迫っているその境界は、濃密でありながら軽やかで、とても柔かな空気の中に消えていた。僕のまわりで湧き上がるように生まれ、地面からおよそ三十センチメートルほどの高さを持ち、不規則な間隔で散らばっていたのは、幾つもの奇妙な小さな丘だ。丘は、何とも形容しがたい、白っぽい建物、靄のカーテンを通して見た小さな城のような建物と交互に並び立っていた。けれどこれらの丘、これらの建物は複雑で、音の響きに囲まれていた。そして僕は、この丘や建物は、身ぶりであり、声の音であり、動きであり、染《し》みであり、感覚だ、と感じた。かつて、一つ一つは互に遠く離れながら、時間の中、長い年月《としつき》の内にあった身ぶりや声の音や動き……。それが今度は、これらの感覚は物体となって、僕のまわりの空間に同時に存在していた。そして僕を恍惚感で充たしていた。

初めはそれは、自分自身の記憶だと思っていた。けれど昨日、ローランスの彫刻を前にして感ずること、ローランスの彫刻について考えていることを書こうとして、気がつき、かなり驚いたのだが、別の語を使い別の道を通って僕がしていたのは、小さな丘を再び作り出し、森の中のあの空地の姿を再び作り出すこと以外の何物でもなかったのだ。[47]

ここにはローランスの彫刻を具体的に記述する言葉は見えない。森のなかの空地の光景が喚起され、さらにはそこに立ち並ぶ建築物が描写される。これにともなう感覚が語られ、それはローランスの彫刻を前にしたときの感覚にひとしいとする結論が導かれる。いっぽう「アルベルト・ジャコメッティのような人物のためのいくつかの石」と題されるレリスの文章では、ローランスの彫刻を語るジャコメッティの例に倣いつつ、今度は相手を変えてジャコメッティ本人について語ることがさしあたっての課題だと述べられる。具体的には、「論文や記述というかたちよりもむしろ、暗示とか、類推とか、明らかにすべき特徴とは分析上の関係をもたないイメージの喚起を通して語ること」がその中身となるのである。アナロジーは芸術作品の枠外へとわれわれの思考を連れ出す。ジャコメッティの場合も、レリスの場合も、いわゆるオブジェに属する作品に生の現実が——たとえ夢の記述のような場合であっても——複雑に関係しているありさまに注意が向かう。

垂直に立てられ、円を描くように配置された長方形のパネル。ジャコメッティによって考えられ、紙の上で形をなしたこの構築物は、その大部分はこの数年のあいだに彼の身に生じたものであり、彼が書き記そうとした夢を導きの糸として理解しようと試みた出来事なのである。各パネルは、記述された出来事のひとつひとつに対応し、そのシステム全体は時間と場所の組み合わせをあらわしている。このような装置は、彼がシュルレアリスムのグループに属していたときに制作したあるオブジェを想起させずにはいない。そのオブジェとは、石膏の彫刻であるが、縁日のアトラクションを小さくした模型のようであり、もしも見る者がその内部に引き込まれたならば、その構成要素となる部分を透かして、みずからの体験がくりひろげられるのが見えるという按配になっている。[48]

レリスがこの一節で言及する「構築物」とは、「夢・スフィンクス楼・Tの死」と題されたジャコメッティの有名なテクストに挿入されている円形のデッサンのことである。テクストは一九四六年に『ラビラント』誌（第二十二―二十三号）に発表されたものであるが、それが書かれた経緯には少なからぬ紆余曲折があり、ジャコメッティ自身が述べるところによれば、もともとはアルベール・スキラの求めに応じて、隣室に住んでいた友人Tの死をめぐって文章を書くつもりでいたところ、記憶をたどるなかで、友人の死とは直接かかわりがない別の記憶がつぎつぎと浮上し、記憶をとりまく時間的順序がわからなくなってしまい原稿が書けなくなったという。円形のデッサンは、その一連の流れを物語るテクストのなかに登場するものであり、記憶の錯綜に対してどのように応じるのかという問いへの彼自身の答えでもある、デッサンには三つのヴァリエーションがある。[25]

最初のデッサンは相撲の土俵にも似た円を描くものであり、その円の上には何本かのピン状の物体が突き刺さっているのが見える。それぞれのピンの頭の部分には「夢」、「人々の顔」、「バルベス・ロシュシュアール大通りのカフェ」、「スフィンクス楼」、「Tの死」など、文中で語られる挿話に対応する見出し語のような言葉が記されている。次なるデッサンは、この円を真上から見下ろすもので、挿話の見出し語に相当する語は、さきほどのものよりも詳細になり、その数も増えている。最後のデッ

ET LA MORT DE T.

Mais aussi les dimensions du temple, les dimensions de l'homme qui surgit entre les colonnes. (L'homme apparaissant entre les colonnes devient géant, le temple ne diminue pas, la grandeur métrique ne joue plus et ceci à l'encontre de ce qui se passe à Saint-Pierre de Rome par exemple. L'intérieur vide de cette église semble petit (ceci est très visible sur une photographie) mais les hommes deviennent des fourmis et Saint-Pierre ne grandit pas, seule la dimension métrique agit).

Ceci entraînait à parler de la dimension des têtes, de la dimension des objets, des rapports et des différences d'objets à êtres vivants et par là j'aboutissais à ce qui m'occupait par-dessus tout, au moment même où je racontai cette histoire le samedi à midi.

Assis dans le café du Boulevard Barbès-Rochechouard, je pensai à tout ceci et je cherchai le moyen de le dire. Soudainement, j'ai eu le sentiment que tous les événements existaient simultanément autour de moi. Le temps devenait horizontal et circulaire, était espace en même temps et j'essayai de le dessiner.

Peu après je quittai le café.

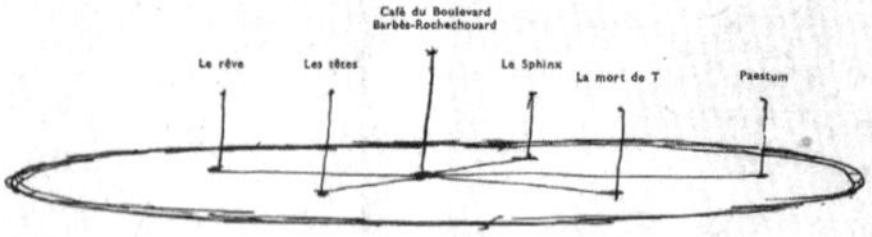

Ce disque horizontal me remplissait de plaisir et, tout en marchant, je le vis presque simultanément sous deux aspects différents. Je le vis dessiné verticalement sur une page.

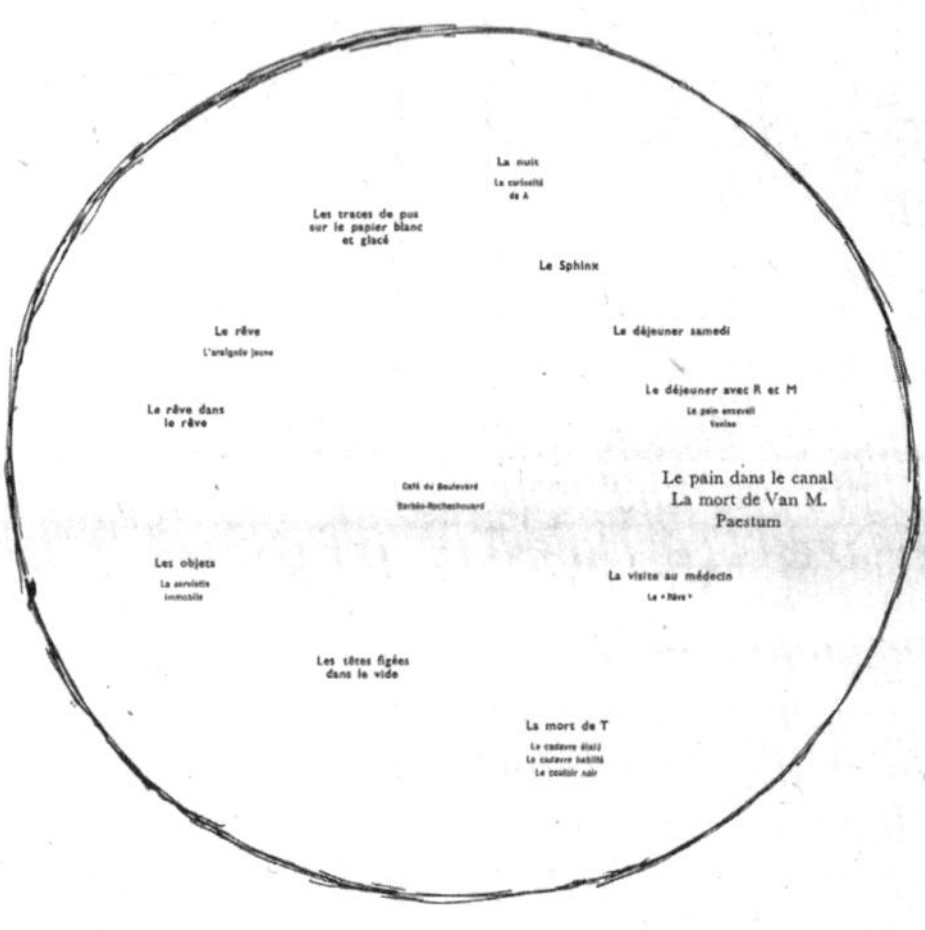

Mais je tenais à l'horizontalité, je ne voulais pas la perdre et je vis le disque devenir objet.

Un disque d'à peu près deux mètres de rayon et divisé en quartiers par des lignes. Sur chaque quartier étaient tracés le nom, la date et le lieu de l'événement auquel il correspondait et au bord du cercle devant chaque quartier se dressait un panneau. Ces panneaux de largeur différente étaient séparés entre eux par des vides.

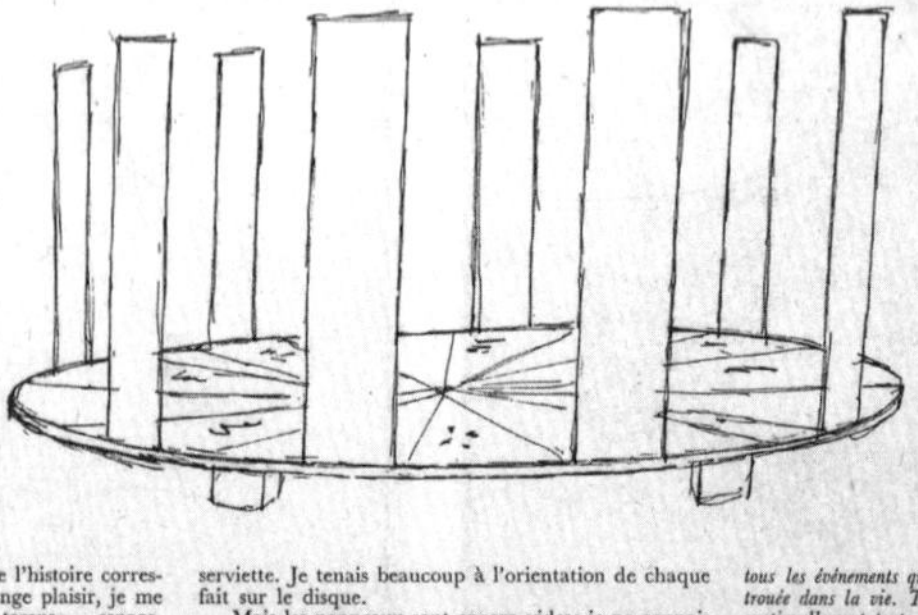

Sur les panneaux était développée l'histoire correspondant aux quartiers. Avec un étrange plaisir, je me voyais promenant sur ce disque — temps — espace, et lisant l'histoire dressée devant moi. La liberté de commencer par où je voulais, partir par exemple du rêve d'octobre 1946 pour aboutir après tout le tour quelques mois plus tôt devant les objets, devant ma serviette. Je tenais beaucoup à l'orientation de chaque fait sur le disque.

Mais les panneaux sont encore vides; je ne connais ni la valeur des mots, ni leur rapport réciproque pour pouvoir les remplir.

Note : *Ce voyage que je fis en 1921 (la mort de Van M. et tous les événements qui l'entourèrent) fut pour moi comme une trouée dans la vie. Tout devenait autre et ce voyage m'obséda continuellement toute une année. Je le racontai inlassablement et souvent je voulus l'écrire, ceci me fut toujours impossible. Seulement aujourd'hui, à travers le rêve, à travers le pain dans le canal, il m'est devenu possible de le mentionner pour la première fois.*

サンは、最初のデッサンと同じくやや上方から眺めおろすかたちをとっているが、外縁部に沿って長方形の板のようなものがドルメンのようにして立てられている点が新しい。最初のものとは違って、今度は円板の厚みも描かれていて、そのせいもあるだろうが、回転板のようにも見える。この三つのデッサンに対応するジャコメッティの記述もあわせて引いておこう。

私に幻覚をひき起したものを書きあらわす感情的な仕方と、私が物語ろうとした事実の継起との間には矛盾があった。私は、時間と出来事と場所と感情との混沌とした塊りを前にしている自分を見出した。私は何とかして可能な解決を見出そうと骨折った。

先ず私はそれぞれの事実を簡単な言葉であらわし、それらを紙の上の垂直の円柱の中に配置したが、これは何にもならなかった。私は小さな四角の箱をやはり垂直に描き、それに少しずつ書きこんで行って、すべての事実を同時的に紙の上に位置づけようと試みた。[49]

このように解決を求めてそれが得られない状態がしばらく続く。そのあいだにジャコメッティの思考は「人間の頭の大きさ」、「物の大きさ」、「物と生きている存在との関係」などに向かう。バルベス・ロシュシュアール大通りに面したカフェに座って考え続けるジャコメッティにやがて啓示が訪れる。

……突然、私はすべての出来事が私の周囲に同時に存在しているという感情をもった。時間は水平の円環になった。時間は同時に空間だった。そして私はそれを描こうと試みた。

そのすぐあとで私はカフェを出た。

この水平の円板は私を喜びで一杯にした。そして歩きながら私は殆ど同時に、この円板を二つの異なった相の下に見た。私はそれが紙の上に垂直に描かれているのを見た。しかし私は水平性に執着した。私はそれを失いたくなかった。そして私は円板がオブジェになるのを見た。

それはほぼ半径二メートルの、線によって幾つかの区劃に分たれた円板だった。それぞれの区劃にはそれぞれの出来事の名前と日付と場所が書き込まれていて、円の縁のところにはそれぞれの区劃に対して一枚の板が立っていた。違った幅のこれらの板は虚空によって互いに引き離されていた。[50]

これに付け加えて、ジャコメッティは、板の上には物語が書かれており、この円板の上を歩きまわり物語を読んでいる自分の姿もまた目にすることになったと言う。以上のような展開を見ると、ジャコメッティによるオブジェは、「危機の瞬間の石化」あるいは「欲望の形象化」など特権的瞬間の析出という視点からの分析が可能なだけではなく、ベルクソンの『物質と記憶』における「純粋記憶」、あるいはドゥルーズがベルクソンを援用しながら組み立てる「時間の結晶」というコンセプトなどに似て、記憶イメージにおける時空の錯綜を問題化する可能性を秘めたものであることが見えてくる。さらに言うならば、ジャコメッティのオブジェに加えて、『ゲームの規則』連作に代表されるレリスの試みもまた、クロノロジカルな秩序によらない、錯綜したナラティヴ構築の模索であった点において、ジャコメッティのオブジェやデッサンと親近性がある。この場合の時間イメージとは、ジャコメッティが述べるように、すべての出来事が同時に存在しているという感覚であり、そのことをレリスは以下のような言葉で述べている。

わが生涯を一歩一歩たどり直して再構成するのではなく、唯一無二の視線をもってこれを抱きかかえて一望のもとに眺めたいと望むのだ（時間の内部にありながらも、すでに時間の外部にあって、溺れかかっている人が一瞬のうちに自分の生涯の展開のすべてをふたたび見る）[51]。

パノラマ的眺望を得るとは、あるいは『歴史哲学テーゼ』におけるヴァルター・ベンヤミンの表現をもって言い換えれば、危機の瞬間にほんの一瞬だけ姿をあらわす弁証法的イメージをとらえることにほかならない。ベンヤミンが援用する「溺れかかっている人」の比喩もまたそのような意味での弁証法的イメージの理解に重なる要素を含んでいる。このような時間把握にあっては、整理済みの過去などどこにも存在せず、すべては語る現在に応じてそのつど語り直さなければならなくなる。物語る現在に相当する瞬間もまた、オブジェとして結晶化する記憶の円錐もしくはピラミッドのなかに同時に投げ込まれ、テクストはそのつど裁ち直され編み直されるほかはない。まさに危機の結晶化とはそのような叙述形態の模索に結びつくものであった。

ジャコメッティの書いたテクストのなかで「夢、スフィンクス楼、Tの死」は「昨日、動く砂は」と並んで、底知れぬ力を秘めたものとなっている。表題にあるTの死とは、一九二一年に生じた出来事であるが、ジャコメッティにとっては「人生の亀裂」をなすと言われるほどの強烈な衝撃をともなう体験だった。

歩きながら私は死ぬ前の頃のTを眼に浮べた。どことなく荒れている庭の奥の、われわれが滞在していた小さな離れ家にいるT、私の部屋の隣りの部屋にいるT。私は彼が寝台の奥で、動かず、黄象牙色の皮膚をし、ちぢこまり、そして既に奇妙に遠くの方に横たわっているのを再び見た。

そのすぐあとで、朝の三時に死んでいったTがありありと目に浮んできた。骸骨のように痩せた手足は、投げ出され、ばらばらになり、身体が遠く打棄てられ、腹部は巨大にふくれあがり、頭は後ろにのけぞり、口は開いていた。どんな死骸もこれほど無に等しいものに思われたことはなかった。それは猫の死骸のように溝に棄てるべきあわれな残骸に過ぎなかった。身動きも出来ずに寝台の前に立ち停まったまま私は、オブジェとなったこの頭、物指で測ることの出来る無意味な小さな箱を見つめていた。[52]

陰鬱きわまりないイメージの連続のなかで、さまざまなTの姿が浮かんでは消えてゆく。すべての像が収斂する地点にあらわれるのは「オブジェとなった頭」、「無意味な小さな箱」でしかない。寝台に横たわる屍体以外のすべての場所にTが遍在するという「漠然とした印象」にジャコメッティはとらわれ、その数カ月前に体験した別の感覚がよみがえる。

私が見つめている顔が凝固し、一瞬の中に決定的に不動化するのを初めてはっきりと認めた時、私は生涯かつてなかったような恐怖に慄え、冷たい汗が背中を流れた。それはもはや生きている顔ではなく、何でもよい他の物と同じように私が眺める一つのオブジェに過ぎなかった。いや、そうではない。何でもよい物としてではなく、いわば同時に生きてもおり死んでもいる或るものとして私はそれを眺めたのだ。私は恐怖の叫びをあげた。あたかも一つの閾を越えたかのように、未だかつて見たことのない世界にはいったかのように。すべての生者は死んでいた。[53]

ここで語られる閾の体験とは、レリスの場合ならば『生ける灰、名もないまま』の背後に透かし見えるものである。その証言が果たして真実であるかどうかはわからないが、連作の制作過程で、ジャコメッティはベッドに伏せるレリスの傍らに同じように横になって、彼の眼に天井の刳り形模様がどのように見えたかを確認したとも言われている。ピエール・ヴィラールが指摘するように、ジャコメッティが語るTの死の「部屋」は、自殺未遂事件後のレリスが寝台に横たわったまま時間を過ごす「部屋」と重なり合って見える。

最後に自殺の試みの現場となった問題の部屋がどのような場所であったのかを確認しておこう。すでに引いた一九六六年一月二十四日の日記では、「〈書斎〉と呼ばれるこの部屋」というまわりくどい表現が用いられていた。じつはこの部屋はレリスの仕事部屋であるとともに夫婦の寝室でもあった。私的生活の最深部にも相当する場でレリスの主著たる「自伝的著作」が書かれ、そのなかには妻以外の女性との恋愛まがいの交流を記す頁が含まれていたわけだから、そのような場での執筆ということじたいが「常軌を逸した話」だと彼自身もまた認めざるをえない。「書斎」であり、夫婦の「寝室」であり、事件の「現場」であり、場合によっては彼の「墓」ともなりえたような場、その部屋は一九五七年六月後半にはジャコメッティの「アトリエ」に変貌し、事件の現場を再構成するために、傷痕の記憶と結びついた室内装飾および調度品の数々が描き出される。イポリット・マンドロン街のアトリエの侘しいたたずまいに比べれば、レリスが暮らすアパルトマンの一室は第二帝政様式の室内装飾をもったブルジョワ的住居の雰囲気が漂うものだったとはいえ、危機的で臨床的な要素が潜在する点ではきわめて不気味な場でもあった。その「殻のごときもの」[54]をジャコメッティは連作のなかでみごとに描いてみせたわけである。

第三章　道化役者の肖像——ピカソの場合

Pablo Picasso, *Portrait de Michel Leiris*, 1963

一九六六年に出版されたミシェル・レリスの評論集『獣道』には口絵図版としてピカソが描いた著者の肖像が挿入されている。レリスの著作に関する詳細な書誌を作成したルイ・イヴェールによれば、この口絵図版[26]は一九六三年四月二十八日に描かれた十四点もしくは十五点のデッサンのひとつだという。[55] 口絵図版として用いられた一点を除くと、ほかは一般の目に触れる機会は少ないが、二〇一三年秋にヴィルヌーヴ・ダスクで開催された「ピカソ、マッソン、レジェ——ダニエル・カーンワイラーと彼の画家たち」と題する展覧会には、この連作のうち十点が展示されており、いまわれわれはこの展覧会図録をもとにして、大まかな特徴を容易に確認することができる。[27][56] 一連のデッサンは鉛筆画で、いずれもほぼ一筆書きに近い線をもって首から上の卵形の頭部を描き出している。構図の点では、たとえばジャコメッティによるレリスの肖像のような正面像あるいは横顔ではなく、斜め左から捉えた姿になっている。口絵図版として用いられた一点にはパステルによる彩色が加えられていて、ほかの鉛筆による線描とはかなり違った印象がある。暗緑色のバック、さらには顔および組み合わされた手の部分に見出されるピンク色の線がひときわ印象的だ。

　そのほかの特徴としては、斜め向きの顔と完全な横顔がひとつに合体していて、見方によっては二重の像と見える点があげられる。このような描き方はすでに一九三〇年代の油彩による女性像に見られるものでもあり、代表的な例としては《赤い肘掛け椅子》（一九三一年）、《鏡のなかの女》（一九三二

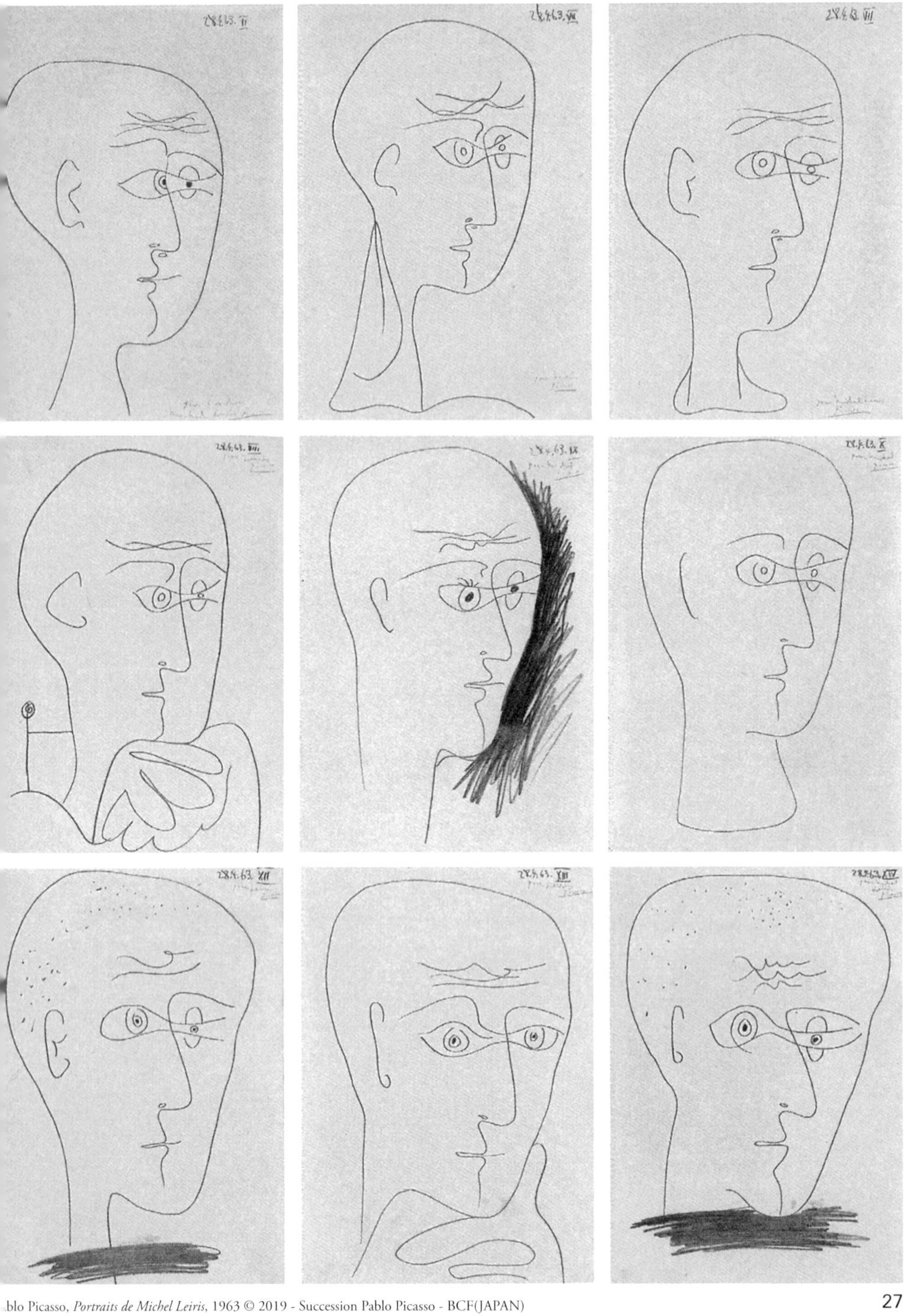

blo Picasso, *Portraits de Michel Leiris*, 1963 © 2019 - Succession Pablo Picasso - BCF(JAPAN)

年）などがあるが、このレリスの肖像では、ほぼ連作のすべてにわたって、右目と左目の描き方が異なっていることもあり、二つの顔をひとつに合わせたような印象がさらに強まっている。ほかの特徴としては、必ずしも連作すべてに共通というわけではないが、額に刻まれた皺が目立つと言えば目立つ。この連作が描かれたとき、ピカソはすでに八十二歳、いっぽうのレリスも六十歳を超えていた。ただし、一筆書きの横顔の部分だけを眺めてみると皺は消え去って、思いがけずに若々しい青年の顔がたちあらわれるようでもある。そこでは空間的な圧縮だけではなく、時間的な圧縮もまたなされているのだろうか。

ジャコメッティとピカソ、あるいは二種類の連作

この連作を改めて眺め直してみると、肖像とはいっても必ずしも人物の現実的特徴をとらえているようにも見えず、大幅なデフォルメが加わっている点がまず目につく。現実的な特徴をデフォルメしたカリカチュア的要素といったものが感じられないわけではないが、だからといって、カリカチュアそのものとしてこれを眺めるのも無理があるように思われる。同じくレリスの肖像といっても、一九二〇年代および三〇年代にマッソンが描いた肖像、一九五七年に詩集『生ける灰』のためにジャコメッティが制作した肖像デッサン、フランシス・ベイコンが一九七六年および七八年に描いた油彩の肖像などは、それぞれ描き方は異なるにせよ、モデルとの形態的類似を完全に消去するようなことはしておらず、油彩、素描、版画などの媒体の違いや作品のサイズなどの物理的条件を突き抜けて、モデル独自の存在に迫ろうとする気迫が感じられる。さらに言うならば、そのどれをとってもレリスの著作活動との強い関連を示唆するように思われるのである。これに対して、ピカソの連作はあまりにも無造作で無防備な姿を見せている。ごく平易なデッサンであるだけに、どのようにしてこれに応接す

べきかがかえって難しく感じられるのは奇妙でもある。ピカソのほかの肖像デッサンのなかに似たような作例を探してみても意外とこれが見当たらない。

レリスをモデルとした肖像の連作という点に関して、ピカソの作品は、その六年前にジャコメッティによって描かれた作品とあえて向き合おうとしているように思われる。すでに見たように、ジャコメッティの作品は、レリスの詩集『生ける灰』のために制作された銅版画の一部をなすものであり、そのうち肖像画は、正面像、横顔のほかにベッドに横たわるレリスの像も含めると二十四点存在する。レリスが自殺未遂事件を引き起こし、クロード＝ベルナール病院での入院治療を経て自宅にもどってまもない時期に描かれたものであり、ベッドに横たわるレリスを描いているものを含むという意味において、いわば臨床的なアプローチともいうべき独特の雰囲気をただよわせている点はすでに見た通りだ。細かな線が何重にも重なり合うなかに浮かび上がるその頭部の表現はこれを見る者に重苦しく迫る。

『生ける灰』は一九六一年三月末日に印刷を終え、ジャン・ユーグ書店より刊行された。その後しばらくしてジャコメッティの連作の完全な図版がレリスのもとに送られてくる。一九六二年十月十二日の日付をもつピカソ宛のレリスの手紙を見ると、この詩集に用いるためのジャコメッティの連作の完全な図版が二部届いたので、そのうちの一部を誕生日のお祝いをかねて献呈するという旨の記述が認められる。[57] ピカソがレリスの肖像を描くのはその半年後のことだから、その時点で画家はジャコメッティの連作をすでに目にしていたことになる。ジャコメッティの場合は詩集、ピカソの場合は評論集という違いはあるが、いずれも本の挿画のための仕事だった。

ジャコメッティの連作とピカソの連作が向き合うといっても、両者の雰囲気はひどく異なる。レリスの自殺未遂事件が起きたのは一九五七年五月末日のことだから、ピカソがレリスの肖像を描く時点では、ほぼ五年半が経過している計算になる。事件の傷は癒え、ひとまずレリスの精神状態は安定を取り戻しているように見える。ミシェル・レリスの『日記』には、肖像デッサンが描かれた一九六三年四月二十八日の日付のもとに、カンヌ湾の散策と周辺の印象など若干の事柄が記されているが、肖像デッサンについての記述はとくに見当たらない。レリスは南仏のピカソの家カリフォルニア荘に滞在していたのだろう。ジャコメッティが生死の境をさまよう亡霊のごとき者の肖像を描いたのだとすれば、ピカソの仕事には、ごく寛いだ雰囲気のなかで即興的に描かれた一筆書きというべき筆致がある。日記を書くかわりに絵を描いたというかのように、デッサンの右上には日付が記されている。口絵図版として選ばれた一枚には、日付のほかに「ミシェルのために」という献辞とピカソの署名が記されている。南仏に暮らすピカソのもとを訪れたレリスの肖像デッサンを、いわば長年にわたる友情の記念だというかのように、彼を前にしてピカソは次々と描いてみせる。そこに漂うのは「主題と変奏」という表現が喚起する音楽的な気分だというべきではないか。

レリスとピカソ

一九五七年五月末日からの数日間、クロード゠ベルナール病院でいまだなお朦朧とした意識のなかでレリスを襲った幻覚の数々は『縫糸』において詳細に語られることになるが、その最初の幻覚がピカソとその伴侶のジャクリーヌをめぐるものであったことは興味深い。実際には、この数日間というもの彼はほとんど意識のない状態にあり、病室のベッドから動けなかったわけだが、意識の混乱のなかで、ひそかに病院を抜け出し、列車に飛び乗ってピカソとジャクリーヌに会いにカンヌに向かったという錯覚が生じる。

バルビツール睡眠薬の壜の中身を思い切って口に入れた瞬間ははっきり覚えていたが、そのあとの展開についての記憶はなんとも頼りない。わかっていたのは、この行為に及んだあとカンヌ行きの列車に飛び乗って、ピカソとその伴侶ジャクリーヌに会いにゆこうとしたのは、二人に別れを告げるためであり、また自分の胸のうちを明かして、これまでピカソが終始一貫して私に示してくれた模範的な態度を完全に裏切るにひとしい行為について、ただひたすら詫びるためだった。というのも自沈行為の結果として、創作に用いるべき自由な時間の相当な部分が奪われることになるからである。こうして、ピカソやジャクリーヌと一緒に、彼女の友人で、航空機の操縦がなおも特別な技能を意味していた時代にパイロットでもある人で、二、三回顔を合わせたことがあった親切な医者の家をてっきり訪れたつもりになっていたのである。［……］ジャクリーヌと一緒にこの人の家で私は痛飲し、睡眠薬の効果も加わって前後不覚の状態に陥り、わが遁走劇の顚末として、ブリュッセルの病院に緊急入院させられる羽目になったという筋書きだったのだ。医者の家で酔っ払う、さらには酒を飲んで気晴らしをするなどありえないはずのピカソの目の前で、というわけだが、それは電光石火の展開の様相を呈するこの旅に加えられる愚かな結末のように思われた。麻酔薬の影響を深く受けていても、グランゾギュスタン河岸の自宅を後にして、ひと飛びに南仏は地中海にのぞむ刳り形装飾のある大きな別荘にまで移動したのは、彼とのあいだにほとんど親子同然といってよい精神的つながりがあったからだが、この失態はその絆を裏切るものだから恥ずかしくてならない。[58]

ひどく混乱した記述だが、混乱した意識を示すのに、明確な意識を取り戻した後になって、筋道をきちんと辿り直してということではなく、いまだ混乱状態のままに書くとすればこのようになるはずだ。南仏に行った後にブリュッセルの病院にかつぎこまれたというのもまた幻覚であって、実際にはカンヌ行きの列車に乗ったりはしていない。いかにその幻覚が奇態なものであれ、闇に深く落ち込んだレリスの脳裏に最初にピカソの姿が浮かび上がったことは特筆に値する。

レリスにとってピカソという存在は、マッソン、ジャコメッティ、ベイコンなどの場合とは違って、芸術家という枠を大きく超えるものでもあった。ピカソの画商として名高いダニエル＝アンリ・カーンワイラーはレリスにとって義父であり、レリスの妻ルイーズは、カーンワイラーの妻リュシーの娘であったが[59]、ドイツ軍によるパリ占領とユダヤ人排斥運動の流れのなかで、一九四一年以降カーンワイラー画廊を引き継いで画廊経営にあたる。戦後カーンワイラーは美術商の仕事を再開し、ルイーズ・レリス画廊の一角に自分のオフィスを構えてピカソの新作を一手に引き受けて扱うことになる。すでに「ピカソの画商」として名が知られる人物の地位はさらに確固たるものとなるのである。ルイーズ・レリス画廊は何度かピカソの作品展を開いているが、レリスもまた画廊が発行する小型の展覧会カタログに幾度となく序文を寄稿している。

カーンワイラーとともにピカソはレリスの生活圏の奥に深く入り込んだ人間である。一九二〇年代にルイーズと結婚してレリスがすぐに移り住んだのはブローニュ＝ビヤンクールのカーンワイラー宅であったし、その後カーンワイラーはドイツ占領下のパリを逃れて地方に移り住むことになるが、ひそかにパリに戻って身を隠して暮らしたのはグランゾギュスタン河岸のレリス宅である。その時期のピカソはといえば、レリス宅から目と鼻の先にアトリエを構えていた。レリスに詩作の手ほどきをしたのはマックス・ジャコブだったが、この詩人は「洗濯船」時代のピカソの盟友であり、『聖マトレル』を手始めにこの二人の共作を出版したのはカーンワイラーだった。レリスはいわばカーンワイラー＝ピカソの絆によってどこまでも包囲されていた。若き日のレリスにとって、このような状況とうまく折り合いをつけて生きてゆくのは必ずしも容易ではなかったはずであり、そのことを示す幾つかの徴候がある。結婚後まもなくレリスが新妻をあとに残してエジプトにいるジョルジュ・ランブールを頼って逃避行に出たのは、そのひとつだといってよい。[60]

ピカソがレリスの肖像を描く少し前のこと、画家の八十歳の誕生日を記念してニースの共産党系日刊紙『ニースとフランス南東部の愛国者』（一九六一年十月二十五日）に掲載された短文で、レリスは、すでに四十年におよぶピカソとの交流を思い返し、シモン画廊で最初にピカソの絵の数点を見たときの感激を述べるとともに、その感激が絵だけに触発されたのではなく、事務所を立ち去ろうとする画家の姿を目撃したことにもよると書き添えている。カーンワイラーによってレリスは「若い詩人」としてピカソに紹介される。ピカソはすでに名声を得ているが、これに対してレリスはといえば、まだ作品らしきものは何も発表していなかった。その数日後、ふたたびシモン画廊を訪れようとラ・ボエシー街を上ってゆくレリスは、反対方向から歩いてくるピカソに出会うが、相手は旧知の仲のように話しかけてきて「元気かい？　じゃあ、きみは仕事をしているんだね？」と言ったという。ピカソの感嘆すべき面のひとつは「他人がすることに対する無限の好奇心であり、誰をも対等に扱うことができるすばらしい心の広さであり、台座の上にのってあがめたてまつられるようなことにはならず、探究心を少しも失わないように仕向けた一種の方法的懐疑である」とするこの文章の結語には、レリスのピカソ観の根本が示されているといってもよい。レリスの最晩年に書かれたピカソ論のタイトルは、このようなピカソ観を要約するかのように「台座なしの天才」（一九八八年）となっていた。

ピカソについて語るレリスの言葉にもまた、その自伝的著作につながる経路が見出される。闘牛、画家とモデル、道化師としての芸術家、演劇性など、レリスがピカソの作品のうちに見出した示導動機《ライトモチーフ》の数々は、ともすれば断片の集積となりかねない彼自身の作品の要石となるものでもあった。

ピカソのレリスへの影響は計り知れないが、逆にレリスがピカソの導き手となる場合もある。たとえば闘牛に関する両者の関心のもちようにもそれがあらわれている。まずレリスの側から見ると、一九三〇年代後半からほぼ十年のあいだに次々と書き継がれる『闘牛』(一九三七年)、『闘牛鑑』(一九三八年)、「牡牛に扇を」(一九三八年)、「闘牛として考察された文学」(一九四六年)などの一連のテクスト[61]の出発点にあるのは、一九二六年八月に南仏のフレジュスで闘牛を見た体験であり、みずから「おぞましい殺戮」だったと回想するその情景の一部はシュルレアリスト時代のテクスト『大雪崩』(一九二六年執筆)に組み込まれることになるが、ほぼ四十年後にメルキュール・ド・フランス書店から再刊された折に新たに付された序文は、彼を闘牛見物に誘ったのがピカソだったことを明かしている。[62]これとは逆のケースもある。一九三〇年代後半以降、レリスが闘牛見物のために訪れるのはニームやアルルの闘牛場であるが、たびたびピカソをそこに誘っている。[28][63] 一九五〇年代末から六〇年代初頭にかけての闘牛を主題とするピカソの作品にあって、ペペ・イージョの『闘牛』のために制作されたアクアティント銅版画のシリーズはひときわ優れたものだが、これはアルルの闘牛場で見た光景をスケッチしたものだ。

ピカソが没するのは一九七三年四月八日のことであり、レリスの日記には、ただひとこと「ピカソの死」と記されるのみであるが、『囁音』には、犬を連れて散歩に出かけた彼が家に戻って妻から「パブロが死んだ」という知らせを聞くまでの数時間の時間の流れを追った記述が含まれている。その数日後、新聞に掲載されたピカソ追悼の記事を読みながら、レリスは異教からキリスト教への移行の際にどこからともなく「パン、偉大なパンは死んだ」という叫びが聞こえてきたという逸話に思いを馳せる。散歩の途中に感じた異変の徴候、帰宅したときに生じた犬同士の喧嘩、自動車の接触事故、さらにはパンの神の死を知らせる叫びなども含めて、連続する物音が耳に強く響いたとレリスは述べ、

連続する物音を「雷鳴」、「猛々しい吠え声」、「鉄板の衝突音」、「叫び」の四つの語をもって表現してこの断章をしめくくっている。[64]

五十年におよぶ二人の交流のなかでレリスが受け取ったものの大きさは計り知れないが、ピカソがどのような位置を占めていたのかを測量するのは必ずしも容易ではない。マッソンあるいはジャコメッティなど、レリスと同世代の画家たちとの関係を考え合わせると、さらに事態は複雑になる。たとえば一九二〇年代末のレリスが、ピカソとの比較の上で、マッソンにより親近感を覚えると語っているのは当然ともいえるだろう。『日記』の一九二九年五月十三日の項には、ピカソとマッソンを比較し、前者は「冷ややかなまでに悪魔的だ」として、「マッソンの絵のほうが理解しやすい」と述べるくだりがある。レリスにとってマッソンは四歳年長の存在、ほぼ同時代人であったのに対し、ピカソは一世代上の存在である。必ずしもそのような世代的な問題が決定的要素となるわけではないが、ブロメ街のアトリエを出発点とするレリスにとって、マッソンは盟友、ピカソはすでに大画家で遠い存在であったという違いは容易に想像できる。しかもまたレリスには彼なりのアプローチの周期といったものがあるようであり、一九五〇年代以降のレリスは、逆にピカソの強力な影響下にあるように見える。この時期、レリスはマッソンからしだいに離れてゆき、ピカソについての文章を次々と書くようになるのである。もちろんこの変化には、ルイーズ・レリス画廊の新たな展開というきわめて現実的な事情も加わっているはずだが、ピカソを理解する準備のために、レリスなりの時間的余裕が必要だったとも考えられるのである。

ジャコメッティとピカソの関係ということになると、さらに微妙な問題がある。一九五〇年初頭にルイーズ・レリス画廊が、レリスの提案をもとに新たにジャコメッティの作品を扱う方針を打ち出そうとしたのに対して、ピカソが横槍を入れ、結果的にマーグ画廊がジャコメッティの作品を扱うことになったということがそれである。『獣道』のためのピカソの連作はそのような緊張関係に和解をもたらすものだったのか。それともピカソは、あくまでもジャコメッティの連作に対抗しようとしてレリスの肖像を描いたのか。

芸術家《アルティスト》の表象

レリスはピカソについてほぼ二十点におよぶ文章を書いている。[65] その大半は展覧会評あるいは展覧会図録の序文もしくは解説文である。『ドキュマン』誌一九三〇年第二号に掲載された「ピカソの最近の絵」と題されたテクストはその最初期のものにあたる。「作家ピカソもしくは我を忘れたポエジー」と題された最後の文章はピカソの文章を断簡零墨のたぐいまですべて含んで一冊に収めた大部の豪華本の序文（一九八九年）として書かれたものであり、最初と最後では、六十年におよぶ時間的なへだたりがある。

レリスが本格的にピカソについて書くようになるのは、「ピカソと人間喜劇、あるいは大足の災難」（一九五四年）あたりからだ。それ以後は「小文字のバルザックと大文字なしのピカソ」（一九五六年）、「ピカソとベラスケスのラス・メニーナス」（一九五九年）、「画家とそのモデル」（一九七三年）などの一連の論考が示すように、ピカソの創作行為と書き手であるレリス自身の関心が重なり合い新たな境地が切り開かれてゆく。

レリスのピカソ論の特質は、ひとまず一貫したモチーフを取り出してみせて、そのモチーフが時とともにどのように変化してゆくかを示すところにあるといえるだろう。彼の関心の中心にあるのはあくまでもピカソがとりあげる主題、制作を貫くモチーフであり、キュビスム、青の時代など時代に応じた造型的原理やスタイルの変化といった点にはさほど注意が向けられていない。そのほかにレリス独自の傾向と考えられるのは、油彩とデッサンの区別、画家ピカソと作家ピカソの区別がまったくなされぬまま、いずれも同じ資格で自由に扱っている点である。こうして彼は『尻尾を摑まれた欲望』、『四人の少女』、『オルガス伯の埋葬』などのピカソの諧謔的テクストの世界——これに匹敵するものとしてはジェイムズ・ジョイスくらいしか思い浮かばないとするほどの惚れ込みようだ——の扱いも、絵画作品を相手にする場合とほとんど変わることがない。こうした風変わりな「戯曲」は余技として扱われるのではなく、ピカソにおける創造の原理をさぐるうえでは造形作品とひとしい価値をもつという確信のもとに論じられるのである。レリスにとってのピカソは、画家、彫刻家、素描家、版画家、陶芸家であるだけではなく、「文学の分野におけるフランス語とスペイン語の、とりわけピカソ語の詩人」である。レリスのピカソへのアプローチを象徴的に示すものとして、まずは数あるピカソ論のなかで「台座なしの天才」と題されたテクストの一節を引いておこう。

> 変幻きわまりないピカソの作品に見られる示導動機《ライトモチーフ》のごとき何か。すなわち大道芸人、サーカスの人々、音楽家たち、闘牛場の闘牛士、あるいは休息している闘牛士、昔のあるいは今の画家たち（ときに虚構のアトリエらしき光景が描かれ、ジャクリーヌとおぼしき物憂げなポーズをとるモデルの女性と向き合ってイーゼルの前に座っているのは、パブロその人とみなすことのできる人物の姿だ）、古代的な姿の彫刻家たち、ありとあらゆる種類の芸術家がこのように彼の作品には次々と登場する。彼らの姿が見えない時期などないといってもよいほどであり、たしかにこれに代わってほかの主題があらわれることはあるにせよ、芸術家としての活動がいかなる種類のものであれ、こうしてピカソが特別に愛着を見せる特権的なテーマに花を添えるのである。[66]

「芸術家」の登場を踏まえたうえで、闘牛士、画家、彫刻家、音楽家、大道芸人などが体現する「芸術家の神話」に触れる以下の一節において呼び出されるのは、かつてジャン・スタロバンスキーが『道化師としての芸術家の肖像』で論じた芸術家にかぎりなく近い存在である。[67]

ピカソにとって芸術は宗教ではなく、たとえば「画家とモデル」の主題をもって彼がたびたび芸術をイロニーの標的としたことは、彼がマージナルな人間としての芸術家の神話、ロマン主義を起源とし、ブルジョワ社会の慣習への拒否をあらわすこのヨーロッパの神話の否定をいささかも意味しない。それどころか彼は作品を通じて、こうしたマージナルな存在のなかでも典型的といえる人たち、その技芸が「立派な芸術」に関係するとは認められていない人たち（道化師、軽業師、女曲馬師）やコンサート・ホールなどでは決して演奏が聴けない音楽家たちや、いまや華やかなスター扱いがされるようになったが、昔はまことに惨めな存在だった闘牛士——牛をしとめたマタドールに、犠牲になった動物の耳をあたえることは、この動物が彼のものであり、それを食肉として売ることを意味していた——などに、風刺などまったく交えずに、つねに特権的な場をあたえてきた。[68]

この文章が書かれたのは一九七三年、スタロバンスキーの古典的名著が出たのはその三年前の一九七〇年、ひょっとするとこのくだりを書くにあたってレリスはスタロバンスキーの本を参照したのかもしれない。スタロバンスキーは、ミュッセを出発点としてフローベール、ジャリ、ジョイスを経てヘンリー・ミラーにいたる作家たちの名をあげながら、大道芸人あるいは道化師と呼ばれる者たちの像は、まさしく「現代性」の特徴をなす「偽装された自画像」であるとしている。レリスはすでに

「ピカソと人間喜劇、あるいは大足の災難」（一九五四年）と題するエッセイで「嘲弄される芸術家の神話」の系譜に言及し、ボードレールの「年老いた大道芸人」、ネルヴァルの「名声赫々たるブリザシエ」、マラルメのソネットの「道化懲戒」、レーモン・ルーセルの小説『代役』の主人公、チャップリンの「最近の映画」（おそらくは『ライムライト』）の主人公など、数々の例を引いていた。だとすれば、むしろスタロバンスキーのほうがレリスに倣っているというべきかもしれない。

「画家とモデル」なる主題は、「道化師としての芸術家」とは別の方向に展開する可能性を含んでいる。レリスが書いた一連のピカソ論のなかでは「ピカソとベラスケスのラス・メニーナス」がこの問題に触れる最初の例となっていたが、ほぼ十五年後に書かれた「画家とモデル」はそのタイトルからして、この問題にじっくり取り組む意気込みを見せている。というのもレリスによれば、ピカソにあって「画家とモデル」という主題は、驚異的なまでの多様な変化を体現していて、「イメージによる一種の百科辞典」ともなっているのである。このエッセイでは、ピカソの芸術において自伝的要素が大きなはたらきをしているという認識も示されていた。これはいかにも「自伝作家」レリスらしい解釈だと思われるかもしれないが、芸術家の表象を作品のうちにたどりなおそうとする際に、ピカソの伝記的要素の反映をそこに認める視点はカーンワイラーから彼が受け継いだものだった。

ピカソが各時期を通じて扱った主題がどのようなものであろうと、大体のところは、そのどれもが彼の生活と密接に結びついている。日常生活の背景をなす諸要素、感覚や感情の絆で彼と結ばれた人々、青春時代に知り合った哀れな、あるいは一風変わった人々、《ゲルニカ》を嚆矢とする叙事詩的寓話、古典神話から、あるいは純然たる個人的な伝説から生まれた図像、これらの主題――彼の実人生や、多かれ少なかれ想像上の生活から持ちこんだもの――のどれひとつとして、心身両面で作者と明確な関係を結んでいないものはなく、彼の伝記のなかに厳密に位置づけられないものはないのである。[69]

「日常生活」とは言っても、必ずしも穏やかなものばかりではないのはいうまでもない。「地獄の季節」に相当する瞬間もあるとレリスは指摘する。「一九五三年の終わりから一九五四年の初めにかけての忌まわしい〈地獄の季節〉、すべてを問い直さざるをえなくする私生活の危機の、ピカソにとっての日記、といっても文字ではなく、絵による日記にあたるもので、ほとんどがモノクロームで、場合によって色鉛筆で描かれたものも含まれているが、この一連のデッサンと石版画が位置するのは、徹底したリアリズムとこれもまた徹底したファンタジーの双方が入り交じる次元だとすべきだろう」[70]と述べることで、レリスは危機に遭遇する芸術家の姿を描いているが、この三年後には彼自身もまた一層深刻な危機に遭遇することになったわけだから、そこには予言的な含みがあったことになる。

これまで幾つかの引用をもとに見てきたように、画家自身の姿を絵のなかに描き込む行為、作品に投影される自伝的、伝記的要素といったものは、ピカソのみならず、あるいはそれ以上にレリス自身の著作活動に深く関係する事柄である。ピカソの肖像を描き出そうとするレリスの行為は、結局のところ、ここでもまた自己言及的な回路を離れることはない。

「ピカソの芸術と闘牛の双方の特徴となっている、正反対なるもののたえざる相互浸透」とレリスが言うときの「正反対なるもの」は、ピカソとレリスの二人に置き換えてみることもできる。そのことを考えるために、「ピカソと人間喜劇、あるいは大足の災難」（一九五四年）と『縫糸』（一九六六年）における夢の記述を重ね合わせて読んでみることにしよう。このピカソ論を読みながら、そこで論じられる馬の主題に思わず注意が引き寄せられるのは、すでに『抹消』（一九四八年）にも「ピカソの馬」

が登場しており、さらにまた『縫糸』で語られる夢にも似たような馬が登場するからである。まずはピカソ論のほうだが、この場合の馬とは、具体的には闘牛場に姿をあらわすピカドールの馬、さらにはバレエ『パラード』の緞帳に描かれた馬のことである。グロテスクな運命がピカソの馬を待ち受けている。緞帳に描かれたペガサスの絵からピカソの芝居に登場する馬へと展開する流れをレリスは追いかける。[29]

翼をつけた踊り子を背にのせた『パラード』の緞帳のペガサスは、やがてはその不吉な仲間であるピカドールをのせた馬と一体となり見分けがつかなくなる。『四人の少女』なる芝居の第四幕にあたる最終場面では、このペガサスが、腸を失うのが見られることになるが、その頭にのっているミミズクは、絵や彫刻、そしてとくに陶器に繰り返し表現されたお馴染みの鳥を原型とするものだった。[71]

『パラード』はエリック・サティが曲を書いたことでも有名だが、もとはといえば一九一七年にロシア・バレエ団によりシャトレ座で初演がおこなわれたバレエの演目である。[72] その緞帳のためにピカソがキャンバス地の上に描いたテンペラ画は縦十メートル横十七メートルにおよぶ巨大なものであり、左手にペガサスとその上に乗る天使の翼をつけたバレリーナ、さらにペガサスに寄り添う子馬を描き、右手にはアルルカンやらギター弾きなど複数の人物を配する構図となっている。全体は緋色の緞帳が左右にひらいて、舞台奥まで見渡せるような具合で描かれており、劇中劇的な要素を取り込んでいる。ピカソは、この緞帳画のほかに、衣裳および舞台装置も担当し、とくに二人のマネージャーと馬に見られるキュビスム風の造作は滑稽な要素を一手に引き受ける役目を負っている。一九二三年のシーズ

Picasso, *Rideau de scène du ballet* Parade, 1917

ンには、ゲテ座で『パラード』の再演がおこなわれ、レリスはこのときの舞台を見たことを『抹消』で語っており、さらに「『日常生活のなかの聖なるもの』あるいは『名誉なき男』のためのノート」と題されたテクストでは「決定的に重要なスペクタクル」として、『ペトルーシュカ』、『パラード』、『一九二九年のブラックバーズ』、闘牛、『陽気な離婚者』におけるフレッド・アステア[73]という五つを掲げている。単に彼を魅了した舞台の記憶（もっとも闘牛は「舞台」とは言えないかもしれないが）を語るというだけでなく、「退屈な芸術作品」を超えた地点に成立する「呪縛力のあるフェティッシュ」という彼の最初のジャコメッティ論で提起された構図をさらに発展させるものとしての「聖性」の理解へとわれわれを導くヒントがここにあるように思われる。ここでは『パラード』についての簡単な補足説明として「二頭の馬の主題＝緞帳のペガサス（翼のある大きな白い馬、もっと小さな馬がこれに寄り添っている）と滑稽な馬」という言葉が記され、二種類の馬の対比が示されている。『抹消』で語られる『パラード』の舞台の記憶にあっても、ピカソの「馬」の話が中心的部分を占め、やはりペガサスと戯画化された四足獣の対比に力点がおかれている。『抹消』から引用した以下の部分では「ピカソと人間喜劇、あるいは大足の災難」におけるピカソの馬のそれに重なり合うというだけでなく、内容および表現の両者の面からしても、一方は自伝的作品であり、もう一方はピカソ論だというテクストの位相の違いを無効にする書き方がなされている。

> ピカソがこのバレエ――彼は舞台装置と衣裳を担当した――のために描いた幕には、サーカスの一場面が描かれている。すなわち踊り子が翼のある大きな白馬の背にのって平衡をとっているところで、馬は自分より小さい馬の頸部に首をのせている。ところでこのペガサス――幕が上がると姿が消えるわけだ――はまもなく戯画化された汚らしい四足獣の姿をとって、バレエの登場人

物たちのあいだに姿をあらわす。みすぼらしい毛並みで、中には二人の男性ダンサーが隠れている。上演が終わって幕が降りると、例の大きな馬がまた姿を見せる。それゆえ、失笑を買う駄馬から、最後には人をうっとりさせる駿馬へとまた戻ることになるのであり、要するに、すべてはこの二種類の馬をへだてる落差において演じられるのであり、一方には神話の作者たちが、またもう一方には大道芸人が「馬」について思い描いた像があって、二頭の馬はそれを実体化しているのである。緞帳に描かれた非現実的なペガサスはわれわれの期待にかたちをあたえるものであり、これに続いてピカドールの乗る痩せ馬（全体がパッチワークでできていても、縫い目をほどいてやりなおす必要があったわけでもない）が登場して、がらんとした舞台空間を醜悪な姿で跳ね回るのを見るとき、その馬は舞台の三次元的空間内のすべての現実を食らいつくし、現代芸術が必死に追究することになる大きな目的であるはずの「真実よりも一層真実なもの」に到達する。そのあと幕が再び降りて、それから夢へと送り返されるのだが、「真実よりも一層真実なもの」にしても結局のところは夢なしですませることはできないのである。[74]

ピカソ流の諧謔はレリスの羨望の対象とはなっても、彼自身のものとはなりえない。レリスの場合は、グロテスクな運命とはいいながらも、なおも叙情的なトーンを脱しきれていない。夢の記述こそがレリスの本領が発揮される特権的な場をなしているという点もこのことに関係するのではないか。今度はレリスの夢に馬があらわれる瞬間を見ておくことにしよう。『縫糸』では、一九五五年春にみた夢のなかで「色のはっきりしない一頭の馬の姿を目にした」ことが報告されている。夢に登場する馬は、鬣《たてがみ》がなびくばかりで、どこにも動きは見えないのに、それでいてゆっくりと移動をつづける。夢が「圧縮」と「置換」の操作から成り立っているというならば、ここにはいかなる種類の操作が介入しているのだろうか。レリスはこの夢の性格をつきとめようとして次のように書き記す。

馬の鬣にも特定の色はないが、そこにはこの動物の生のすべてが凝縮して示されているようであり、自分でもよくわからないままに親密であるとともに遠くかけ離れた意味を私がこの馬に与えているのは、曖昧ではあるが精確な絆があって、私自身の存在のなかでも一番把握しきれないでいる要素とこの馬を結びつけようと思ってのことだった。[75]

『抹消』にはじまり一九五四年に書かれた「論考」（「ピカソと人間喜劇、あるいは大足の災難」）の一節から一九五五年に見た「夢」（『縫糸』）の記述へと通じるひそかな通路があると考えてみることにする。『パラード』の緞帳から『四人の少女』へと馬の変貌を追う思考の流れは、この通路を伝って、そのまま夢のなかへと忍び込んでゆき、曖昧模糊たる夢のイメージを追いつつ、夢に詩的イメージの源を求めようとする。

あるいは、ここで問題となっているのは「馬」という以上に「ペガサス」あるいは「ピカドールの馬」だとすべきかもしれない。つまり視覚的形象としての馬ではなく、馬にまとわりつく音の響き——ピカソの死の際に体験したあの音の響きにも比べることができるようなもの——、もしくは音の形象こそが問題となっているのかもしれない。出発点をなすのはピカソという音の響きであり、これを出発点としてピカソ（picasso）—ペガサス（pégase）—ピカドール（picador）という音の響きが谺となって連続的に聞こえるということなのかもしれない。このような物言いがいささか恣意的で唐突に聞こえることを承知の上で補足するならば、レリスのテクストには、語の響きを反復あるいは増殖するためだけに書かれているように思われるものが数多く認められるのであり、「台座なしの天才」と題されたテクストもまた、五つに分かれるパラグラフのうちの四つをすべて「ピカソ」という語を頭において始めていて、その典型といえるものとなっている点を指摘しておこう。

さらにまた「小文字のバルザックと大文字なしのピカソ」と題された文章は、そのタイトルからしていかにも奇妙なものであるが、ここでも音声的遊戯が試みられている。翻訳ではわからないが、まずバルザックおよびピカソという固有名詞が普段のように大文字ではなく、小文字によって書き始められている点が目を引く。

……ピカソによって大文字を奪われて小文字のバルザックと化し、通りがかりの人間というならまだしも、ごく普通の事物（風景や静物の段階にある）の状態に変えられてしまったもの、プレイアード叢書のバルザックやゲルマント氏のバルザック〔プルースト『サント・ブーヴに反論する』の一章への言及〕の傍らに突然姿をあらわしたこれら小文字のバルザックは、どんな劇や喜劇の筋書きにも姿が出てこないものである。軽業師《サルタンバンク》やミノタウロスや腹を割かれた馬ならばその伝説的な行状を描くのもたやすいといえようが、それと逆に、ここでのバルザックはいかなるエピソードも引き寄せない。歴史や神話の道筋をたどる必要が少しもないバルザック。あるがままの彼であると同時に、あるがままの彼とは別のものであり、そのたびごとに、違ったかたちで彼であり、彼でないように存在するのが、唯一の輝かしい冒険であるようなバルザック。パブロ・ピカソによる「オノレ・ド・バルザック」、言葉を換えて言えば、同時に小文字のピカソであるような小文字のバルザック……[76]

このあとの部分では、ピカソ論というよりも駄洒落のように音を玩ぶレリス特有の言語遊戯がくりひろげられる特殊な光景が待ち受けている。この文章が書かれた時期のレリスは、後に見るように、コレージュ・ド・パタフィジックに接近し、会合にも顔を出していた。好んでこの種の遊戯に向かう傾向が強まっていたのかもしれない。だが、そのあたりの詮索に首を突っ込むよりも、ひとまずこの文章が書かれた背景を簡単にふりかえっておくだけにしたほうがよいかもしれない。発端は一九五二年十一月のこと、ピカソはフェルナン・ムールロの求めに応じてバルザックの肖像を制作する。計十一点にのぼる肖像が制作されたが、ピカソの挿絵本に関するカタログ・レゾネの解説にしたがえば、徐々に発展して完成に向かうというよりも、少しずつ違った側面があらわれる点で変奏として捉えるべきだという。[77] そのなかの一点は、一九五二年にアンドレ・モロアの序文つきで出版された『ゴリオ爺さん』（アンドレ・ソレ出版）の挿絵として用いられた。レリスの肖像の制作より十年ほど前のことだが、複数の像の作り方や、本の口絵として用いられるあたりには似たような雰囲気がある。一九五七年には肖像のうち八点を選び、レリスの文章を序文として付したものがルイーズ・レリス画廊によって刊行されている。[30] 部数は百部あまりである。レリスの文章の末尾には「カリフォルニア荘―パリ、一九五六年十一月」の記述がある。カリフォルニア荘はピカソの南仏の別荘の名であり、そこからもこのレリスの文章が一般の読者にひろく語りかけるというよりも、親しい友人たち、画廊の周辺にいる人々に向かって自由に語りかけるスタイルをとっていることが理解される。レリスの主張は、ピカソが描く肖像は文学史に名が記される大作家バルザックをモデルとしたものではなく、バルザックを通りがかりの誰かのように、あるいは人間である必要もなく、ありきたりの日常品と同じものとして扱っていると見る点にある。そのときピカソは大画家ピカソではなく、ごく普通にわれわれが接する日常品と同じものになっていて、ここでの固有名は、ストラディヴァリウス（ヴァイオリン）、ウォーターマン（万年筆）、シトロエン（車）、ミウラ（闘牛用の牡牛）と同じはたらきをしているというわけだ。

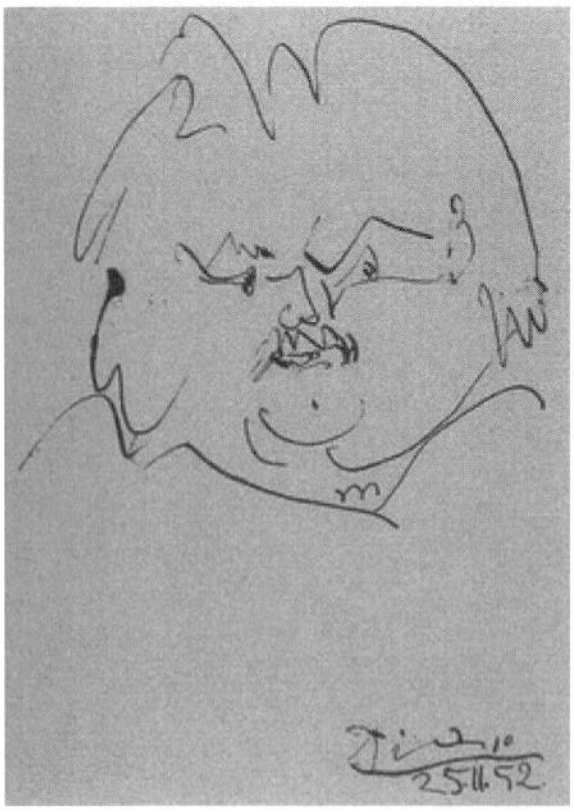

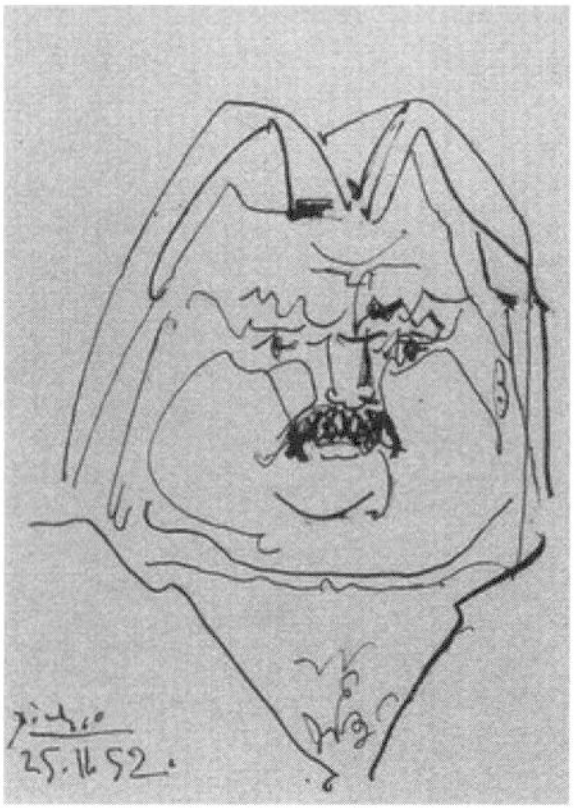

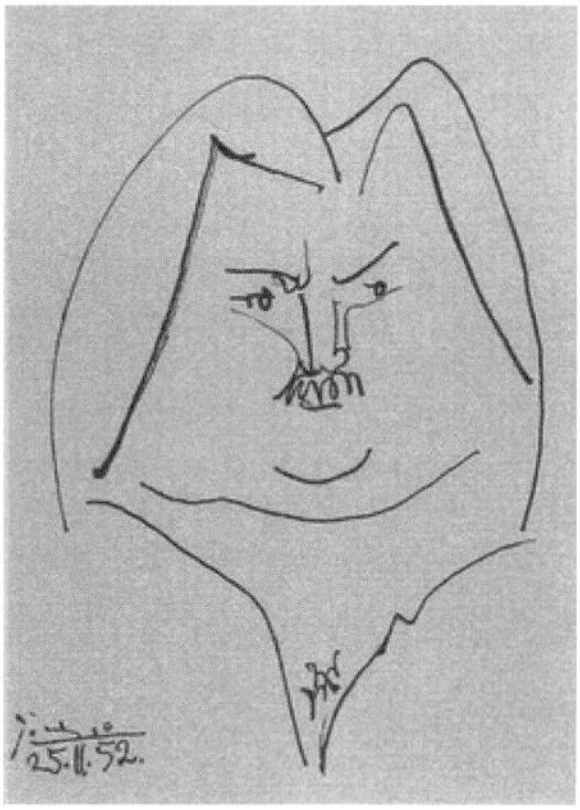

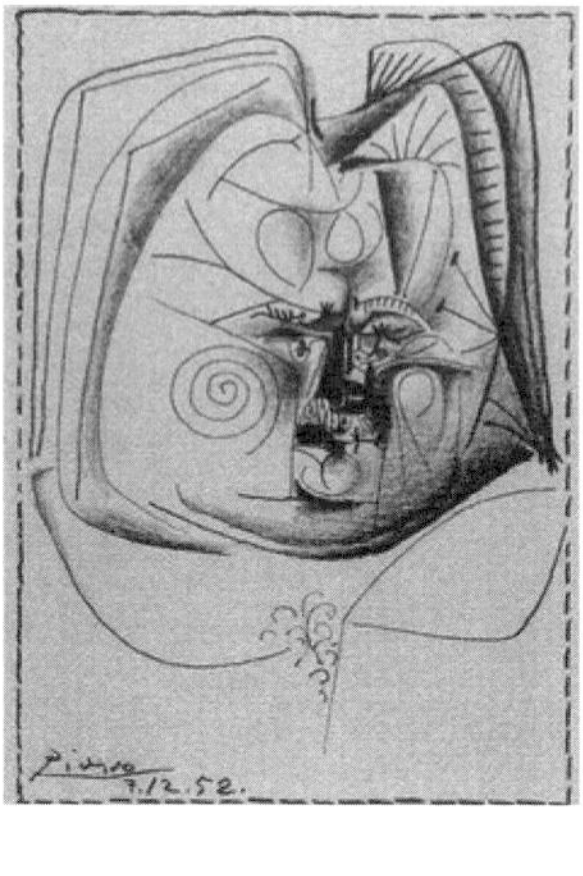

30

Pablo Picasso, *Portraits de Balzac*, 1952 © 2019 - Succession Pablo Picasso - BCF(JAPAN)

「台座なしの天才」というときの発想もこれに近い。これを少し補って考えると、この場合のピカソは美術史に不滅の名が刻まれ台座の上に居座り君臨する「存在」であることをやめて、ただひたすらピカソとしてふるまう固有名ぬきの「行為」に還元されることになる。つまりマッソンの肖像が個の特異性をつきぬけた普遍性をめざすと言われるのと似たようなことが生じているのである。

演劇の相のもとに

レリスがピカソの創造世界に積極的に踏み込む転換点を記すのは，「ピカソと人間喜劇、あるいは大足の災難」と題されたテクストである。そこでなされる演劇性という主題の導入はきわめて重要な意味をもっている。レオンカヴァッロのオペラ『道化師《イ・パリアッチ》』の紹介、それもこれから舞台の上でくりひろげられることになる展開について役者が舞台に登場し、観客に注意をうながす姿を描くところから始めるやり方はピカソ論としてはきわめて異色である。まるでハムレットの台詞を繰り返すように、「現実かフィクションか、そこに芝居がさしだす決定的問題があり、それはまた芸術一般の問題なのだ」という命題がこうして提示されるのだが、その命題の提示にこぎつけるまでに、レリスは昔このオペラを見たときに買い求めたプログラムをもとにして、この前口上の場面を転写したあとで道化役者が何をしようとしているのかその身ぶりに注意を向ける。

この芸人の役目といえば、観客がフットライトの反対側に入り込む手助けをすることにある、というのも、フットライトは役者たちの姿を偽りの光のもとに示すからだが、役者らといえば、照明に目がくらんで真っ暗な空間がぼんやりひろがるのを目にしているだけであり、さてこの芸人に話を戻すと、観客の目の前に姿をあらわして、いっときアルルカンのマントの中央のスリットを左右にひらきこれを脱ぎ捨てて観客に姿をさらすその芸人は、身体の不自由なトニオの役を受けもつバリトン歌手であり、芝居のなかでは軽業師カニオに妻の裏切りを告げ口して、物語の展開の上で決定的な役割を果たす。だから彼は、派手な化粧などせずに、たまたま舞台裏の暗がりから引っ張り出された人間といった雰囲気のもと、頭のてっぺんから爪先まで全身をつつむ頭巾つきのゆったりしたガウン姿であらわれる。[78]

レオンカヴァッロのオペラ『道化師《イ・パリアッチ》』では、旅芸人一座による舞台上演の最中にカニオの妻ネッダは恋人のシルヴィオとともに嫉妬に狂った夫によって刺し殺される。このオペラへの言及を冒頭におき、ほかにクローディアス王とハムレットの駆け引きを例として引く文章の運びに浮かび上がるのは、「劇中劇」と呼ばれる古典的なしかけであり、さらには芝居が現実とも虚構ともつかぬ曖昧な領域へと観客を引き込む展開への強い関心である。この文章の書き出しは、そんなふうに要約ができるはずだが、それでも上記の引用部分がカニオではなくトニオの姿を描くものだというのは何とも奇妙な話ではないか。むしろ逆にそこからは、メビウスの帯のように反転する現実と虚構の交代もさることながら、トニオが道化役であることにも増して、開幕と同時に舞台に登場し「前口上」を述べる点にレリスの関心が向けられていることが見えてくる。芝居の進行役をつとめる道化、すなわちレリスにとっての特権的な道化役の原型《プロトタイプ》がそこにあるといってよい。

ピカソの芸術を演劇の相のもとに、さらには道化芝居の相のもとに眺めようとするレリスの試みは、見方によってはかなり強引なものと思われるにちがいない。レリスの言葉はピカソを論じているようでいて、じつは特定の作品への言及を離れて、あるいは場合によってはピカソの芸術への言及からも離れて、すでに別の場所へと向かっているのではないかという疑いすら生じるのだ。ピカソの仕事をもとにして、むしろレリスは「現実」と「虚構」、あるいはまた「真正さ」と「装われたもの」という二重性の考察を軸とする「演戯論」の構築へと歩みを進める。

話が飛ぶようだが、一九五八年に刊行された『ゴンダールのエチオピア人における憑依の演劇的諸相』と題する著作は、まさにそのような演戯論に触れる内容を含んでいる。[79] この著作は、ダカール＝ジブチ調査旅行の最終的な局面に相当する一九三二年秋のエチオピアのゴンダール地方滞在の際に、現地で出会った女シャーマンの共同体を対象とするフィールド調査をまとめたものである。調査主体としてのレリスは、彼の眼の前にくりひろげられる光景が真正の憑依現象なのか、それとも憑依を装うだけのものなのか判断に苦しむことになる。考察を進めるなかで得られたひとつの結論は、仮に演戯だとしても単に装われたものというにとどまらぬ真正さを獲得する場合があるとする考えであり、この状態は単なるお芝居の演戯ではなく「生きられた演劇」（théâtre vécu）と名づけられることになる。ここに用いられている vécu とは真正な実体験を意味する言葉である。現実と虚構の二重性は排除し合うものではない。境界が識別しがたいものになるとすれば、演戯はすでに真正な体験に変化しているというわけである。

一九三〇年代の調査旅行の過程で手に入れた材料をもとに、さほどの頁数ではない一冊の本をまとめあげるのに二十年以上の歳月を要しているのはなぜなのか疑問に思われなくもないが、逆にタイミングをえるのに二十年という時間が必要だったという考え方もできる。「ピカソと人間喜劇、あるいは大足の災難」をはじめとする一九五〇年代のピカソ論、一九五七年五月末日の自殺未遂事件、『縫糸』の執筆、そしてこの『ゴンダールのエチオピア人における憑依の演劇的諸相』は、いずれも演戯を軸としてレリスの生の深い部分で織りなされる相互浸透作用を如実に反映している。

最後に触れておかなければならないのは「ピカソと人間喜劇、あるいは大足の災難」の起源にある芝居の上演のことである。一九四四年三月十九日、占領下のパリ、グランゾギュスタン河岸のミシェル・レリス宅においてピカソの『尻尾を摑まれた欲望』が「上演」されたことは比較的よく知られている。そのときの記録には、アルベール・カミュの「演出」という言葉が記されているが、実際は芝居の上演というよりも台本の読み合わせに近いものだったようだ。この「上演」には、レリス自身の証言では、百人ほどの人々が集まったという。上演の三ヵ月後の六月十六日に場所をグランゾギュスタン街のピカソのアトリエに変えて撮影された記念写真には、全部で十三人の人物が写っている。[31] 前列にはサルトル、カミュ、レリスの三人が座り込み、後列中央にはピカソ、その彼を挟んで両脇にはゼットことルイーズ・レリス、シモーヌ・ド・ボーヴォワール、ほかにはジャック・ラカン、ブラッサイなどの姿が認められる。ピカソがこの「戯曲」を書いたのは一九四一年の一月半ばであり、パリはすでにドイツ軍の占領下にあった。ブラッサイは「厳しい冬、ドイツ軍による占領、物資欠乏、孤立、疑念、性愛と食事の快楽」などがこの戯曲の滑稽な登場人物の動因となっていたとしている。[80] 同じくブラッサイによると、ピカソの戯曲の朗読をしようというのはレリスの発想だったという。[81]『尻尾を摑まれた欲望』の要領を得た紹介文としてはレーモン・クノーの一文にまさるものはないだろう。

> 一九四一年一月十四日火曜日――パリのどこかに一篇の戯曲を書く男がいて、その戯曲の題は『尻尾を摑まれた欲望』、さらに戯曲の主人公は「大足」という名であり、その「大足」は小説を書いていて、分量は優に三十八万頁を超えている。それにまたこの最後の頁は真面目に面白いのである。この「大足」は作家、詩人であり、芸術家のストゥディオに暮らしている。[82]

『尻尾を摑まれた欲望』は全六幕の戯曲という形式をとっているが、とくにはっきりした筋立てが

31

あるわけではなく、「大足」、「タマネギ」、「パイ」、「その従姉妹」などの配役名からも想像されるように、荒唐無稽なナンセンス劇の典型となっている。不条理劇というよりもアルフレッド・ジャリ流のパタフィジック演劇に引き寄せて考えたくなる性質をもつものだ。[83] 自宅での上演の際にレリスは、主役ともいえる「大足」を演じている。何箇所かに驚くべき長台詞をあてがわれた役柄であるが、とくに第五幕では「大足」自身が書いた小説が問題となり、書かれたテクストを読み上げる部分が何箇所かある。第五幕冒頭では、「野営用の折りたたみベッドになかば寝そべり、書きながら」というト書きに引き続き、「愛の気分の跳躍の恐れと怒りの子ヤギの跳躍の気分……」に始まる自動記述風――あるいは自動記述のパロディー風――の文章が読み上げられることになる。「アヴィニョンの娘たちはすでに三十三年にわたる長い年金生活を送っている」という一節はよく知られたものとなっているが、これもまた「大足」が寝そべって書く文章のなかにあるもので、それをレリス自身が読み上げるのである。レイモン・クノーは「大足」が作家であり、詩人であり、芸術家のストゥディオで暮らしていると書いていた。「大足」のモデルだと断定はしないまでも、あたかもピカソの手によってレリスはグロテスクな道化役に姿を変えられ、芝居のなかに送り込まれてしまったかのようだ。

一九六一年に南仏のピカソの家で撮影されたとおぼしきレリスの写真がある。まずは黒のスモーキングと蝶ネクタイという装いのレリス。[32] もう一枚のほうはギターを手にしてスペイン風の帽子および衣裳を身につけたピカソのギター伴奏に合わせてフラメンコを踊って見せようとするレリスが写っている。[33] 活人画《タブロー・ヴィヴァン》の一種であり、いうまでもなく演じられた写真である。レリスの死後に出版された『アフリカの鏡』[84] は『幻のアフリカ』をはじめとするアフリカ関連のテクストを集大成した一冊であるが、そのなかではじめてこの二枚の写真が公開された。たわいない遊戯といえばその通りだ。同書には、三歳のミシェル・レリスが兄ピエールと並んでいるところを写した写真も載っている。[34] 二人の

32

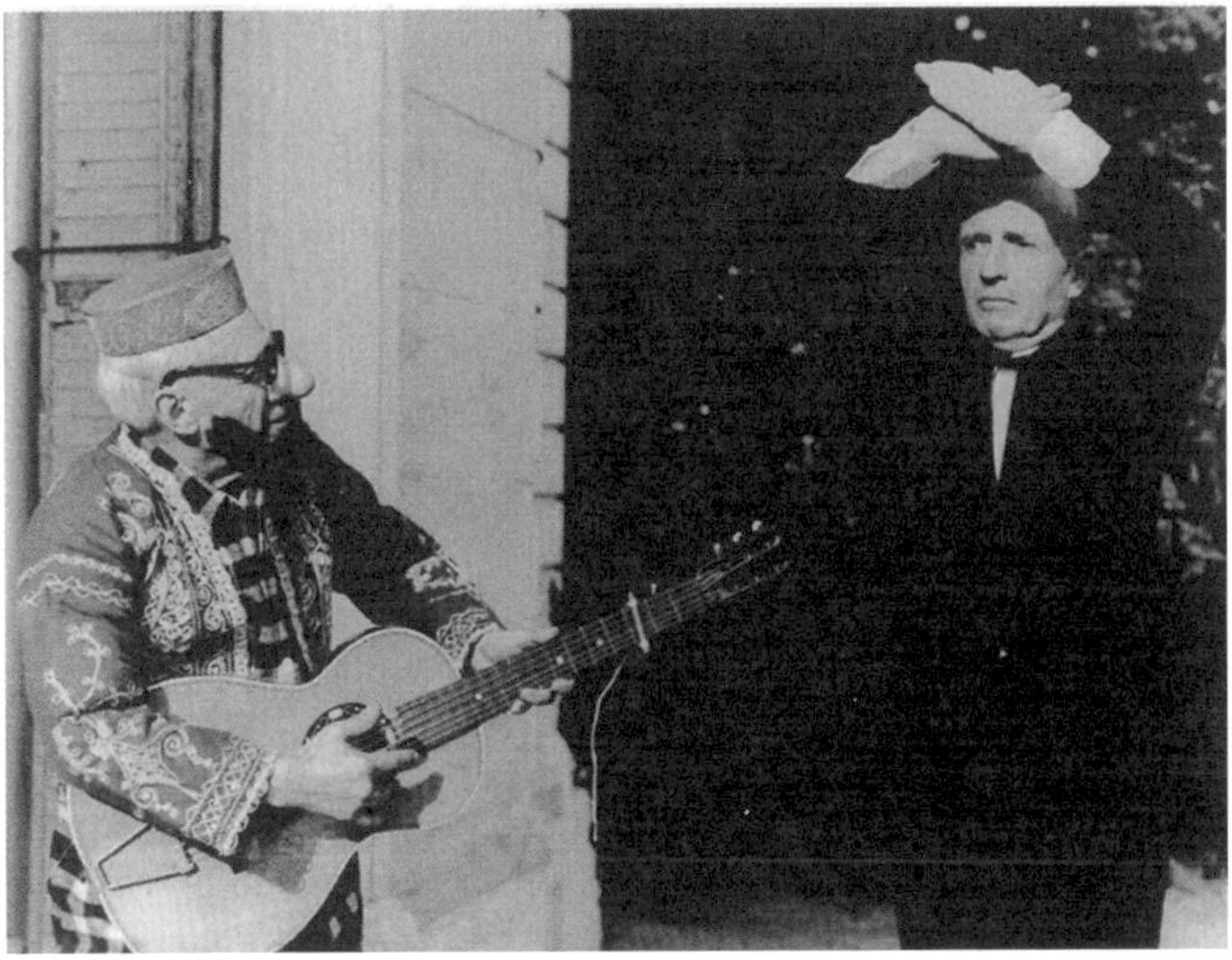

33

64/70

少年は手をつないでいる。兄ピエールは闘牛士の恰好をしてポーズをとっているが、この写真もまた「生きられた演劇」の記録と考えることができるのだろうか。

マッソンによる肖像、ジャコメッティによる肖像が、いずれの場合も危機の瞬間を捉えたものだとするならば、ピカソが描く肖像デッサンは、どこに位置づけられるのか。レリスの表現を引用しつつ「カリカチュアとみなすには品格が高すぎる」と言ってみるべきなのだろうか。[85] あるいは一九六一年に撮影された二人の写真がそうであるように、道化師もしくはアルルカン的な系譜につらなるものだとすべきなのだろうか。ピエロのようにも見えるが、あるいはこれは「大足」の肖像とすべきものだったのだろうか。いずれにしてもピカソの眼がレリスにうちに潜む演戯への傾斜をさぐりあてていたことは間違いないように思われる。

第四章　アナモルフォーシスの遊戯——ベイコンの場合

Francis Bacon, *Michel Leiris or Study for a Portrait*, 1978 [CR78-07]

フランシス・ベイコンはミシェル・レリスの肖像画を二点描いている。ひとつは一九七六年に描かれた《ミシェル・レリスの肖像》[1]であり、もうひとつは、その二年後に描かれた《ミシェル・レリスあるいは肖像画習作》[35]である。大きさはそれぞれ三四×二九センチ、三五・五×三〇・五センチとほぼ同じサイズで、この画家の油彩として比較的小さなものだ。

本書の冒頭で触れた肖像画は一九七六年に描かれたほうであり、さまざまな印刷物に図版が掲載され比較的よく知られるものとなっている。絵葉書にもなっているし、二〇一五年春から秋にかけてメッス市のポンピドゥー・センターで開催された「ミシェル・レリス展」図録の表紙として用いられたのもこの絵である。見る者にひときわ強い印象をおよぼす絵であることにはまちがいない。この絵の何がわれわれを捉えるのだろうか。ほぼ左右対称になった両耳の描かれ方、そしてまたまっすぐこちらを凝視する見開かれた左目の描かれ方などからして、ほぼ正面像だといってよいはずだが、鼻筋は大きく彎曲し、右目は黒く潰れていて、暗く沈み込む背景のもとに顔の右半分に大きな捻れが生じている。大胆なデフォルメがなされているが、それでも部分的にはリアルな描写と思わせる要素がないわけではない。その最たるものは左目の瞳の表現だろう。

たしかにこの絵がフランシス・ベイコンによるレリスの肖像として繰り返し提示され、特権的な扱いを受けてきたのにはそれなりの理由があるにちがいない。一九七八年に制作された「習作」のほうにはこの絵ほどの緊張感が感じられないのである。《ミシェル・レリスの肖像》に漂う緊張感は、形態の歪みと写真を思わせる精密な細部という二つの矛盾する要素の重なり合いから生じるといってもよいだろう。ベイコン自身はデイヴィッド・シルヴェスターとの対談のなかで、この二点の肖像について次のように語っている。

> ミシェル・レリスの絵を二枚描きましたが、彼に似ていない絵のほうが、実際には彼らしさが強く伝わってきます。この絵で不思議なのは、彼らしさがよく表れているのですが、ミシェルの顔を思い浮かべるとむしろ丸顔なのに、この絵では面長に描かれていることです。ですから、どうして一方の絵がもう一方よりリアルなのか、わかりません。私は心からミシェルの二枚の肖像画を本人に似せたいと思っていました。似せるつもりがないなら、肖像画を描く意味がありませんからね。しかし、面長に描かれた顔は、ミシェルの実際の顔とは似ても似つかないものです。ところが、それでも彼らしさがよりよくでているのです。少なくとも私はそう思っています。[86]

ベイコン独自の語法にあって、形態の類似を原理とする一般的意味でのリアリズムは「イラストレーション」と呼ばれる。いわゆる写実的手法に相当するものである。ベイコンによる「現実性」の探求がそのような意味での「現実の模写」とは決定的に異なる位相においてなされてきたことについてはあらためて論じるまでもないだろう。対談でのこの発言において、形態上の類似はさほど強く感じられなくともいまそこに当の人物がいるかのようなリアルな感覚を生じる場合があるとの指摘とともに、絵画行為の意味はそのような意味でのリアルの追求にあるとする主張がなされていることをまずは確認しておこう。

レリスとベイコン

『成熟の年齢』（一九三九年）を出発点として、『ゲームの規則』四部作（一九四八—七六年）を経て『オランピアの頸のリボン』（一九八一年）、『言語　縦揺れ』（一九八五年）、『角笛と叫び』（一九八八年）にいたるレリスの「自伝的作品」は、その実質的な内容としては、自画像だけではなく、さまざまな芸術家、とくに舞台に立つ芸人たちの肖像を描こうとする試みにもなっていた。そのような作家にとって、肖像画と自画像、さらには人体の動きの表現の追求を絵画行為の中心軸に据える画家の仕事が決定的な重要性をおびるなりゆきは容易に想像しうる。

二人が出会ったのは一九六五年にロンドンのテート画廊でジャコメッティ展が開かれたときのことである。ジャコメッティと一緒にロンドンを訪れたレリスはソニア・オーウェルの仲立ちによってベイコンと知り合いになる。ジャコメッティ自身が二人を引き合わせたという証言もある。ジャコメッティとベイコンは旧知の仲であり、二人の画家の絵のモデルになったイザベル・ロースソーン、そしてソニア・オーウェルはレリスおよびベイコンの共通の友人であり、詩人と画家は出会うべくして出会ったといってもよい。[87] レリスの日記の一九六七年一月八日の項には、グラン・パレでのピカソ展の開催に先立って、ベイコン、イザベル・ロースソーンと連れだって内覧会に出かけ、奇妙な女性像を見て大いに笑ったことが記されている。ベイコンの描くイザベル・ロースソーンの肖像は、ピカソが描くある種の女性像の系譜につらなると見ることもできるし、また若き日のベイコンが一九二〇年代末のパリにあって、ピカソの絵を見て画家になることを決意したとか、『ドキュマン』誌を全巻揃えてもっていたという逸話を思い起こすならば、レリスが早い段階からベイコンの仕事に親近感をもったとしても不思議ではない。

テート画廊での展覧会から半年も経たずして、一九六六年一月初頭、ジャコメッティは急逝する。不思議なことだが、ベイコンは、まるでジャコメッティと入れ替わるかのようにしてレリスの前に姿をあらわすのである。レリスはその後パリにおける重要なベイコン展の際[88]に展覧会図録に文章を寄せ、フランスにおけるベイコン紹介に大いに貢献することになる。二人の親密な関係はレリスの死にいたるまで続いた。

レリスは全部で六篇のベイコン論を書いているが、中心的な主題はベイコン流のリアリズムの把握にある。[89] 画家が語るリアルな感覚を「プレザンス」（現実感もしくは存在感）という言葉で捉え直すところからレリスはこの独特な絵の世界に入り込もうとするわけだが、この用語法そのものからしてじつはジャコメッティと深い因縁をもつものだった。一九六五年十一月十二日の日付をもつレリスの日記には、コルマールの美術館でグリューネヴァルトの「磔刑像」を見たことが記され、さらにジャコメッティおよびベイコンの二人によってリアリズムの問題が提起されると書かれている。

レリスのベイコン論としては二番目のものとなる「フランシス・ベイコンの現在」は、一九七一年から翌年にかけてパリのグラン・パレで開催されたベイコン展の図録の序文として執筆されたものである。この序文でレリスは闘牛の用語で牡牛にとどめをさすときに用いられる「真実の瞬間」という表現を引きながら、何の変哲もない日常的現実が危機的なものに変わる瞬間について語っている。ベイコンの絵とともに語るべきはそのような意味での危機的瞬間だというわけだが、すでに見たように、この発想は一九二〇年代末にレリスが『ドキュマン』誌のために書いたジャコメッティ論にさかのぼって見出すことができるものだった。つまりこのことからしてもベイコンの登場は、ジャコメッティを引き継ぐかたちになっているのである。

ベイコンの絵との関係でレリスが語る「プレザンス」は「絵それじたいの存在」と同時に「絵に描

かれたものの幻覚的存在」という二重の意味をもっている。ジャック・デュパンはマーグ画廊刊行の出版物『フランシス・ベイコンの近作』に寄せた序文「ミシェル・レリスのあるテクストの余白のなかの断章」のなかで、レリスとベイコンが異口同音に語る「リアリズム」をきわめて簡潔に「主観的で感覚＝神経的なレアリスム」と定義し直している。[90] このような把握の仕方には、ジル・ドゥルーズのベイコン論に通じる要素が含まれているといってよいだろう。『感覚の論理学』の著者は、レリスが用いる「言葉」、「手」、「タッチ」、「把握」、「捕獲」などの語は直接的な手の動きを示す指標だと指摘し、最終的には「触覚的把握」の問題へとすべてを収斂させてゆくわけだが、その展開にあってとくに「フランシス・ベイコンの現在」における詩人の言葉はいわば触媒のような役割を果たしていると考えられるのである。「ベイコンにあって特異なのは、彼の存在が——望むと望まざるにかかわらず——歴然としているということであり、事故によるものなのか襲撃によるものなのかは別として体に傷痕のある人間にも似て、作品は彼の行為の痕跡をとどめている[91]」とレリスは言う。そこで問題になっているのは、眼が触覚的機能をおびる瞬間だと言い換えることもできるだろう。レリスがジャコメッティからベイコンへと関心を移行させるなかで、言葉の上では「プレザンス」をめぐる問題系が継承されているように見えても、しかしながらその中身は徐々に書き換えられてゆくのだ。ドゥルーズのベイコン論が示すように、そこに実存主義的あるいは現象学的読解の枠組みにはおさまらない問題系の出現を読み取る必要がある。

ベイコンがレリスの生活圏に入り込んでくるとともに、「真実」は、« vérité criante »という表現が示唆するように、一段と切迫したトーンをおびることになるが、そこにヴェリズモ的な意味における感情の高揚あるいは危機の表出を認めるだけでは不十分だろう。一連のベイコン論と並行するかたちで書き継がれた『オランピアの頸のリボン』が示すように、画家論と自伝的作品の双方にまたがる二重の領域において「プレザンス」の詩学の追求がなされることになるのである。

エドゥアール・マネの絵《オランピア》[54]にあって、裸婦の頸に結ばれた黒色のリボンは、レリス自身の言葉によれば、「人の注意を引き、オランピアを存在させるための気まぐれな細部」、すなわち微小であってもその肉体をさらに輝かしいものとする決定的な要素であって、「現実のもの présent」を「切迫したもの pressant」に変える契機となるものでもある。オランピアの頸に巻かれた黒いリボンが、表現を切迫したものに変化させるという意味で「現代性」の記号をなすとすれば、ベイコンの裸婦の腕に突き刺さる注射器もまた同じ機能を果たしており、まさにこの種の「事故＝偶有性」、「偶然性」の介在こそが存在の輝きをもたらすものとして不可欠なものとなる。「プレザンス」の詩学の要石はそこにある。「事故＝偶有性」、「偶然性」の主題は当然のことながら「遊戯」もしくは「賭け」の主題と深い結びつきをもつ。レリスはマイケル・ペピアットと協力してベイコンとシルヴェスターとの対談のフランス語訳にあたっているが、この仏語版のために彼が書き下ろした序文には「遊戯＝賭け」という主題をめぐって以下の言葉が書き記されている。

> 遊戯＝賭けとしての芸術（宗教と伝統は芸術をもはや正当化しない）、純然たる偶然に身をまかせ思いがけぬ好運によって金を手に入れる欲求のほぼ非人称的な形式のもとでの遊戯＝賭け、偶有事（制作の偶然もしくは賽の一振りに似て方向性の定まらぬ操作の果実）の組織的な利用、いずれも真の意味でまた具体的なかたちでの完全な真実など、行き当たりばったりのやり方で、そしてまた非理性的な道筋を通じて得るほかないと知っている存在の絵のうちにあるものだ……[92]

われわれはこの一節を読むなかでマッソンの絵に骰子を投げ出す人物の姿が描かれていたことを思

い出すことになるだろう。「遊戯＝賭け」という語は錬金術における変換の意味をもまた含むものであって、多面体としての「遊戯＝賭け」という主題は『ゲームの規則』四部作に代表される自伝的作品の基本的モチーフをなしていた。「遊戯＝賭け」をめぐるそのような網目のなかで、最終的にベイコンはレリスにとってみずからが進むべき道を示す模範的な芸術家となるのである。

フランシス・ベイコンの自画像

最晩年のレリスが書き残したメモに「細枝」と題されたものがある。レリスの遺言執行人ジャン・ジャマンによれば一九八九年八月に書かれたものであり、この作家が生涯にわたって情熱をもって追求した五つの主題、すなわち演劇の舞台、闘牛、妻ゼット、オペラ、絵画をめぐる究極の言葉が記されている。それぞれ数行ほどの分量の記述は、レリスが長い生涯にわたって書き続けてきた自伝的作品をごくミニマルなかたちで凝縮してみせるものだ。そのなかで絵画に関する数行がほかならぬベイコンの自画像に関係している点は興味深い。[93]

> すぐ隣にあって私に活力をあたえ、仕事に向かわせようとするのは、一個の顔であり、肉の重み、絵の重みがじっくりと迫るその姿なのだ（味わいのある粗いタッチでおかれた幾つかの色がモチーフを根本から揺り動かす）。そのような姿をもって私の前にあらわれるのは、サンティレールの家にあって読み書きのために使っている机の左手の壁にかけられているわが友フランシス・ベイコンの自画像であり[36]、もう十五年ほど昔のことになるが、グラン・パレでの回顧展のカタログのために文章を書いた際にその返礼として彼が私に贈ってくれたものなのである。[94]

36

Francis Bacon, *Self-Portrait*, 1971 [CR71-11]

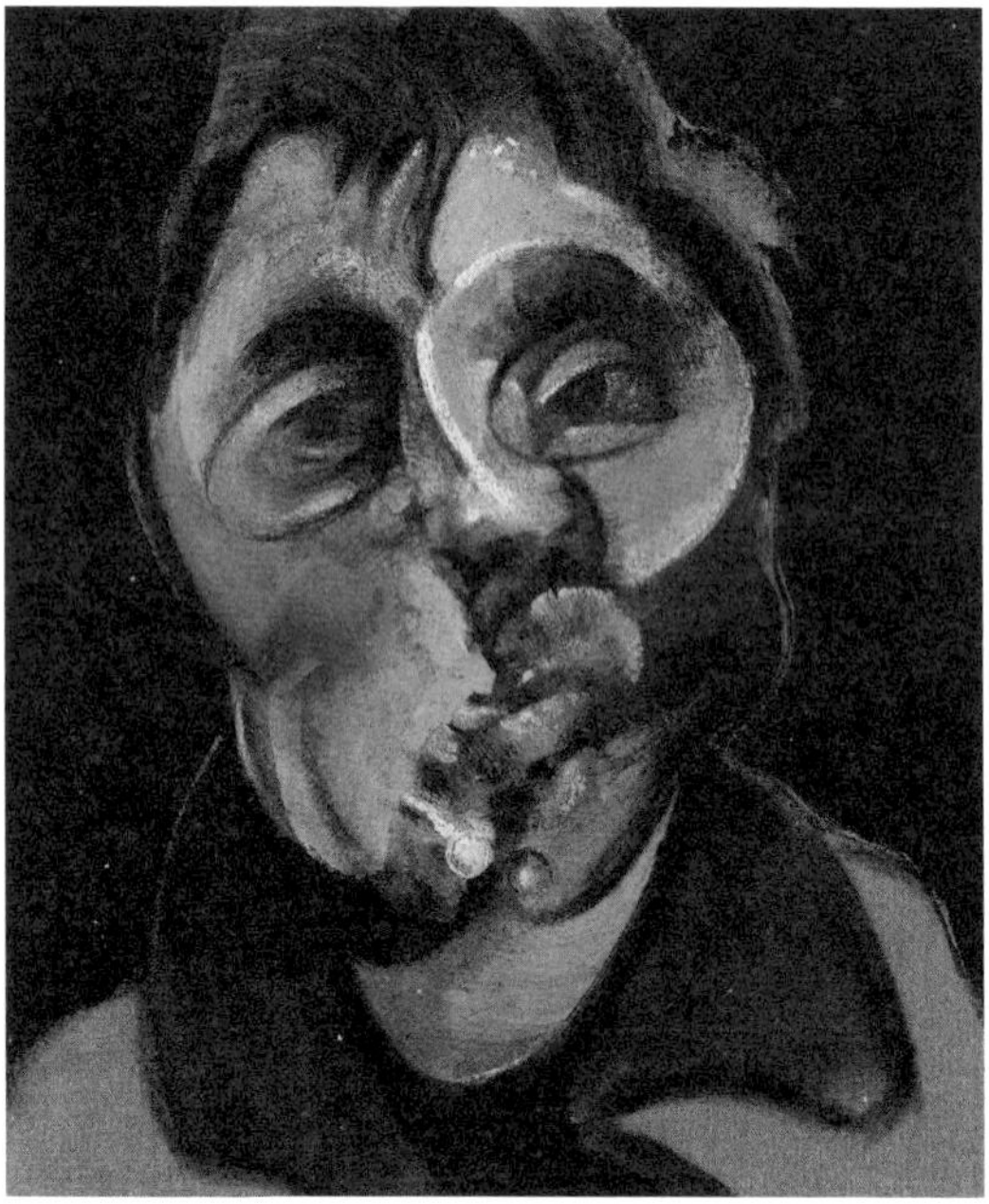

37

Francis Bacon, *Self-Portrait*, 1969 [CR69-13]

レリスとベイコンの交流が盛んになされた時期は、画家にとってみれば、自画像の時代とも呼べるものだった。デイヴィッド・シルヴェスターによる一九七五年のインタヴューでは、自画像を描き始めたのは、親しい人が次々に死んでしまい、自分以外にモデルがいなくなったからだと説明されている。また最近またモデルになる人が見つかったので、もう自画像は描かないとも述べられている。ただしこの発言とは裏腹に、現実には、ベイコンの自画像はすでに一九五〇年代にその例があるし、また一九八〇年代後半まで描き続けられている。

レリスに贈られたのは一九七一年の日付をもつ絵だが、これとよく似たもので、一九六九年の日付をもつ別の自画像がある。[37] レリスの肖像二点およびこの自画像二点は大きさもほぼ同じである。なかでも《ミシェル・レリスの肖像》（一九七六年）と《自画像》（一九六九年）は、鼻筋の彎曲および唇の周辺の描き方などの特徴がよく似ている。この類似に目を向ける前に、いささか話が飛ぶように思われるかもしれないが、われわれは闘牛を主題とする連作を見ておかなければならない。

《闘牛のための習作No・1》[38]（一九六九年）、《横たわる人物》（一九七七年）など、ベイコンが描く闘牛を主題とする数点の絵はレリスの闘牛論を発想源としている。それだけでなく、近年のベイコン展の図録にあっては、それらの絵に描かれる人物がレリスをモデルとしていると述べられたりもしている。[95] 実際にレリスをモデルにしたものなのかどうかという詮索以上に興味深いのは、闘牛を主題とする連作、一九七六年に描かれたレリスの肖像、さらにはベイコンの自画像を一直線に結ぶ表現の力学の存在である。レリスは《闘牛》（一九六九年）について、「あるときは宙を走り、あるときは地上に記された曲線によって牛の動きと角が描く軌道が描かれて、運動がじかにしかも効果的に表現されているのと同様に、ここでは三次元的要素を明らかに喚起する空間が単刀直入に示されている」と述べていた。[96]《レリスの肖像》におけるデフォルメのあり方を特徴づける最大の要素も彎曲する線の軌道であり、このベイコンの《自画像》にもこれに類する特徴がかなり明確にあらわれている。そのような彎曲線に肉付けをあたえる試みの変奏として闘牛を主題とする連作、《自画像》、《レリスの肖像》を見直すならば、それぞれ異なる主題をもつ三者が重なり合って見え始める。

作品とドキュメント

「実際の顔とは似ても似つかない」ものであっても、「彼らしさがよくでている」というベイコン自身の言葉をより具体的に理解するための貴重な証拠物件となる写真が存在する。床にものが散乱した

フランシス・ベイコンのアトリエのすさまじい光景[39]はすでに一般によく知られたものになっているが、問題の写真は床に無造作に転がっていたとされるものであり、絵の具がこびりついた跡があったり、その一部は折り曲げられたりしたのだろうか、皺がよっている。[40]左手にレリスが、右手にベイコンが、二人並んで写っているが、心なしかレリスの顔の部分に汚れが目立つようでもある。この写真が一般に知られるきっかけとなったのは、一九九六年にパリのポンピドゥー・センターでおこなわれたベイコン展だった。正確な写真の撮影日時は不明だが、《レリスの肖像》が描かれる少し前の時期のものと考えられている。同展の図録の写真説明には、以下の言葉が見える。「ベイコンのアトリエの床に落ちていたワーキング・ドキュメント。モルオールによって撮影されたミシェル・レリスとフランシス・ベイコン、白黒写真に油絵の具の染みがある」。

柱によりかかるベイコンの猛禽類のような鋭い視線はそれだけでこの写真を忘れがたいものにしているが、おそらくそれ以上に写真に凄みをもたらしているのは、絵の具の染みだといえる。レリスの背後の白い壁に、そしてレリスの顔の上にも絵の具が飛び散っている。二〇一五年のレリス展図録にも同じ写真が——ベイコンの手が加わっていないもとの状態で——掲載されているのを見ることができるが、奇妙なことに、同じ写真であるはずなのにこちらのほうにはあの「凄み」が感じられない。[41]アウラと呼ぶこともできるかもしれないが、すでにこの言葉にはベンヤミン的な文脈も含めてあまりにも手垢がつきすぎているので、「凄み」という野蛮な言葉を使うほかはない。

ベイコンが描くレリスの肖像が、歪んだ像でありながらも同時に、そこに精確なディテールの表現が断片的に認められるのは、写真をもとに描いたと考えれば辻褄があう。ベイコンが肖像を描くにあたって目の前のモデルではなく、写真を利用していたという話はよく知られている。アトリエの床に落ちていたという例の写真をもとにして《レリスの肖像》が描かれたのだとすれば展覧会図録の説明

40

41

文にあるように、写真は作品を生み出すのに用いられた資料（ワーキング・ドキュメント）となるわけだが、ブラッシングの跡が見える写真には資料以上の生々しさがある。「作品」でも「資料」でもない何かが、身分保証のないままに漂流をつづけている。そこには痕跡――だが、いったい何の痕跡なのか――とデフォルマシオンのプロセスが透けて見えるようだ。ベイコンが語る「リアル」とは果たして「作品」の枠に収まるものなのかどうか。むしろ引きちぎられた書物や雑誌の頁、諸々の写真の束に残された痕跡、ブラッシングの跡やひっかき傷こそが「リアル」という形容をもって呼ばれるにふさわしいのではないか。

二〇一五年のレリス展[97]では、ベイコンが描く二点の油彩以外にも、興味深いデッサンが展示されていた。そのうちのひとつ、カタログ番号八一八と記されているのは『レーモン・ルーセル　無垢な人』（ファタ・モルガーナ書店、一九八七年刊）の表紙裏から最初の頁に連続して描かれたデッサンである[42]。単なる鉛筆画に見えるが、展覧会図録によれば、油彩、パステル、インク、鉛筆など複数の手法が用いられているという。全体の特徴は、一九七六年に描かれた油彩に近いが、油彩画をもとにこれを転写したというのではなくて、たとえば彎曲した鼻筋および左目の凝視の表現など大まかな特徴は、あくまでもベイコン的な歪形のなかにありながらも、油彩画では後景に退いていた「類似」の要素をより強く感じさせるものとなっている。もちろん、と言ってよいだろうが、油彩に見られるあの緊張感はここにはない。

ほかにこの展覧会ではレリスがベイコンに贈った『幻のアフリカ』（一九五一年刊のブランシュ版）の裏表紙からタイトル頁にかけての見開き部分を利用して描かれた「肖像画」もまた展示されていた[43]（カタログ番号八一〇）。これは肖像画の展示というよりも、レリスの献辞（一九六六年十一月十五日の日付が記されている）が記された頁にベイコンのデッサンが重ねて描かれているのをそのままの状態で示

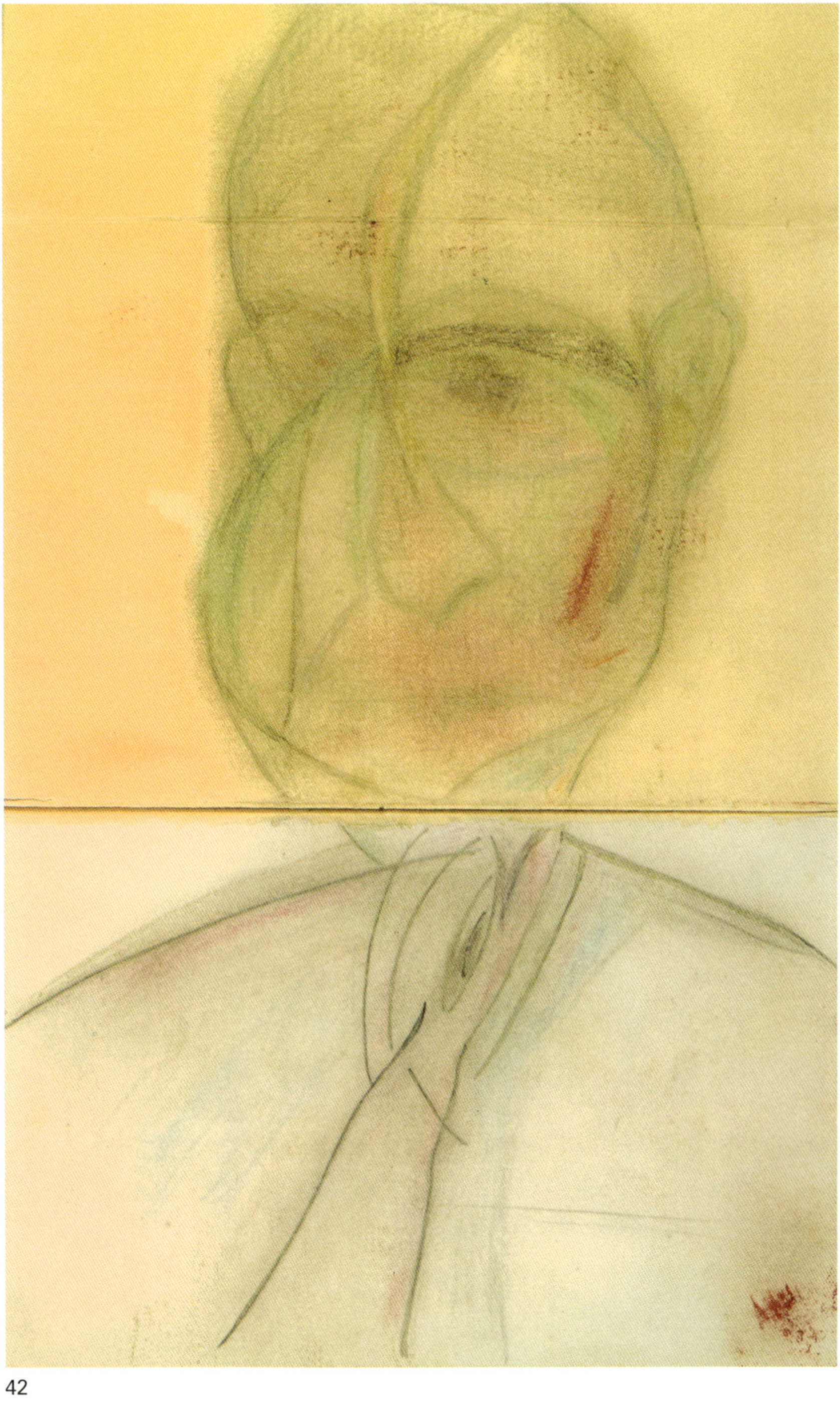

す展示だとしたほうがよいかもしれない。改めてベイコンのデッサンだと説明されなければ見逃してしまう種類のものだろう。同じカタログ番号には、同書の写真頁にベイコンの手でデッサンが加えられたものが示されている。もとの写真はマルセル・グリオールとアンドレ・シェフネルの二人が、頭蓋骨が無造作に散らばる洞穴に「仮面の母」と呼ばれる巨大なドゴンの仮面が横たわっているのを最初に発見したときの写真である。本の縦長の一頁に相当するものだが、ベイコンは写真の上の部分と下の部分を使ってデッサンを描き加えている。これを九〇度右側に回転させると、真ん中に写真を挟み、両脇にデッサンをおいた三幅対になるしかけだ。[44] 両脇にあるのは見ようによっては人体とも見えて、もとの写真にもインクの跡がついていることにより、デッサンと写真のあいだに一体感のごときものが生まれているようにも見える。

『幻のアフリカ』は一九三四年に初版が刊行されたが、同じくガリマール書店を版元として何度か異なる叢書の一冊として再版がなされている。ベイコンがデッサンを描き入れた一九五一年版は二度目の版だが、表紙にこれもまた人体なのか、動物なのか判然としない像を挿絵として載せているのが特徴である。この小さな絵は、ジャン・ジャマンによれば、一九三二年にレリスがエチオピアで採取した資料にもとづいてロジェ・ファルクが描き直したものだが、もとの絵を描いたのは、ゴンダール滞在中にレリスが出会ったエマワイシュの息子、ということはザール信仰のシャーマン的女司祭マルカム・アッヤフの孫だということになる。

ほかにも奇妙なベイコンの「作品」が一点あり、[45] カタログ番号八一四の項に記される記述は以下のようになっている。「《ミシェル・レリス》一九七五年頃。ミシェル・レリスの複製写真が掲載された雑誌頁を補強の紙の上に貼り、油彩およびパステルをほどこしたもの。焼け焦げの跡、セロテープ。二一・五×二六・六センチ。バリー・ジュール所蔵。」この展示物を見ると、もとの雑誌頁はだいぶ

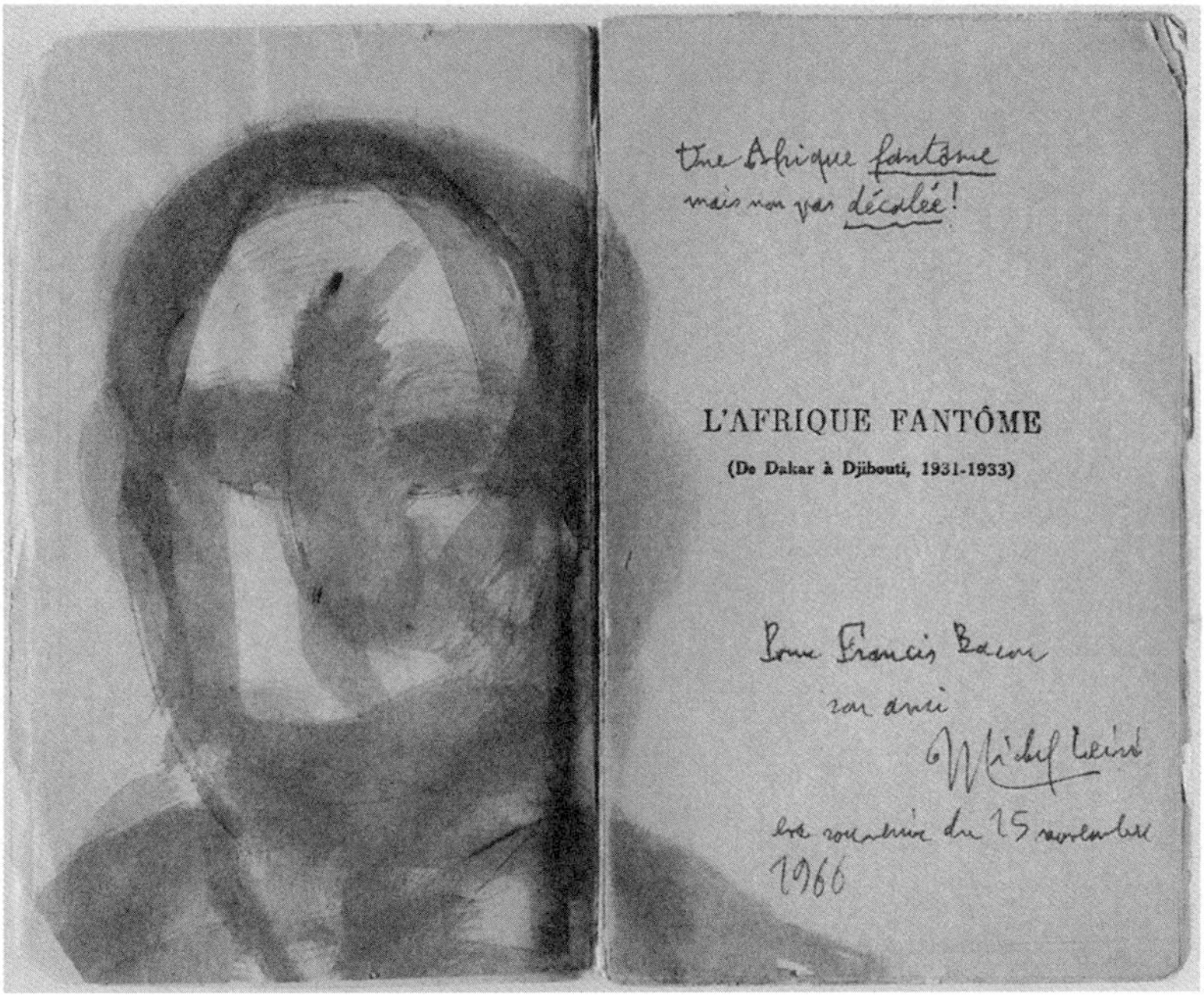

43

44

傷んでいるようであり、皺が寄っていて、中央には小さな孔があいている。油彩およびパステルという技法の説明がなされているが、全体は暗褐色のトーンで塗りつぶされていて細部は判別しがたい。右側にレリスの姿があり、これはもとの写真の特徴がなかば確認できる状態にあり、左側には二輪のバラが描かれているが、もともと写真にあったものなのか、それとも写真の上に描かれたものなのかはカタログ図版だけでは判別がつかない。

近年とみに回顧展の展示、さらには展覧会図録で目にする機会が増えてきたこのような素材は、公共の展示という枠組のなかで、作品理解に役立つ資料として位置づけられているものであり、いわゆる展示価値が付加されたものである。「資料」という位置づけであっても、なかには展示のコンテクストを食い破って、場合によっては「作品」以上に見る者に強く迫る「資料」がある。ベイコンの場合にはそのようなことが頻繁に起きるのだ。ベイコンをめぐる近年の展示、出版物の傾向のひとつに、アトリエという現場をいかに再現してみせるのかという方向性が認められるのは、ベイコンの「資料」がそれだけ迫力をもってわれわれに迫るからだろう。

「作品」と「ドキュメント」をめぐる新たな展開にも関係するものとして、筆者にとって虚を突かれるような思いがしたのは、レリスの『日記』について語る保坂和志の言葉に触れたときのことだ。彼は『小説の誕生』の冒頭でこの本を取り上げている。[98] そして大胆にも「作品」よりも「日記」のほうが面白いと言う。

それよりもだいぶ前のことだが、レリスが亡くなってまもなくパリで最初の研究休暇を過ごすことになった筆者は、その頃パリ第七大学にいたフランシス・マルマンドやマリー＝クレール・デュマを前にして、自分のレリスへの興味は散文でありながらも詩にかぎりなく近づく瞬間をもつ文章そのものにあると説明したことがあった。いまも、文章の彫琢、あるいは文章がかぎりなく詩に近づく瞬間

45

に触れたと思う体験こそがレリスを読むことだと思う気持ちが消えてしまったわけではない。

振り返ってみれば、レリスの『日記』を翻訳したときには、これは「資料体」であって、「作品」という氷山に対して水面下に沈む厖大な部分にあたるものだという意識だったと思う。翻訳を終え、二度目の研究休暇を利用してまたパリに戻ったとき、ある日名高いシュルレアリスム研究者の口から、『日記』は出すべき本ではなかった――死後出版なのだから、ジャン・ジャマンによる刊行であったわけだが――という言葉を聞いたときも、そんな受け止め方もあるだろうくらいにしか思わなかった。要するに「作品」ではないのだから、というわけだ。

作品よりも日記が面白いという保坂和志の言い方は研究者にはなかなかできない。そのひとことで自分が変わったのか、それとも自分が変化するなかで保坂和志の言葉に出会ったのか、そのどちらなのかはわからない。研究者の読みには創造性が欠けるなどと野蛮なことを言う気はないが、すでに完成した段階にあるものから逆算してほかを考えるとまずいことがあるのではないかとも思う。「作品」あるいは「作品」を成立させる条件についての反省を欠いたままに、解釈の「正しさ」を競い合う傾向は、場合によって人を窒息させる。

『幻のアフリカ』はすでに述べたようにダカール＝ジブチ調査旅行に加わったレリスが一日も欠かさずに書き続けた日記を本にしたものである。マルセル・モースの教えをレリスは意識していたかもしれず、その点を考えに入れると「旅日誌」(carnet de route) と呼ぶべきかもしれない。いずれにせよ、「日記」なのだから、これもまた「作品」の範疇には入りにくい。保坂和志は『幻のアフリカ』にも言及していて、「グリグリを売りに来た男の呪文」という挿話をとりあげている。[99] 一九三一年九月二十七日の記述である。調査団はその翌日にはサンガに入る予定だった。つまりドゴンの調査へとおもむく直前のことだ。

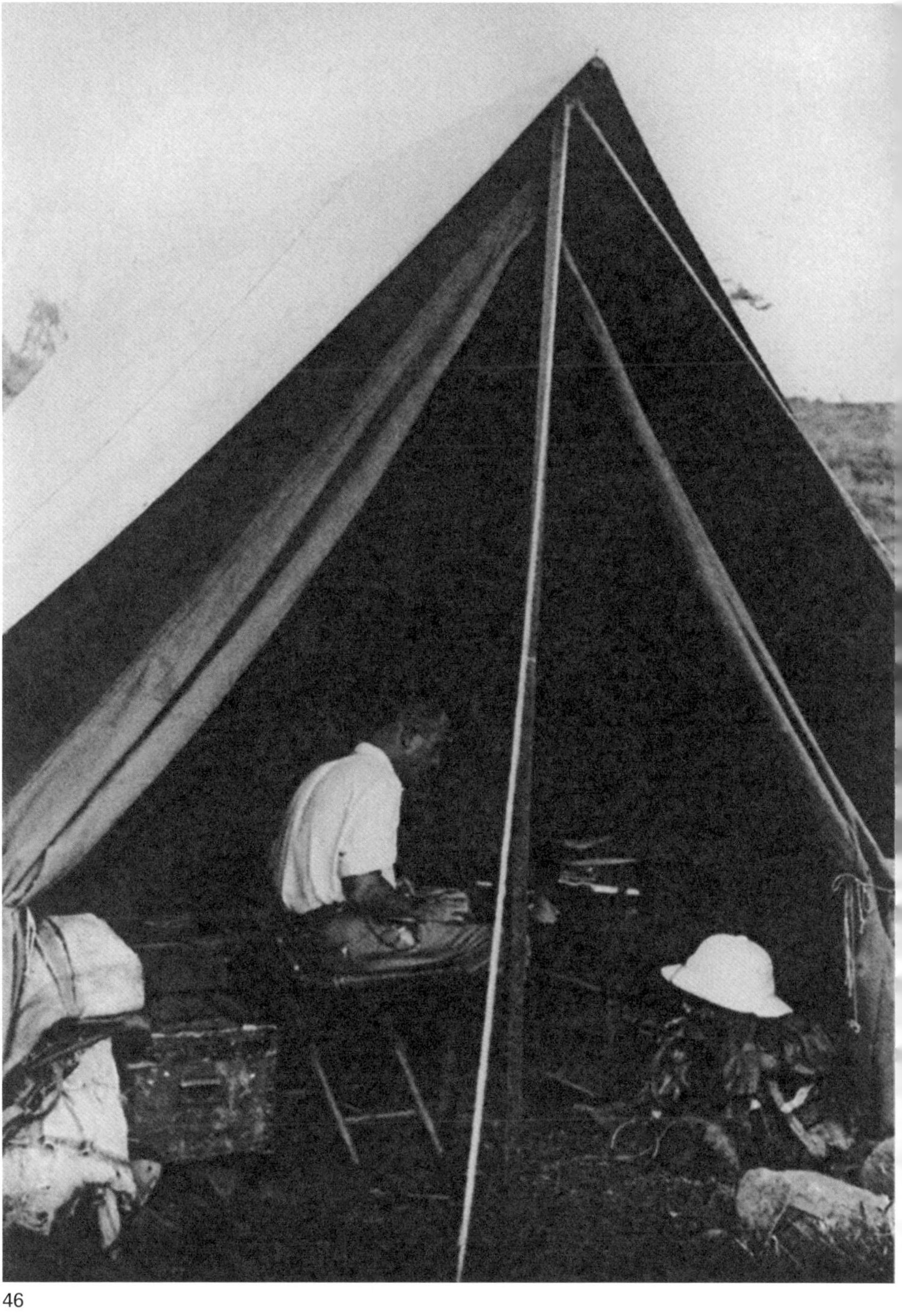

グリグリを売りにきた男にひどく腹を立てる。それを使うときに唱えなくてはならぬ呪文がどういうものか尋ねると、呪文の一つをノートに記すために繰り返させるたびごとに違う文句を言い、訳す段になると、またまた新しい文句を言うのだ……。[100]

グリグリは護符《タリスマン》のことだから、呪文とセットなのだろう。これにかぎらずダカール＝ジブチ調査旅行の一行が現地のインフォーマントのいい加減さに腹を立てる場面は随所に見られる。マルセル・グリオールの場合などは、最初からインフォーマントを警戒すべき相手と見なした上で効果的な調査方法を築き上げようとする傾向が顕著に認められる。レリスの場合だってこれに似た傾向がないとはいえないだろう。保坂和志の読み方は以下のようなものだ。

九月二十七日にグリグリを売りに来た男は呪文を唱えた。しかしそれが本当の呪文であればあるほど、記録しようとするレリスに向かって唱えることなどできないだろう。呪文とは神に向かって唱えるものではないか。祈りの実体を欠いた呪文など同じ言葉で反復する気になるだろうか。空っぽのライブハウスで本気で演奏する気になれないのと同じことなのではないか。[101]

興味深いのはレリスが秘書兼書記係という資格でダカール＝ジブチ調査旅行に加わったことだ[46]。それはあくまでも便宜的な職名であったかもしれない。それでも結果的に彼にとってみれば、サンガ滞在中も、そしてまたゴンダール滞在中も、儀礼の秘密言語、憑依の歌などの魔術的な言葉を書き写し、インフォーマントの手を借りてこれを翻訳した上でテクストとして編み直す仕事が中心となるのである。さらに興味深いのはレリスがインフォーマントの「不誠実な態度」に腹を立てるみずからの姿を旅日誌に書き込んでいることである。インフォーマントに腹を立てるいささか滑稽な「西欧の民族誌家」としての自分の姿が書き込まれることで、この場の情景すべてが道化芝居のように滑稽なものとなって解放される。

少しばかり話が逸れたかもしれない。「作品」と「ドキュメント」の境界ということに関してはベンヤミンの『一方通行路』における有名な言及があり、これに触れる手もあったはずだ。「作品」がその滑らかな表皮にまもられて多かれ少なかれ内側に閉じてゆくものとして捉えられる傾向をもつとすれば、「作品」になる過程としてはとらえきれない「ドキュメント」は表皮の亀裂と破れ目、ブラッシングの痕跡と絵の具の飛散を全身に浴びて凄みを利かせることがある。十三項からなるベンヤミンのテーゼに臆面なく補足するとすれば、そんな言い方になるだろう。レリスの文は、アクロバット的な彫琢の極致にあるようでいながら、それ以上に傷と亀裂を抱え込むことで貴重なものとなる。

詩法としてのデフォルマシオン

レリスによれば、ベイコンの肖像画には独自の予知能力がそなわっているという。「フランシス・ベイコン、その顔と横顔」と題された評論は、例によって紆余曲折の多い錯綜した文章からなるものだが、その一節に、オスカー・ワイルドが描き出すドリアン・グレイの美貌の肖像とは逆に、ベイコンの肖像画にはモデルをむしばむ老醜を予知する能力がそなわっているかのようだとする一節があった。何よりも死と老いに結びつく時間の強迫観念は、レリスにとって書き続けるためのもっとも重要な動機をなすものだった。ドリアン・グレイにおけるモデルと肖像との関係と並行するかのような記述が『日記』にも認められる。そこには「老醜」の代わりに「蝕まれた存在」という言葉が見える。

ベイコンは、カフカやベケットの系譜につらなる「リアリスト」であって、そのリアリズムは修辞とも神話とも無縁な地点で、ただひたすら「人間の条件を表現する」ことにあるとレリスは言う。この場合の条件とは、時間の経過にともなう「腐蝕」を意味するわけだが、それもまた変形あるいは歪形のひとつのあらわれであることに変わりはない。形態的類似ではなく、容赦なきデフォルマシオンのなかに、あるいは容赦なきデフォルマシオンを通じてリアルなものがたちあらわれる。

ベイコンの絵を語るにあたって、レリスが絵という鏡を介して自己と向き合うことになるのは、マッソン、ジャコメッティ、ピカソなどほかの画家を相手とする場合と同様である。たとえばベイコンの作品の魅力を「現実性」(リアリズム)と「詩的性格」(リリスム)という対立項の作用に見ようとする部分などは、ベイコンの絵画行為の追体験という以上にレリス自身の詩法の探求として読むべきではないか。この二つの相反する傾向を説明するにあたって、肖像画と人物画を支配しているのはリアリズムであり、これに対して《T・S・エリオットの詩『スウィーニー・アゴニスティーズ』から着想を得た三幅対[47]》を支配しているのがリリスムだとレリスは言っている。このような認識の上に、この三幅対の中央の面に描かれる、カーテンを半ば降ろした列車の車室を思わせる空間におかれた血まみれの包みと半開きになった旅行鞄にそのような詩的性格を彼は見て取るわけだが、この二重性の指摘が十分説得的になされているかどうかは疑わしい。現実性あるいは存在感についての説明が執拗になされるのに対して、もういっぽうの詩的性格についての言及はどことなく印象が薄いのである。

ただし、考え直してみると、グロテスクと結びつく別種のリリスムの可能性をここで想像してみることができるのではないか。つまりこの場合のリリスムとは、いわゆる叙情とは別種の何か、つまり言葉というマチエールに亀裂を入れ、これを変形させながら、そこに独自の世界をつくりだそうとする『語彙集』の試みに示されるようなレリス特有の詩のありように関係するものなのだ。シュルレアリスム運動に加わっていた一九二〇年代半ばを出発点として、レリスが言語遊戯の試みを持続的におこなってきたことはよく知られている。その中心的な位置にあるのは、辞書項目を模した一連の言語遊戯であり、マッソンの挿画のもとに『語彙集、そこにわが語彙を詰め込む』と題された一冊として、その集大成が一九三九年にシモン画廊から刊行されている。[102]いったんは終止符が打たれたように思われたその試みは、その後もひそかに続けられ、半世紀以上経って、その新版というべきものが『言語縦揺れ』に収録されることになった。「語が私に語りかけるもの」というその副題は、レリスの最初のベイコン論のタイトル「フランシス・ベイコンの絵が私に語りかけたもの」とぴったりと重なり合う。辞書項目を模した言語遊戯とはどのようなものなのか、その一例をあげてみよう。たとえば「リアリズム」なる項目は以下のようになっている

Réalisme — miser ras et aller à l'âme (l'art même, ici même)[103]

その音の響きをカタカナで示せば、レアリスム――ミゼラエアレアラーム（ラールメームイシメーム）となる。日本語に翻訳してもほとんど意味はないが、あえて試みれば「レアリスム――すれすれに賭け、魂にむかう（芸術さえも、まさにここで）」といったものになるだろう。要は、見出し語の位置におかれる「レアリスム」なる語が、音素に分解され、砕かれ、また別の集合体を形成するところにある。見出し語の位置におかれたものの響きが変奏され、残響となって、あたかも隠れていた別の顔を見せるというかのようだ。

このような試みはレリスの批評的散文とは別のベクトルをもつと考えられるものだが、レリスがベイコンの世界に深く入り込むにつれて、この種の言語遊戯が復活するように見える点はきわめて興味

深い。ベイコンがキャンバスの上に、あるいは作品制作の際に用いられる写真などの資料体の上に、あえて裂け目を入れ、縞模様を入れ、染みをつくりだすのと同じように、レリスは言語という素材にはたらきかける。レリスにおける「語彙集」の試みとは、言語に裂け目を入れ、言語を揺り動かし、操作の偶然性に身を任せるばかりではなく、その果てに神託的ともいえる真実の発見を夢想する点においてきわめて特異な行為となる。たとえ辞書的な語の定義や意味の説明を目指してはいないとしても、グロテスクな解体作業を通して、隠れた真実を告げる辞書まがいの定義へとわれわれは導かれることになるのである。

そのような試みは次に述べるような断片化の操作と軌を一にしている。最後のベイコン論となった「フランシス・ベイコン、その顔と横顔」を書きあげるにあたってレリスが少なからぬ困難に直面したことは伝記的事実の検証から見えてくるが、その冒頭の一節には、きわめて自由なかたちで断片化された肖像群をちりばめてみせる書き手の姿が浮かび上がる。

> エリニュエスたちの追及の手からほうほうの体で逃れたオレステス、父の亡霊に出会って冷静さを取り戻すハムレット、臆病者の従僕とおなじく超人《スーパーマン》たる要素など少しもないのに、騎士長に地獄堕ちの運命を申し渡されていきり立つドン・ジョヴァンニ、長い「歌」をもって瀆神の言葉を口にしたあとでひと息つく、天使とも食人鬼ともつかぬマルドロール、やりたい放題を続けてきたせいもあるのか、ノーフォーク侯の小姓だった頃と同じように若々しい、ときには陽気で、ときには物思いに沈むファルスタッフ、時計の針とはなんの関係もない一瞬に心を奪われ、骰子賭博やカードやルーレットに有り金すべてを賭けるその姿が見られる――動乱にみちた現代と抜き差しならぬ関係をもつ――ダンディーで当世風の博打打ち《ギャンブラー》……[104]

この場合、オレステスはベイコンの三幅対に関係する固有名であり、ギャンブラーに関するくだりはベイコン自身の悪癖ともいえる習性についての示唆だと思われるが、シェイクスピア演劇の登場人物の名が引かれているのは、フランス語圏を超えた地点にベイコンの存在があることをあらためて強調する狙いがあったからだろう。例のリアリズムについての議論も、ここではジェイムズ・ジョイスの「エピファニー」の言及をもって新たなトーンをもちえている。名詞文からなるミニマルな肖像を、いわばパッチワークのようにつないでゆく文章の組み立ては、まさにピエール・ヴィラールも指摘するように、レリス最晩年の自画像の試み『ブランド・イメージ』の書法を連想させるものである。ベイコンは運動のなかにある人物像、動的な像の変貌の光景にとりつかれ、それを画布の上に引きよせようとする画家である。最晩年のレリスは切り詰められた語句のうちに、これもまた瞬間的な肖像のきらめきを追い求めるようになった。そこにある種の並行現象を見出そうとするのは必ずしも強引なふるまいだとはいえないだろう。

ここまで、マッソンを手始めに、ジャコメッティ、ピカソ、ベイコンらが描くレリスの肖像を出発点としてレリスと画家たちのあいだに成立する鏡像関係をさぐってきたわけだが、とりあえずその結果を、悲劇的様相（マッソン）、亡霊的様相（ジャコメッティ）、道化的様相（ピカソ）、実存的様相（ベイコン）として要約しておこう。われわれはここで少し視点を変えて、レリス自身がどのように自画像を描くのか、そしてまた特異点としての個を追い詰めようとする者が、いささか逆説的だが、いかなる変貌に身をさらさざるをえなくなるのかという問題を検討してみることにする。

第五章　レリスの変身譚

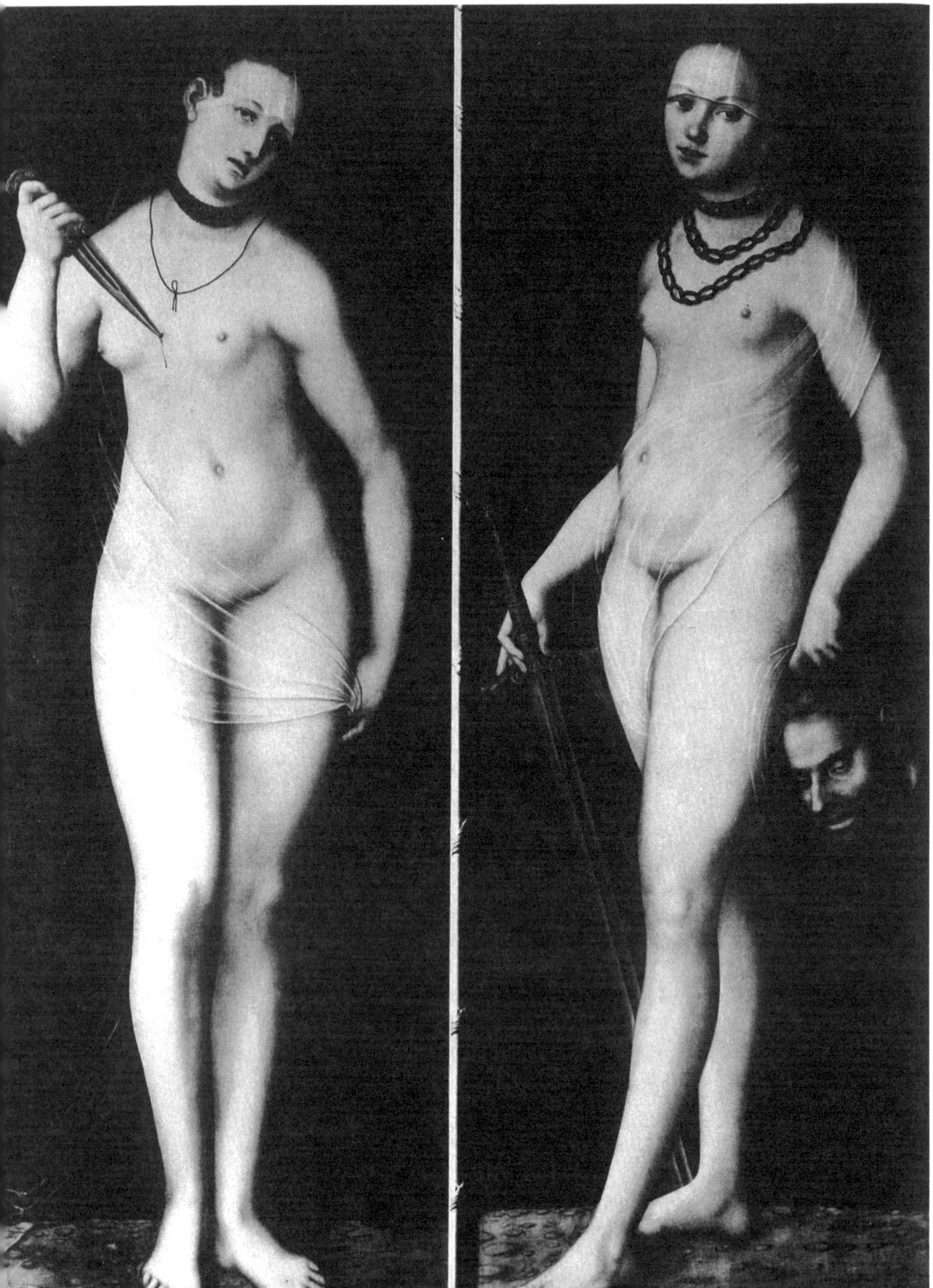

書かれたテクストが肉体、皮膚、衣裳などの主題に執拗に関係するというばかりではなくて、テクストそのものが一個の肉体となり、皮膚となり、衣裳となろうとするなまめかしい身振りを見せる瞬間があるように思われる。そのような事例として——その執拗さを考慮に入れるならば、ほとんど一個の症例と呼びたくもなるのだが——ミシェル・レリスの場合を考えることができるのではないか。たとえば『成熟の年齢』は、自伝的著作という以前に、肉体に生じる傷痕の記憶を執拗に甦らせようとする書物だということができるだろうし、『ゲームの規則』連作、そしてまたその補遺として読むことが可能な『オランピアの頸のリボン』には、裸体像、衣裳、装身具などの主題にかかわる数々の断章を見出すことができる。レリスのもうひとつの別の顔、すなわち民族誌家としての仕事を考えてみても、やはりこれらの主題が重要な意味を担っているのは当然といえば当然のことであり、その分野の仕事の集大成ともいえる『黒人アフリカの美術』（一九六七年）には、まさしく「皮膚の芸術」と題された一章が含まれ、斑痕、ボディ・ペインティング、仮面などの主題が取り扱われていた。そこに向けられる「民族誌家の眼」は、作家レリスが自己の肉体にさしむける視線と別物だとは必ずしもいえない。要するにレリスを読むとは、皮膚となり、衣裳となり、肉体となろうとする変身譚を探り当て、身体とはまさに境界面の体験であり、メタモルフォーシスのプロセス以外の何ものでもないと知ることではないだろうか。

裸体画の記憶

『成熟の年齢』は書き手自身の肉体的特徴を記す言葉によって書き始められている。とりあえず即物的に肉体をモノとして取り扱おうとする記述だと言ってみることができる。

私は三十四歳になったところ、人生の半分を生きたことになる。からだつきは中背、というよりは小柄な部類に属すると言ったほうがよい。髪は栗色でこれを短く刈っているのは、ウェーヴがかかるのを避けるため、それにまた禿げあがる兆候があって、それがさらに進行しないかと恐れているからでもある。自分なりに可能な判断からすれば、私自身の身体的特徴とは、まっすぐな首筋が城壁や崖のように垂直に切り立っていることであり、（占星術師のいうところを信じるなら）これは牡牛座の星のもとに生まれた人間の古典的なしるしである。額はひろく、むしろへこんでおり、こめかみの静脈がやけに筋ばって浮き出ている。この額のひろさという点は牡羊座という星と関係があるわけであり、たしかに、私が生まれたのは四月二十日、したがって牡羊座と牡牛座という二つの星の境界地帯ということになるのだ……[105]

このあと引き続いて眼の色、肌と皮膚の特徴やら顔をすぐ赤らめる癖、そしてまた手、指などの身体部位の特徴、四肢のバランスなどについての言及が次々になされ、さらに身体にまとわりついた種々のハビトゥスについての説明が加えられる。『成熟の年齢』の執筆がなされたのは一九三〇年から三五年にかけての時期であり、これはレリスにとってみれば、シュルレアリスム運動を離れてまもなく、民族誌調査の目的で二年近くの歳月をアフリカ大陸で過ごした後に帰国という一大変化を意味する時期でもあった。フィールド調査の体験が作家としての活動に何をもたらしたのかを見極めるのは容易ではないが、引用部分にあって、すぐに肉体的特徴の記述がはじまる点は明らかに意識的なものだと考えられる。自分自身の肉体ならば、誰にとってもこれほど慣れ親しんだ対象はありえないはずだ。ペン先に綴られる文字が自己言及の抽象的な迷路に入り込まないようにするには、そのような肉体の記述からはじめるのが最善の方策ではないだろうか。

『成熟の年齢』の冒頭の一節は、あるいはそのような思いをもって書き始められたのかもしれないのだが、いわば自画像の試みでもあるはずのこの一節を読み返すならば、それほど単純な話ではないことが明らかになる。ストレートな記述というよりも、否応なく「モデルとしての自分の凡庸さ」を強調し自己の姿をあえて貶めようとする意図を背後に感じさせるような記述の展開、ダンテの『神曲』を連想させるような年齢への言及、そしてまた黄道十二宮の喚起など、古典的修辞法におけるトポス、相互テクスト的な関係など、必ずしも現実描写の次元にはない要素が数多く紛れ込んでいる。さらにレリスに特徴的な直線と曲線もしくは螺旋的形象の二項が描き出す対比のイメージ、占星術への偏愛の痕跡といったこの書き手に固有の要素もまた見出すことができるはずだし、人生の半ばという表現にはすでに境界面の体験という主題が、そしてまた牡牛という一語にはレリス特有の闘牛の主題が潜んでいると考えることもできる。要するに、この一節に読まれるのは、レトリックによって生み出される虚構の身体だというべきではないか。つまり、そこでは暗黙のうちに、リアルな身体など知りえないものである、身体はつねにイマジネールなものであり、構成されているという点において、ひとつのフィクションだというほかない、などの事柄がひそかに告げられていたのではないか。

すでに引用した冒頭の一節を自画像に見立てるとすれば、この書物のもう一方の側にはルーカス・クラナッハ描く裸婦像がおかれている。[48] 左にルクレティアを描き、右にユディットを描く二枚続きの絵である。「詩は絵の如くに」というホラティウスもしくはシモニデスにさかのぼる古典的な詩学原理をそのままなぞるというよりも、絵によって呼び覚まされる欲望もしくは肉体的反応が問題になっているにちがいない。というのも、それまでどうにも書きあぐねていたひそやかな内奥に関係する不定形の記憶が、一枚の絵との接触によって、独自の表現と形式を獲得しはじめるといった趣すら感じられるのである。いずれにせよ、こうして二枚もしくは三枚のタブローが互いに向き合って照合関係をつくりだすなかで、幼年時代の数々の記憶がたがいに反応し合いながら各々の場を得ることになる。著者自身の表現によれば、クラナッハの絵の導入とともに、テクスト空間は「記憶の画廊」と呼ぶべきものになる。その絵を参照するかたちで書物の各章が組み立てられている点において、絵は書物の構成原理としての役割を果たすことになる。[106]

『成熟の年齢』の告白にしたがうならば、レリスは一九三〇年秋の初め、ある美術雑誌のために洗礼者聖ヨハネの斬首の図像写真を探していたところ、ルクレティアとユディット[107]を描くルーカス・クラナッハの作品（ドレスデン国立絵画館蔵）の複製写真を目にすることになったという。レリスは異様なまでの官能性に刺激を受けたとして、「極度の繊細さをもって処理された二体の裸婦像、二種類の場面の古代を思わせる性格、そしてまたとりわけその情景の根本的に残酷な側面のすべてがあいまって、私の眼には、この絵が特別に刺激的なもの、その前で〈痺れたようになる〉絵の典型そのものになっている[108]」と語る。

『成熟の年齢』の話者は、この絵を導きの糸として幼年時代の記憶にさかのぼり、オペラの舞台、挿絵本、日常生活などのさまざまな局面に眼を向けながら、セクシャルな体験、エロティシズムの体験、外科手術やら傷害事件の記憶を甦らせようとする。ユディット像はオペラ歌手の叔母が演じるサロメの記憶と重なり合い、さらには扁桃腺の肥大を除去する手術の記憶とも重なり合う。この本に特有のほの暗く憂鬱なトーンはこのような連想作用にそなわる本質的傾向を示すものだ。

ただし出発点にあるのは裸体そのものというよりも描かれた裸婦像であり、すでに表象と化した存在、あるいは表象が喚起する情動と欲望の痕跡が問題となっているとすべきではないか。そしてこの場合の肉体とは「記憶の画廊」を包み込む深い闇そのものを意味するはずで、絵はその暗い迷路から出るための――あるいは迷うことなく思う存分迷路をさまようための――アリアドネの糸となり、切れ切れの断片、断章としてのテクストを縫い合わせる役目を果たす。だとすれば、ここで喚起すべき神話的形象は水面に自己の像を映すナルシスではなく、闇にうごめく怪物ミノタウロスの姿ということになるだろう。

裸体そのものではないとしても、裸体画ほどに肉体が欲望の対象であることをわれわれに思い出させるものはない。裸体のイメージもしくはイマジネールというべきものは逆にわれわれの眼球を支配するのが欲動のはたらきであることを示す。『成熟の年齢』の話者によれば、クラナッハの絵の衝撃は、一方には暴君タルクィニウスから受けた凌辱を恥じて短刀をわが胸に突き立てて自害をはかるルクレティアをおき、もう一方には剣でもってアッシリアの敵将ホロフェルネスの首を刎ねる英雄的存在ユディットをおき、これを二枚続きの絵として示すその演出からくるものだったという。対比的なものをひとつの構図におさめる発想に刺激を受けて、書き手自身もまた独自の演出を試み、そのシナリオを次のように要約してみせる。「つまり主人公――すなわちホロフェルネス――はどのようにして幼年時代の驚異的な混沌状態から成年期の残忍な世界に、何とかうまく折り合いをつけながら（あるいは失敗を重ねながら）移行してゆくのか」[109]と。

クラナッハの絵は『成熟の年齢』再刊時に口絵写真として掲載されることになった。レリスはその絵にあらわれるルクレティアの姿を以下のように描く。

第一の女ルクレティアが白い胸のなかほど、みごとなまでに堅くて丸く盛り上がった二つの乳房（その先端は喉当てや鎧の同じ箇所を飾り立てる宝石よりも堅そうである）のあいだに短刀のとがった切っ先を押し当てていて、すでにその先には幾滴かの血が真珠のようにきらめいているが、そのありさまは、まるで性器の先端にあのひそかな贈り物がしたたるのを思わせる。彼女は自分が受けた乱暴狼藉の結果を、同様なしぐさ、つまり極度に張り切った武器を肉の熱いさやの内部に血なまぐさい死を求めて深々とさしこむしぐさをもって帳消しにしようと身構えており、その武器は彼女の両腿のあいだにすでに口をひらいた穴に無理矢理おしいったときのあの強姦者の容赦なき男根さながら、バラ色のやわらかな傷口がその直後にはあふれるばかりの献酒をそそぎ返してくるのとまったく同様に、彼女が手にする短刀によって切り開かれる――あのときよりもさらに深く、さらに意地悪く、だがおそらくさらに陶酔的な――傷は、気を失って息も絶えようというルクレティアの内部から血飛沫《ちしぶき》を吹き上げさせることになるだろう。[110]

これに続くユディット像の描写は以下のようなものだ。

第二の女ユディットは、右手に彼女と同じくらいに剥き出しの裸になった抜き身の剣をもっており、いましがた幅広の堅い刃がホロフェルネスの首を切り落としたところで、その切っ先はほっそりした彼女の足指からさほど遠からぬ地面を突き刺している。そして男の首は不吉な残骸となってこのヒロインの左手にさげられ、その彼女の指は男の髪の毛にからまり残忍な交合を生むなかで――ユディットは徒刑囚の鎖のように重い頸飾りで身を飾り、その肉感的な首筋に感じられる冷ややかな感触は剣の冷たさを思わせる――ユディットは平然と、手にした髭面《ひげづら》の球体のことなどすでに考えてもいないようだが、ホロフェルネスの首は、男が水門を開こうとするまさにその瞬間に下の唇を締めつけたならばそれだけでも切断されていたはずのファロスの芽、あるいは錯乱状態の人喰い鬼のようになった彼女ならば一度噛みついただけで、酔っている（たぶん酔ったあげくに吐いている）男の軀から切り離していたはずのファロスの芽なのである。[111]

とりあえずエクフラシスすなわち絵の描写もしくは記述をなすための言葉だと思われたはずのものが、すぐさまその域を超え出て、濃厚なエロティシズムと残忍さに彩られたファンタスムの領域に入り込むありさまをここに確認することができるだろう。剣の切っ先が足指からほど遠からぬ地面に突き刺さっている点を指摘するなど、クラナッハの絵の細部に丁寧に目を向けながらも、記述はもちろん単なる記述で終わらない。精液と血、武器とファロス、傷口と陰部などの意味論的かつ主題論的な二重化をこれ見よがしに示すところにこの場合のテクスト的身ぶりがおかれているのである。レリスの描写はルクレティアおよびユディットの伝統的な表象および解釈からは逸脱している。ここでなされるのは心的対象の創出[112]であって、それにともなって短刀あるいは剣、傷痕、血などのモチーフがほとんど強迫観念のようになって浮かび上がるしかけであり、再刊時にこの本に付け加えられた献辞「本書の起源に位置するジョルジュ・バタイユに」という言葉が想像させるようにバタイユ――それも『眼球譚』――の影のもとにこの本が書き始められたことを思い出させる具合になっている。

ともすればルクレティアはユディットを前にして色褪せた存在になりがちだ。というのもレリスにとってエロティシズムと残酷さの主題は切り離しえず、ユディットの側にこの結合あるいは交合が見出されるからだ。『成熟の年齢』において、この二枚の絵を背景にして次々と語られてゆく事柄は、書き手自身の性的体験に関係するという以上に、肉体に生じる傷の体験に関係するものだといったほうがよい。この書物の成立に先立って、一九二九年から翌年にかけてバタイユとともにレリスが編集にたずさわった『ドキュマン』誌がその種の残酷さを徹底的に追求する場となっていたことをいまは思い出すべきではないか。『ドキュマン』誌はそのもっとも過激な部分において、肉体を切り開き、首を切り落とす行為を論じ、そのような主題をめぐって衝撃的な写真図版の用法によるイコノグラフィー作成の場となっていたのである。ジャック＝アンドレ・ボワファール撮影による口の拡大写真[113]は、老婆が驚愕の表情で大きく口をあけて叫ぶエイゼンシュテインの『戦艦ポチョムキン』の一シーンを連想させ、「眼はナイフの刃と近づけることができる」とするバタイユが脳裏に思い描くのは、いままさに剃刀で眼を切開しようとするブニュエルの映画『アンダルシアの犬』の一シーンである。そのような精神状態のなかで、レリスもまた肉体を切り開こうとする残酷さをみずからのものにしようとする。

「アントワーヌ・カロンの一枚の絵」と題された文章[114]はその最初の試みといえよう。言及の対象となるのはフォンテーヌブロー派に属す十六世紀の画家であり、代表作と目される《三頭政治下の大虐殺》[49]（ルーヴル美術館蔵）には、このマニエリスト画家が好んで扱った残酷さと幻想という二つの主題が同時に描き出されている。[115]画面奥にはコロッセオらしき建造物が見え、広場のいたるところで虐殺シーンがくりひろげられ、画面の前景中央部分には、いましがた切り落とした首を高々と掲げる兵士の姿がひときわ大きく描かれている。『ドキュマン』誌には《三頭政治下の大虐殺》の全体図および部分図からなる計四枚の複製写真が掲載されており、そのうちのひとつはまさに肉体を切り開く場面を描く部分に関係している。たったいま首が切り落とされたばかりの死体が横たわり、兜をかぶった兵士がその上に屈みこんで切り開かれた胸部に手を突っ込み、内臓を取り出そうとしている。[50]部分を

48

49

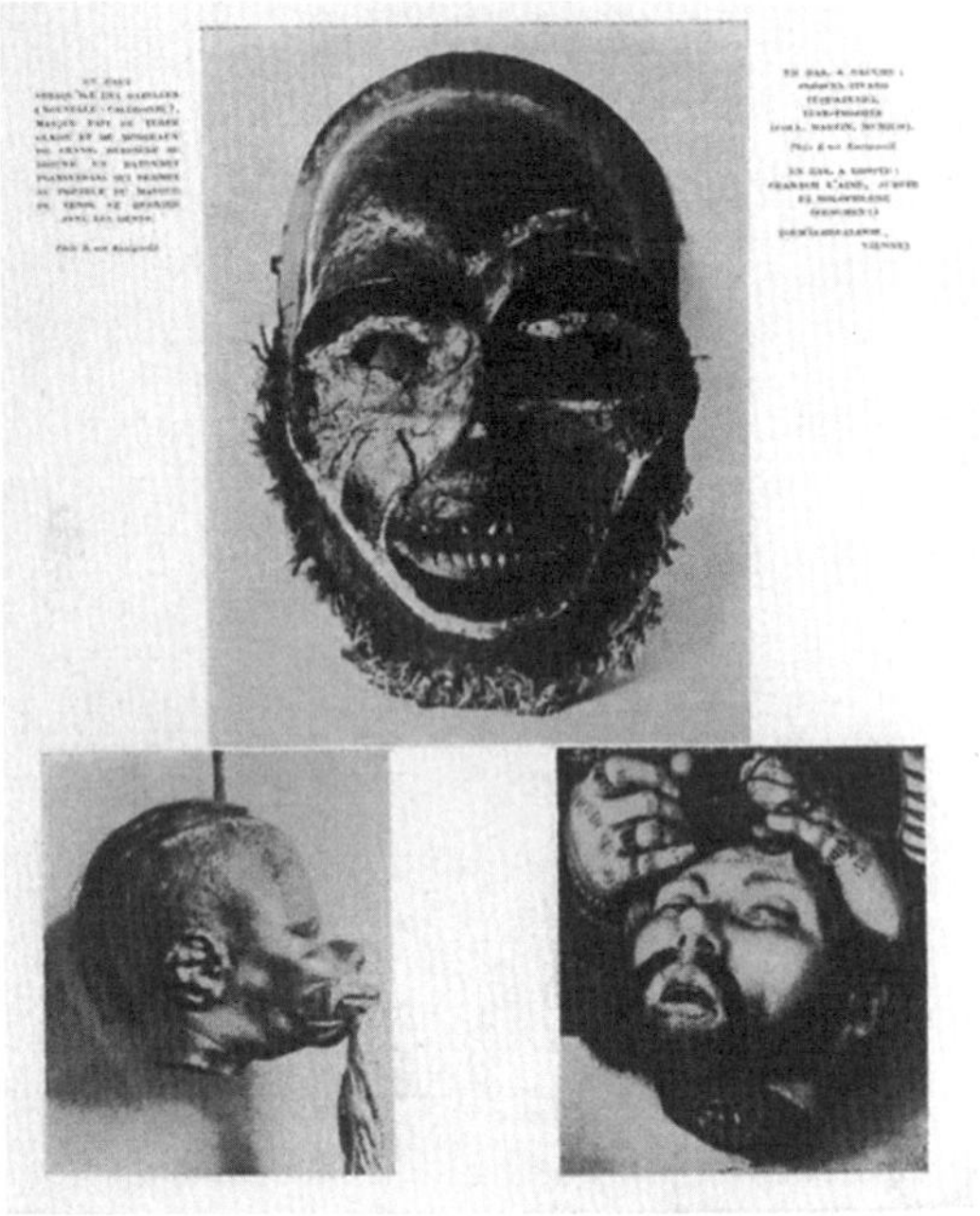

50

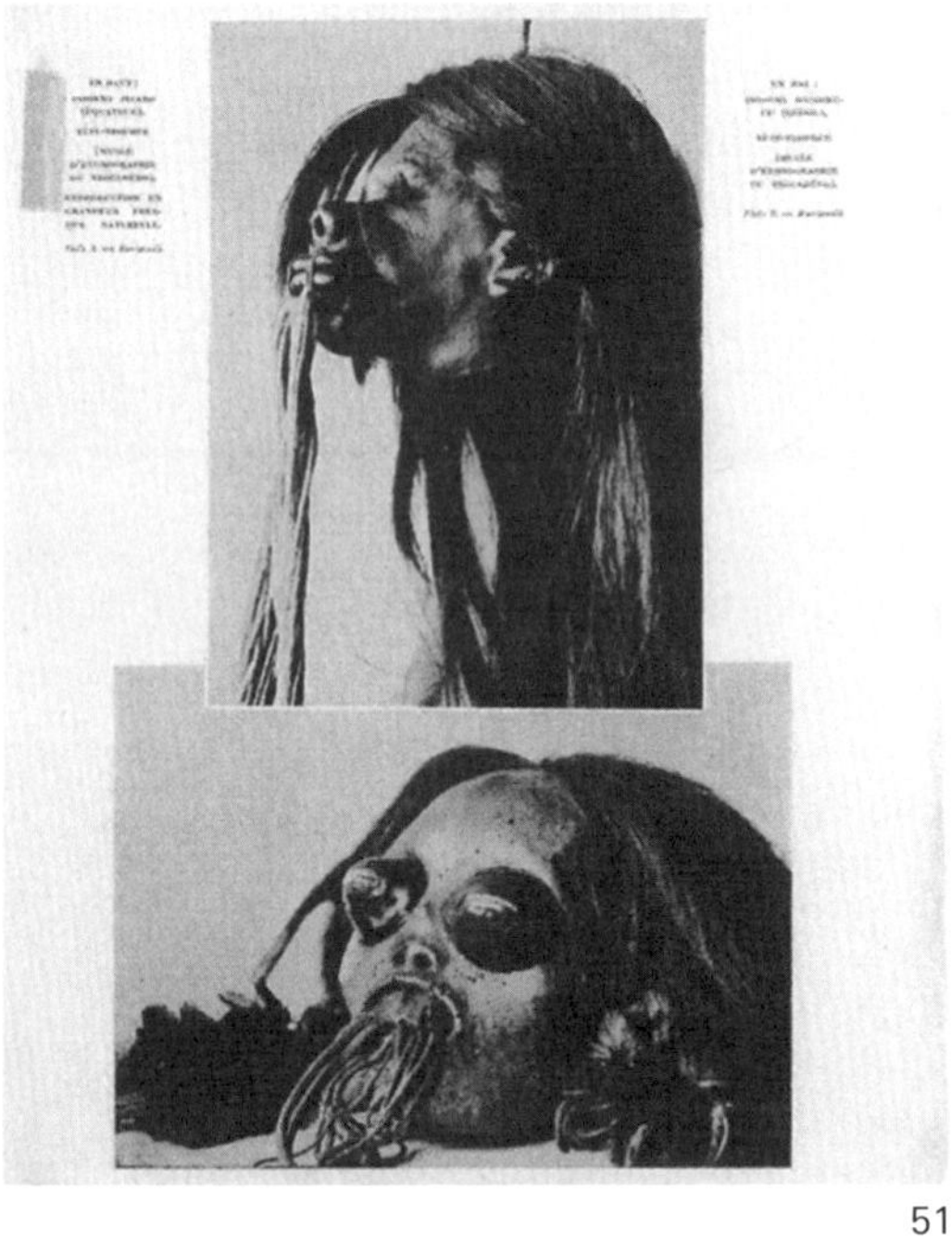

51

拡大して示そうとする『ドキュマン』誌の図版提示の仕方はまさに映画撮影におけるクローズアップの手法を思わせる。

レリスの証言通りに、一九三〇年秋に彼がクラナッハの絵の複製写真に出会ったとしても、このカロンの絵にはそのわずか前にすでに出会っていたことになる。いわゆる裸婦のエロティシズム以前に首を切り落とす行為、さらには肉体を切り開く行為に注意が向かっていたと考えられるのである。洗礼者聖ヨハネの斬首の図像を探していたという証言を裏付けるかのように、『ドキュマン』誌一九三〇年第六号の見開きの図版頁には、ニューカレドニアのマスク、ジヴァロ・インディアンのマスクと並んで、クラナッハの絵の部分図が掲載されている。〔50・51〕口をあけ、半ば目をひらいた髭面の男の切り落とされた頭部が見える。聖ヨハネではなく、ホロフェルネスの首である。『成熟の年齢』では強調されるのがエロティシズムであるとすれば、『ドキュマン』誌においてグロテスクなまでに強調されているのは残酷さである。バタイユは「眼」と題する論考[116]において眼＝刃物という定式をもちだし、「極度の魅惑はおそらくは恐怖の臨界点にある」と述べているが、レリスは彼なりにこの定式を応用してみせる。これみよがしに残虐な行為を描き出すアントワーヌ・カロンの一枚の絵、切り開き、摑み出そうとする行為は、見ることが切断し、触れることでもありうる事実を告げようとしているのではないのか。

皮膚に書く

同じく『ドキュマン』誌一九三〇年第五号に、レリスは人体解剖図を主題とする文章を書いている。解剖図の効用は「裸婦制作に打ち込んでいる絵画が得意げにみせてくれるそれよりも、はるかに美しく、はるかにエロティックな感動を与えてくれる」点にあるとレリスは言う。この一節には、同じくこの雑誌におけるバタイユの場合が往々にしてそうであるように、純然たる挑発的意図もまた混じっているはずだが、解剖図は、とくに一九二〇年代から三〇年代にかけての時期のレリスが執着した錬金術思想、とくにマクロコスモスとミクロコスモスとの対応関係という主題を導入するに恰好な素材となる。

「自分の皮膚をどうしたらよいのかわからない」（＝どうふるまえばよいのかわからない）というみごとな慣用表現は、厄介を表現するとともに、その意味を理解できるものにとっては、すでにそれからの治療法に関しては単なる暗示以上のものを含んでいる！　宇宙の諸部分と肉体とを魔術的関係で結ぶ記号を肉体に刻み込む未開人、宗教的（いわゆる未開人が問題の場合）、あるいは悪癖（いわゆる「稀なる感覚」の愛好者である文明人が問題の場合）という動機の違いはあるにせよ、全身を傷痕、むくみ、乱切法、焼痕などの貯蔵庫にしてしまう人間は、彼らのうちに潜む人間的なあまりにも人間的なる部分を育成したいという要求に無意識のうちにしたがっているだけの話なのである。[117]

人体解剖図における「皮膚」はいうまでもなく内部と外部を隔てる境界面をなしている。レリスにあって「皮膚」（la peau）にまつわる表現は、たとえそれが慣用表現である場合においても、字義どおりの強い意味を感じさせる勢いがあり《ne pas savoir quoi faire de sa peau》（どうふるまえばよいのかわからない）のみならず《être mal dans sa peau》（窮屈にしている）など、ごくあたりまえの慣用表現における「皮膚」なる語が抽象的な符牒であることをやめ、「皮膚のファンタスム」[118]というべきものを形成し始めるのをわれわれは目にすることになるのである。『ドキュマン』誌の誌面には、「人間

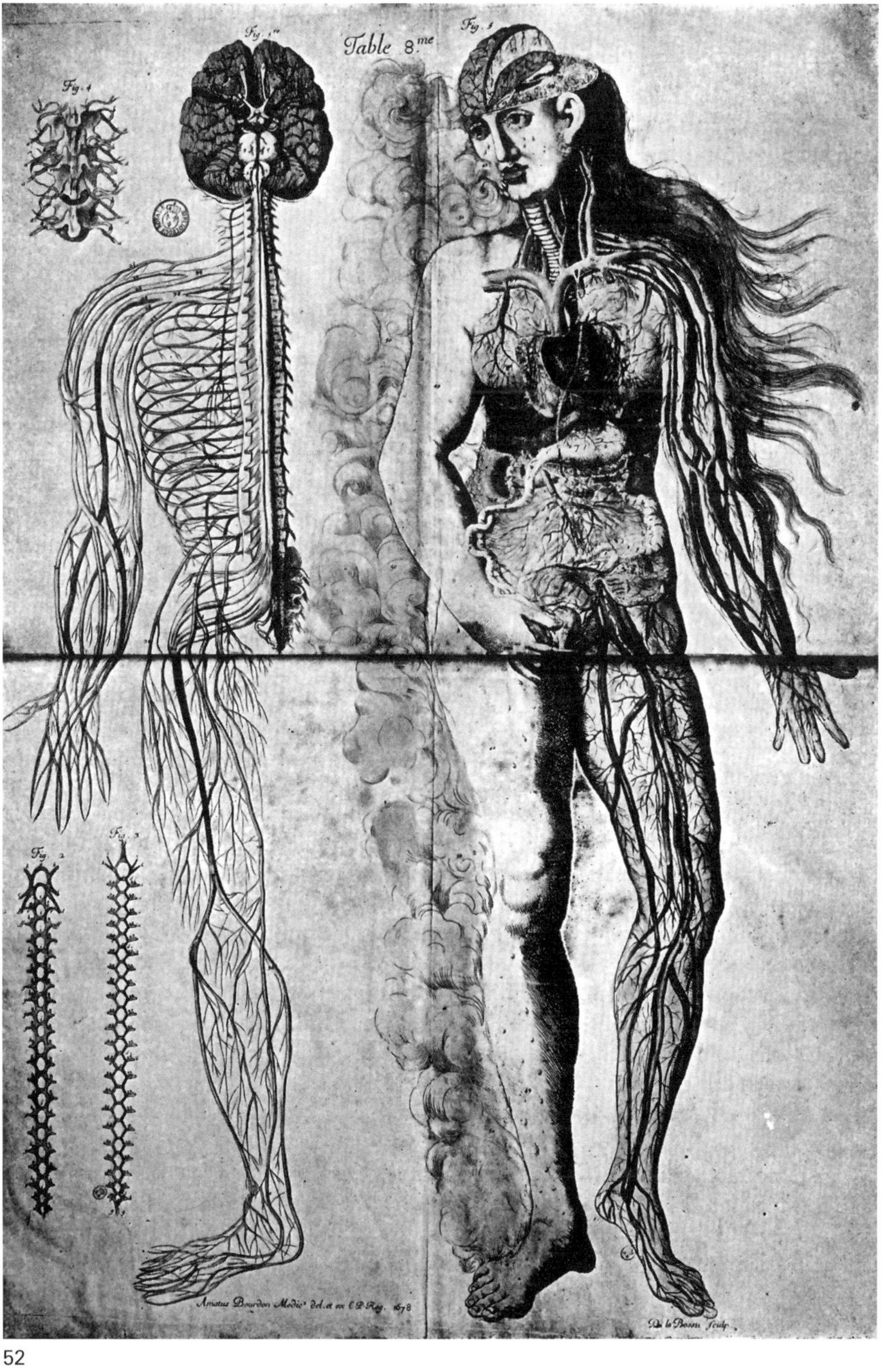
Table 8.me
Fig. 1re
Fig. 5
Fig. 4
Fig. 2
Fig. 3
Amatus Bourdon Medic. del. et ex. C.P. Reg. 1678
De le Bossu sculp.

とその内部」と題されたこの論考とともにアメ・ブルドンの『新解剖図』(一六七八年)からとられた図版が転載されている。計三枚の図版は男の裸体像、半ば皮膚を剥がれた状態の女性像[52]、さらには完全に皮膚が取り除かれ、筋肉組織と骨格があらわになった天使(おそらくは天使であろう、というのも翼の残滓のようなものが見えるのだから)の解剖図という順序で配列され、裸体から解剖図まで、皮膚を剥ぐ行為が進行するありさまを分解写真のようにして示そうとする狙いがあるようにも思われる。男性、女性、天使という異なる三つの対象を選び取る背後にある種の諧謔があるのかどうなのか。男から天使まで、まるで変身譚《メタモルフォーズ》の諸段階に応じた変化だといわんばかりの図像構成である。

バタイユをいわば首領として『ドキュマン』誌を舞台に展開されるのは、大雑把にいって人間をめぐる表象を解体する試みである。その思考と操作の実際について詳述する余裕はないが、バタイユの狙いが形態のヒエラルキーを突き崩し、つねに動物性が露出する地点に眼を向けることにおかれていたとするならば、レリスの思考は同じく暴力性という問題に向き合いながらも、人体に生じる傷もしくは開口部の問題を芸術もしくは身体技術の問題としてとらえる傾向をもっていたように思われることだけは言っておこう。これより三十数年後にレリスは「身体の芸術」(Arts du corps)なる主題を掲げ、より学問的な装いをほどこしながら皮膚の問題に立ち戻ることになるが、基本的な構図は変わっていない。「今日地球上に住む多種多様の民族のなかで、生まれたままの姿で暮らしている民族は一つもない」という言葉でもって書き始められる『黒人アフリカの美術』の一章は、アフリカ研究を中心的なフィールドとする民族誌家たるレリスの学問的認識のありようを示すものである。

いたる所で、様々な形式のもとに、つねになんらかの程度において、身体は粉飾あるいは添加の対象となっている。まるで人類は、純粋な、ありのままの自然から逃れていることを示さずにはいられないかのようだ。身体の一部の変形や切断、瘢痕文身や刺青、どんな些細なものであろうと美容や衣服や装身具についての配慮、これらは、人間がつねに文化の営みに加わっていることを示すものである。[119]

民族誌家レリスが「身体の芸術」あるいは「皮膚の芸術」として取り上げるのは、頭蓋を木片や細い帯で締め上げて頭を長く引きのばそうとする風習、門歯を抜く風習、耳朶の拡張、下唇の伸張、さらには鼻孔、鼻の軟骨、耳朶、唇に小さな装身具を埋め込む風習、顔あるいは全身を対象とする瘢痕文身と刺青、切除の代表例としての割礼、ボディ・ペインティング、マスク[120]など多岐にわたる。いずれにせよ基本的には皮膚をいわば支持体としてその上に描き出される絵柄、あるいは肉体がこうむる暴力的な変形の数々についての記述がなされるのである。たとえ構図は同じであっても、呪縛的な「皮膚のファンタスム」の季節を潜り抜けた後で少なからぬ時間の経過を経てなされる記述にはひとまず学問的で客観的な観察を心がける点においてスタイルの変化が認められるといってよいが、「耳、口、鼻は、体の穴であり、内と外が交流する場所であり、それゆえ重要な箇所とみなされている」[121]とする一節などには、『ドキュマン』誌の時代のレリスの発想がなおも息づいている。

肉体を皮膚としてとらえる瞬間から、われわれは始まりも終わりもない世界に入り込む。ジョルジュ・バタイユは「口」と題された『ドキュマン』誌の論考において口を動物性の象徴としての場、動物的エネルギーの宿る場として捉えようとしたが、それとともに「人間は動物のような単純な組成をしてはおらず、どこから人間が始まるのかを確定することすら困難だ」とも述べている。まさに身体を皮膚として捉えることによって必然的に生じるのは、頭部を位階秩序の頂点におく人間の形象の解体なのである。バタイユが口に暴力の兆しを認めたとするならば、レリスにとって、肉体の孔はほとんど傷にひとしい。この場合の傷とは、外部と内部の交流を可能にする開口部を意味するものである。『成熟の年齢』にもまた、ミクロコスモスとマクロコスモスの交流に触れる一節があった。

その他のいくつかのこまごまとした装身具も、たえず自分につきまとっていた「奇矯さ」への嗜好を満足させ、また氷の冷たさへの嗜好、つまり私なりの文学的試みの、少なくともその一部にあって特徴をなす堅固さへと向かう性向を表現したいという嗜好を満足させてくれた。こうしてある時期の私は、腕輪の代わりに手首に一本の紐をきつく巻きつけ、また背広の襟には、勲章の飾り紐に見立てて一本の針金を飾ることにしていたのだ。それと同時に私は——自分の限界を断ち切るか、それとも世界に同化することで、世界と合体することを強く願い——ミクロコスモスとマクロコスモスを——まさに皮膚の上に入れ墨があることで——融合させる試みを図として描き出すようにして自分の体全体に星々の入れ墨をほどこすことを夢みていた。さらにその後、頭の毛を剃り上げ、襟首を基点として額の真ん中に達する一本の筋目を、友人の画家のひとりに頼んで剃刀で描いてもらった——それは、自分でそうありたいと願っていた幾何学的図形のイメージ、神々しいアダム、あるいは星座といったものだった。[122]

オウィディウスの『変身譚』あるいはアプレイウスの『黄金の驢馬』は人間精神が考え出したもののうちでももっとも詩的なものでありつづけるだろう、なぜなら「変身」という魅惑的主題がそこに示されているからだ、とレリスは『ドキュマン』誌の論考で言う。[123] この文脈において、変身とは、「形態の変化」（メタモルフォーシス）と同時に「別のものになること」（アルテラシオン）を意味するものでもあった。「《死せる頭》あるいは錬金術師の女」[124]（『ドキュマン』誌一九三〇年第八号）が提起する皮膚とマスクの問題、そしてまた『成熟の年齢』で語られる最初の勃起の体験の挿話はいずれもこうした変身の二重性に結びつく内容をもっている。場合によっては魅惑と恐怖が一体化する不定形の情動に身をまかせる体験が問題になるわけだが、変身の体験は皮膚という境界面に限定された出来事ではない。衣裳はそのための特権的な小道具というべきものとなる。

ケープとリボン

バタイユは一九二〇年代前半のレリスが顔に白粉《おしろい》を塗っていたことを証言している。「当時の彼はおしゃれだったが、曰く言い難い、人目を気にしないおしゃれだった……彼はタルカム・パウダーと同じくらい白い白粉を使って顔全体を化粧していた。[125]」

化粧とは、皮膚に刻印される時間の痕跡を消し去ろうとする手段を意味するはずだが、ここに認めることができるのは、おそらくそのような意味での化粧ではないだろう。『オーロラ』そして『成熟の年齢』など、一九二〇年代後半から三〇年代前半にかけて書かれたテクストには彫像になろうとする欲望が随所に記されていたが、いまは紙の上の言葉ではなく、生身の肉体を支持体として、同じふるまいが繰り返されているように見える。

バタイユの証言を待つまでもなく、『成熟の年齢』には、衣服に関して、ほとんどマニアックともいえるほどのうるさい趣味をもっていたことを回想するくだりがあり、それも最新流行を追いかけるというのではなく、「どことなくもったいぶっていて、さらには陰鬱ですらある[126]」ような英国風の服装を好んでいたことが述べられていた。「もったいぶっているとともに陰鬱だ」という形容は、ほとんどそのままレリス自身の文体にもあてはまると思われるのだが、そこにはボードレール的な意味におけるダンディスムの継承者の姿を認めることもできよう。ダンディスムというならば、レリスがその典型としてフレッド・アステアを念頭においていたことも言っておかねばならない。一九三三年秋にロンドンで見たコール・ポーター作のミュージカル・コメディ『陽気な離婚』の舞台に触発されて書かれた文章において、レリスは徹底してアステアの舞台衣裳の変化を記述することに力を注ぐ。これとは別の箇所でレリスは「セヴィル・ロウのニジンスキー」という形容をアステアにあたえている。[53]鍛えぬかれたダンサーの肉体が英国仕立て上質の生地の衣服に包まれているばかりではなく、完璧なる服装上の趣味とダンスという非日常的な身ぶりとの二律背反を超え出る点において、この芸術家／芸人は特権的な存在となるのである。

英国風の服装という点に関連したものとしては、レリスが知り合った何人かの仕立屋の肖像を描いた文章もまた忘れがたい。[127]『成熟の年齢』における「軽業師の伯父」の雰囲気にも似た読後感があるのは、熟練の腕をもちながらもマージナルな場に生きる職人＝芸術家という祖型をもとにしてこの断章が書かれているからだろう。スタロバンスキーにしたがって「道化師としての芸術家」なる主題の変奏がなされているといいたくなるほどに、エキセントリックな人物の逸話的な行動の強調をもって彼らの肖像が描き出されているのである。ただし仕立屋たちの奇矯な姿を描く小伝といった範疇におさまらない要素が含まれていると思われるのは、彼らの仕事が「存在」と「外見」の境界面にあるとする指摘がなされるときだ。仕立屋（le tailleur）とは、文字どおりのフランス語の意味では、切り、刈り、削る者、さらには切り刻む者、切断する者を指し示す。レリスがそのような語源的な意味を意識しているのは確実であって、その証拠にここでは彫刻家の比喩もまた用いられている。「仮縫いの立会いに退屈を覚えたことは一度たりともなかった」と述べるレリス、何がそれほどまでに彼を惹きつけるのか。

53

物質的な側面に類するいくつもの細かな事柄が私を惹きつける。かりそめの仕立物のデッサンが理想的な幾何学的輪郭をもってわれわれの身体に重なり合う。まだ仮縫いの状態にある袖口の物音――職人はときにこれを鋭い一撃で剝ぎ取る。箇所によってきつく締めたり緩めたりして、彫刻家を思わせるしぐさ。たとえばボタンがつけられる位置にすばやく押し込まれる仮縫いの針……[128]

仮縫いの場面とは、服に袖を通すときの感触をはじめとするさまざまな感覚が呼び覚まされる瞬間だというわけであるが、仕立屋が彫刻家だとすれば、芸術家とモデルの関係は逆転し、服の注文主は職人のなすがままに、彫像のように立ちつくしたままでいなければならない。この場合の身体とは「彫刻家」が削ろうとする大理石のような素材である。ここでわれわれは鉱物化の誘惑を語り、彫像になりかわろうとする欲望を語る初期のレリスのテクストを思い出さずにはいられなくなる。『成熟の年齢』再刊時に付け加えられた序文「闘牛として考察された文学」は、著者の意図が「彫刻的な性格を刻印すること」にあったと述べるわけであるが、これには不吉な響きもまじっていて、自画像の試みが最終的にどこに向かうのかが気になり始める。レリスの言う「鉱物化作用」、すなわち堅くなり石と化すこと、結局のところ、それはメドゥーサのまなざしに射すくめられ、死んだ彫像となるというにひとしい。であるならば、いまはもう一方の極、すなわち植物的なるものという表現のうちに示される可能性を推し量らねばならない。大理石の純粋さ、堅固さ、冷たさ、硬直性などの要素にエロスの体験を結びつけるという逆説的な試みから転じて、植物の繁茂のイメージに代表されるようなバロック的な繁茂に眼を向ける必要がある。

別の言い方をするならば、彫像の動かぬ世界に一種の裂け目が生じ、世界が反転する瞬間があると

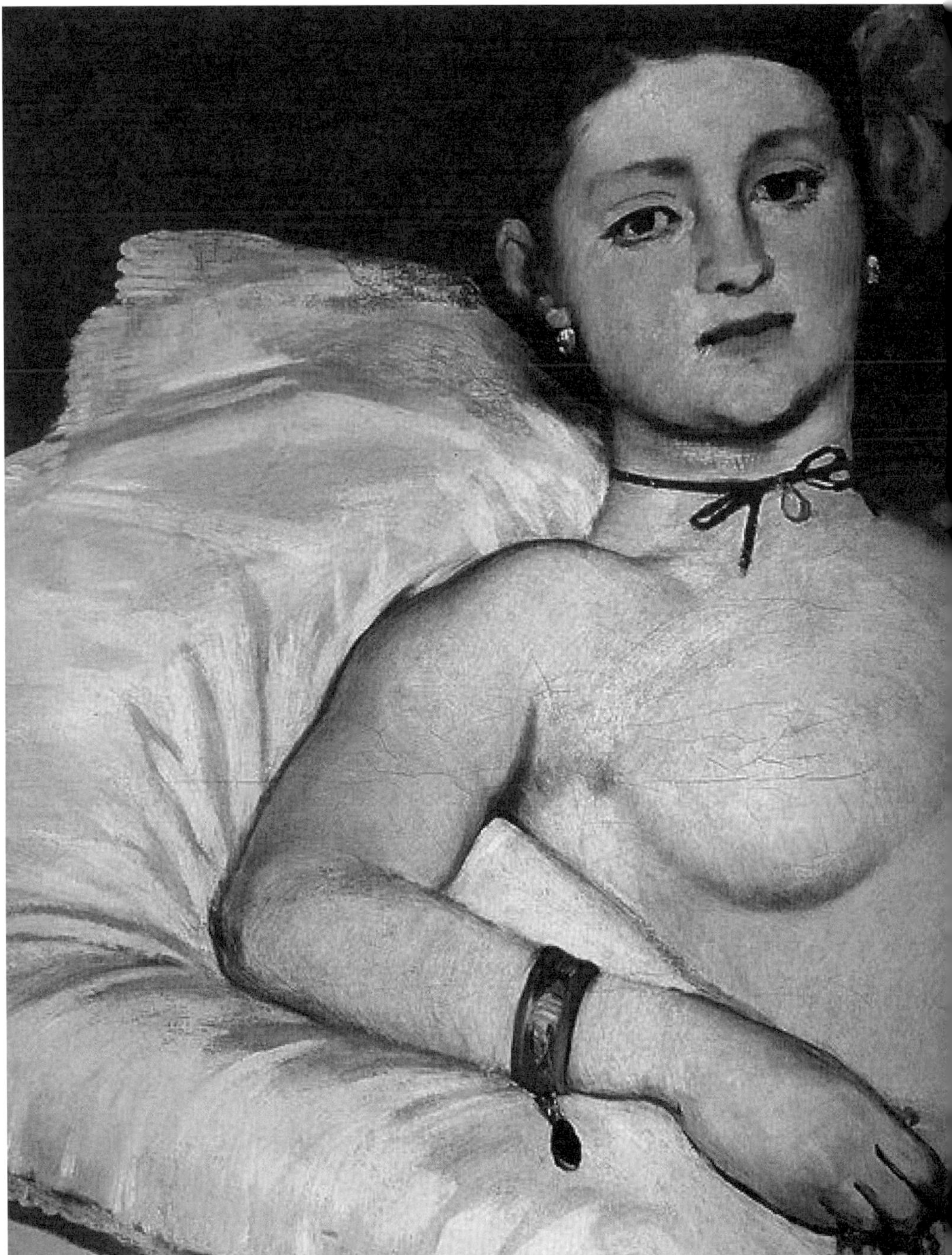

いうことになるだろう。ルクレティアとユディットの裸身を覆う透明なヴェール、オランピアの頸に巻かれた黒いリボン[54]、牡牛を誘い込む赤いケープ、夢に登場するターバンの女など、形態、材質、大きさは異なるものであれ、レリスには布の体験と呼びうるものがある。こうして、さまざまな布の動きが彫像的世界を突き崩しにかかる瞬間が到来するのである。レリスの『闘牛鑑』（一九三八年）は、闘牛そのものを主題にした書物としてはいささか観念的であり過ぎるように思われるが、そのような意味における布の動きを追う最初の試みだとすることも可能だろう。

光の衣裳とは、闘牛士が身にまとう衣裳のことである[34]。派手に飾り立てられたこの衣裳は、レリスによれば、聖職者の祭服に相当するものであり、闘牛士はこの服を着ることによって儀礼をつかさどる者に変貌する[129]。ただし相互テクスト的な連関をさぐろうとするわれわれの文脈にあって、闘牛士の衣裳以上に興味深いのはカーパあるいはムレータなどの布の用法である。これらの布は、ただちに衣裳と呼ぶには抵抗があるはずだが、闘牛士が牡牛と向きあうアレーナにあって布は囮となって牡牛をおびき寄せ、牡牛を翻弄する。オレのかけ声とともにひるがえる布は牡牛の顔をかすめ、旋回運動の連続のなかで、場合によっては闘牛士と牡牛の双方の体を包み込む衣裳のように見えはじめるにちがいない。「カーパの襞とうねりと渦巻きはサンチャゴ・デ・コンポステラの主祭壇の渦形装飾のようだ[130]」とレリスは言う。「フーガの一瞬一瞬のように」つながって見える布の連続的な動きに言及する書物が『成熟の年齢』から『ゲームの規則』連作へと移行する時期に書かれているのは興味深い。すなわち『闘牛鑑』は、動かぬ彫像の世界の登場人物を描写する古典的秩序の世界から抜け出て、語る主体と語られる対象の双方が同時に動きながら立ち位置を変えつつ相手をおびき寄せ、相手を翻弄する生死を賭したゲームに足を踏み入れる瞬間に響きわたる転換の合図のようにも見えるのである[55]。

『成熟の年齢』は形式面での奇矯さを数多く含みこむ書物であるが、二種類の夢の記述で唐突に終

TAUROMACHIES

▪ DONC, le matador se tient debout, les pieds impeccablement joints, rivés par sa peur de déchoir au su du public en même temps que par les bandelettes qui enserrent sa cheville, masquées par le bas rose vomis et le clinquant des escar pins. Roideur d'homme seul, roideur d'épée. La muleta lentement déployée couvre de sa paupière la tige trop claire ment évidente, jet jailli chimérique d'une prunelle d'acier.

Le matador: un Damoclès qui a pris son destin par les cornes, son épée à pleine main.

MIROIR DE LA TAUROMACHIE

UN SPECTACLE RÉVÉLATEUR

De même que Dieu — coïncidence des contraires, selon Nicolas de Cuse (1) (c'est-à-dire: carrefour, intersection de traits, bifurcation de trajectoires, plaque tournante ou terrain vague où se rencontrent tous venants) — a pu être paraphysiquement défini comme étant « le point tangent de zéro et de l'infini » (2), il est, parmi les innombrables faits qui constituent notre univers, des sortes de nœuds ou points critiques que l'on pourrait géométriquement représenter comme les *lieux où l'on se sent tangent au monde et à soi-même*.
Certains sites, certains événements, certains objets, certaines circonstances très rares nous donnent, en effet, le sentiment, lorsqu'il advient qu'ils se présentent devant nous ou que nous y soyons engagés, que leur fonction

9

わっている点もそのひとつだといえよう。そのひとつとなる「ターバンの女」と題された夢に関する一節は、白紙に文字記号を書き記す行為、布地、口、女のイメージなどの要素の重なり合いを示すという点、さらには、紙片が布になり女に変わるという変身譚《メタモルフォーシス》のプロセスをあからさまに示すものとなっている点が興味深い。

私は幅の広い一枚の紙の上に、コンマあるいはアラビア文字に似た記号を、辛抱強く描いた。それは数ヵ月あるいは数年もかかる細心の注意を要する仕事である。その紙がじつは一枚の布切れであり、上のほうに描かれている（上記の記号の組み合わせの具合によってたまたま生まれたといったような）口が、女の顔をあらわしているのに私は気づく。それから私は布切れをターバンのように額のまわりに巻きつけ、さらながら托鉢僧［……］のように、恍惚として、胸をはだけたたままじっと書きもの机の前に座っている。妻は幽霊のように、とても白く長い寝巻を着て私のそばに突っ立っている。彼女は私がターバンを巻くのを見ながら、［……］言葉では表現できないような悲しみをこめて「ああ、やはりそうだったのね……」とつぶやく。[131]

夢の女には顔がない。それは記号の組み合わせであって、たまたま口のかたちとして見えるものでしかなく、ターバンにもなりうる布切れでしかない。ここまで裸体から皮膚を経由して衣裳へと移るレリスの偏執の変化を追ってきたわれわれは、この書き手が、ほとんど質量をもたない微妙な対象に本能的に眼を向けようとする存在であったことにいまさらのように気づくのである。衣裳というにはあまりにも取るに足りない何か、体を包み隠すというよりも、裸身をかえって際立たせるような装身具の数々——たとえばクラナッハ描くルクレティアとユディットの裸像を包み込むのは、軽やかで透

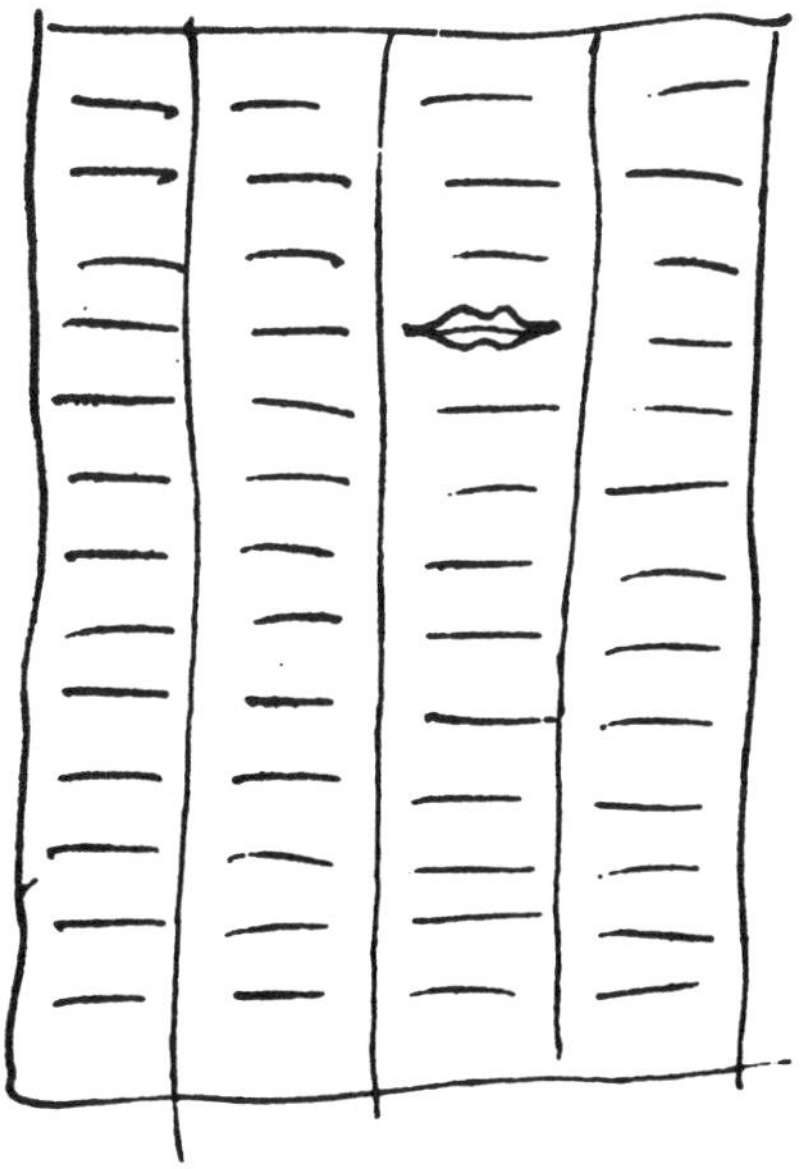

明なヴェールだったし、マネ描くオランピアは髪につけた花飾り、頸のまわりに巻かれた細いリボン、右腕につけられたブレスレット、左足にひっかけられたサンダル以外に衣裳も装身具らしきものも身につけずに昂然とその裸身をさらしていた。

『闘牛鑑』は、ボードレールによる美の定義を下敷きにして新たな展開をはかろうとする。すなわち「激しくも悲しい」女の顔の美しさについての形容にはじまって、「肌理の粗いロマン派的なコントラストの美」というよりも、一種のクラシックな理想美に対して、不幸がはたらきかけ、断層を生じ、亀裂を生じることのうちに現代的な美を見出そうとする議論の筋道がたどりなおされる――「美を構成するものは、単なる対立的要素の接触にとどまらず、解消しえぬ両者の対立そのもの、つまり一方が他方のなかに嵌入し、そこに一種の傷痕として一種の略奪としてみずからを刻みつけようとする完全に能動的な作用でもある」[132]――のだが、この場合の傷痕とは、レリスにとってみれば、文字どおりの意味における肉体の傷であった。リボンが傷痕であり、傷痕を隠す装身具でもありうるという発想が晩年の著作『オランピアの頸のリボン』を支えている。ヴァレリー(「マネの勝利」)、バタイユ(『マネ』)とは違って、レリスの場合は同じくマネの絵に言及するとしても、その焦点となるのはオランピアの頸に巻かれた細く黒いリボンであり、まるで絵のすべてがその一点に凝縮して示されているというかのような扱いである。これはフランシス・ベイコンに関する一章で見たように、表現に現実感をあたえるものとしての細部の主題だと言い換えることもできる。

オランピアの頸のリボンは傷痕を主題とするさまざまなテクスト的記憶を呼び出す。ファウストとメフィストフェレスのやりとりのなかで語られるメドゥーサの物語もそのひとつであろう。『成熟の年齢』の「悲劇」と題された一章ではそのやりとりが引かれていた。

ファウスト——なんという歓び……また、なんという苦しみなのだろう。あのまなざしから離れられない。それにしても奇妙だ。あの美しい頸を飾っているように見えるたった一本の赤い紐——ナイフの背ほどの幅しかない紐は。

メフィストフェレス——そのとおり。たしかにそんなふうに見えますね。あの女は自分の頸を小脇にかかえることもできます、ペルセウスに切り落とされた頸ですから。[133]

オランピアの頸のリボンはレリス自身の自殺未遂事件の顚末をさらに思い出させる。気管切開手術を受けた彼は、それによって満足に声が出せない状態がほぼ一年間にわたって続いたという。声が損なわれたということは、「本来的に聖なる分け前であるはずの言語を生きたかたちで運ぶ器官が侵されたことを意味する」わけであり、『縫糸』では、このような変化そのものを傷として受け止めたことが述べられていた。[134] 頸とは頭部と肉体、理性と欲望が接する境界面でもある。ほかの身体部位と異なり、その境界面を切断すれば、人間はもはや生きてはいない。

両手を切り落とし、両足を切り落とし、さらには耳や鼻を削いでも、必ずしも殺すことにはならない。しかし頸を斬る、つまり、頭を胴体につないでいる、どちらかといえば華奢な肉茎を斬るとなると、話は別だ。ひときわ心を打つのは——というのも、言ってみれば肉体のなかでも無垢な部位に関係するものの、そこをざくりと切断してしまえば、斬られた者の命はなくなるわけであり——、したがって、頸の飾り物であり、しかもそれが、堅い鉱物質のネックレスではなく、やわらかい生地のリボンであれば、かすかであっても頸につけられた残酷な傷を隠し、そっと治してやるのに適しているだけに、心の動揺はさらに強いものになる。[135]

ジャコメッティによるレリスの肖像にも頸の傷を隠すスカーフのようなものが描かれていた。それもまたリボンにひとしく、質量としてみればほんのわずかな存在をもって、自分自身の気管切開手術を含め、すべての傷痕の主題系が収斂してゆく場となる——オランピアの頸の黒いリボン（ruban noir）とファウストが見た女の頸の赤い紐（ruban rouge）は ruban という語によって結ばれるが、そのあいだにはレリス自身の体験がひそんでいる。あるかなきかのそのリボンは、文章行為そのものの表象でもあるだろう。皮膚と傷痕の主題系を追いつつこの作家のテクストを読み返してきた読者にすれば、残酷な傷を隠すはたらきをもったリボンがほぼ八十歳になろうとする老作家にまとわりつく光景を見るのは、なんとも感慨深いものがある。迷路のようなレリスの文体は、晩年の著作『オランピアの頸のリボン』にあって、屈折をさらに深めているといわなければならない。始めも終わりもない反復の真っ只中にあって、書き手も読者も堂々巡りをせざるをえない。ただひとつ確かなのは、あるかなきかのリボンが合図となって、そのつど新たなスペクタクルが始まろうとすることだけである。

第六章　ゲームとその規則——デュシャンの影

マッソン、ジャコメッティ、ピカソ、ベイコンの四人がレリスにとっていわば「基本方位」に相当する芸術家だといえるのは、単に彼らと親しい――場合によって家族同然の――つきあいがあり、彼らの仕事をめぐって数多くの文章を書いたというだけにとどまらず、この四人のうちに『成熟の年齢』から『ゲームの規則』四部作へと発展する自伝的作品の展開と密接に関係する要素が数多く見出せるからである。画家たちの仕事について書かれた文章の大半は、ルイーズ・レリス画廊での個展や大がかりな回顧展などにあわせて、カタログに掲載されたものであり、状況の産物だともいえるが、彼が画家論あるいは作品論の装いのもとに独自の領域をきりひらいていった点をみると、それらのテクストは作家本来の仕事の外延におかれるべきものではないことがわかる。「フランシス・ベイコンの絵が私に語りかけたもの」という評論タイトルはレリスの姿勢を端的に表現している。この表現は現象学的記述を志向しているように見えるかもしれないが、安定した場に身をおきつつ、出来上がった作品について語るというのではなく、画家の仕事に接近し、いままさに絵が描かれつつある創造の現場に踏み込もうと試みる点において別種の射程をもっている。ボードレールにはじまり現代にいたるまで、少なからぬ数のフランスの詩人と作家が美術評論を手がけてきたわけだが、本書で語ろうとしてきたのは、そのような伝統的な流れのなかにレリスをおくことではない。

作家と画家との関係を丁寧に追ってゆこうとするならば、さらにホアン・ミロ、ヴィフレド・ラム、エリー・ラスコーなどの名をリストに書き加える必要があるにちがいない。一九二〇年代のミロは、マッソンとおなじくブロメ街にアトリエをもち、「絵画＝詩」と題された一連の作品（なかでも《写真＝これは私の夢の色》や《音楽、セーヌ河、ミシェル、バタイユと私》[57]など）は、ブロメ街グループに見られる夢の記述やカリグラムを含む言語的実験から生まれ出ているように思われる。[136] レリスとラムとの交流は一九四〇年代にはじまり、この画家が彼の肖像を描いていないとしても――その代わりというわけではないにせよ、ラム夫人ルー・ローラン＝ラムによるカリカチュア的な像（キャンバスにコラージュ、六〇×八〇センチ、一九八二年）がある[58]が果たして肖像と言いうるのかどうか微妙である――その存在は、第二次大戦後のレリスがアンティル諸島からキューバへと関心を向け直す流れのなかで、エメ・セゼールと並んでひときわ重要なものとなった。またエリー・ラスコーが描く絵は、具象を離れることはなく、ここに名をあげた六人の画家とまったく作風の異なるものであるが、「現代性」あるいは「前衛」という解読格子によってはとらえきれない雅趣溢れる独自の魅力がある。ラスコーはカーンワイラー夫人リュシーの妹ベルトとの結婚を通じてレリス夫妻とも親戚関係にあり、カーンワイラー家およびレリス家に生じた出来事をまるで日記にとどめるかのように画帖に描いている[59]。以上三人の名を新たに加え、レリスが彼らについて書き記した文章を検討することで、われわれはレリスの「美術論」の全体的な姿を視野に収めることができるようになるだろう。

しかしながら本書が目指すのはそのような方向性ではない。これに対して、マルセル・デュシャンをとりあげるのは、レリスにおける「ゲーム」の意味、とくにその遊戯および演戯という側面に踏み込むには、それが必要不可欠な要素をなすと思われるからである。

Michel, Bataille et moi

57

Et l'arrivée la plus attendue : celle de Michel.

59

58

レリスとデュシャンが交わる地点

レリスの日記には、十九箇所におよぶデュシャンへの言及がある。ピカソ、マッソン、ジャコメッティに比べれば数は遥かに少ないが、意外にもベイコンについての言及よりも数は多い。ピカソ、マッソン、ジャコメッティ、ベイコンはレリスが親しくつきあった画家だが、デュシャンはその点でほかとは違っている。レリスがデュシャンと直接顔を合わせたのは二度だけである。最初はジャン・ポーランの仲介によって、《グリーン・ボックス》の刊行にともない、その一部をデュシャンが献呈するお返しにレリスが『新フランス評論』誌に紹介文を書くという話がもちあがり、同誌編集室で二人は顔を合わせた。一九三五年十二月三日のことである。二度目はコレージュ・ド・パタフィジックの会合に、両者ともにサトラップという資格で出席したときのことだった。レリスがデュシャンについて書いた文章としては、《グリーン・ボックス》紹介文にあたる「彼女の独身者たちによって裸にされた花嫁、さえも」、そしてまた主に「レディ・メイド」を論じる「マルセル・デュシャンの工芸」の二篇があるだけだ。[137] 二人を結びつける具体的材料は必ずしも多くはない。それならばデュシャンをめぐる一章を本書に設ける理由はどこに求められるのか。

両者を結びつける要素として、誰もが思いつくのは、言語遊戯への執着である。一九二五年九月十二日のレリスの日記には、Ruine urine（廃墟が小便する）にはじまるデュシャンの言語遊戯が転写されている。これについてのコメントはとくに見当たらないが、この時期の彼は、後に『語彙集』として一冊にまとめられる言語遊戯の数々を『シュルレアリスム革命』誌にさかんに発表しているところであり、とくに音声的要素の組み替え、諧謔的意味合いなどの側面において、デュシャンの遊戯に関心が向かうのは必然のなりゆきだった。おなじくデュシャンの影響は、シュルレアリスト詩人ロベール・デスノスにおいても顕著であり、こちらのほうは、一行もしくは二行からなる言語遊戯を百五十篇集めて――その一篇「ローズ・セラヴィは塩の証人をよく知っている」における「塩の証人《マルシャン・デュ・セル》」は、言うまでもなくマルセル・デュシャンの音の組み替えである――、なんと『ローズ・セラヴィ』なるタイトルのもとに出している。この一冊に収録されたデスノスの遊戯は一九二二年から二三年にかけてのものだが、レリスの場合は、シュルレアリスム運動に加わっていた時期だけではなく、生涯にわたってこの種の言語遊戯を続けている点が異例であり、あえて「言語遊戯」と銘打たれてはいなくても、遊戯はいたるところにおよぶ。よく知られている例としては『ゲームの規則』各巻のタイトルをあげることができる。[138] レリスが一九五六年に出した小冊子『植物的バガテル』はミロによって表紙の装幀がなされているが、ここに収録された言語遊戯は『語彙集』とはまた違った趣があり、むしろデュシャンのRuine urineに近い「地口」的表現が中心となっている。その巻末には「お薦めのデカメロン」と題されたリストがかかげられ、計十冊の書名が列挙されており、そのなかにはデュシャンの言語遊戯を集めてＧＬＭ書店から一九三九年に刊行された一冊『ローズ・セラヴィ』も入っているが、ほかにジャン＝ピエール・ブリセ、デスノス、ルーセル、サティなどの名もあげられていて、この点でも二人には少なからぬ共通項がある。[139]

もちろん両者をむすぶ最大の絆はレーモン・ルーセルの存在である。デュシャンもレリスも一九一二年にアントワーヌ座でおこなわれたルーセル作の芝居『アフリカの印象』の初演の舞台を見ている。[60] レリスの場合は、一九一二年五月十一日の初日の舞台であるが、このとき彼はまだ十一歳の少年であって、ルーセルと親交のあった両親に連れられて劇場に行ったという。デュシャンが舞台を見たのは、カルヴィン・トムキンズによれば、六月の二週か三週のことで、ピカビア夫妻、アポリネールと一緒だったという。これとは別に上演の最終日にあたる六月十日に見たとする説もある。[140] デュシャンは一八八七年の七月生まれだから、このとき二十四歳だったことになる。『アフリカの印象』の上演に強

60

烈な印象を受けたデュシャンは、そのあとすぐに原作を手に入れて読んだが、それだけでなくその後《大ガラス》はルーセルに依拠しているとまで言うようになった。[141] 途方もない資産家だったルーセルはダカール＝ジブチ調査旅行の重要な出資者のひとりであり、アフリカからパリに戻ったレリスが真っ先に会いに行ったのはルーセルだったという。結果的に『アフリカの印象』は、アフリカという文字を除けばいささかも共通するものなどないレリスの『幻のアフリカ』（一九三四年）を生み、デュシャンの《大ガラス》（一九一五―二三年）を生んだことになる。

　レリスの日記には、実現したもの、実現しなかったものの双方を含めて、さまざまな本のタイトルが書き留められ、場合によってはその構想が語られているが、一九五九年四月十三日の日記には、『ルーセルおよびそのほかの何人か』という書名とその概要が記されている。そこで取り上げられる予定の作家は、ルーセル、デュシャン、サティ、プルーストの四人、ただし、プルーストはあまりにも有名なので、その代わりに、マッソン、ミロ、ジャコメッティ、あるいはシェーンベルクを加えるアイデアがないわけではないと書き加えられている。一九六六年に刊行された『獣道』は彼の最初の評論集であるが、プルーストを除けば、以上の固有名すべてを含んだものになっている。日記に書かれた例の構想が紆余曲折を経てこの本になったと思われるわけだが、これとは別の展開もありえたのかもしれない。つまり当初の構想に近いものとして、ルーセル、デュシャン、サティを中心軸におき、ジャリの『ユビュ王』のマリオネットについてのテクストをこれに加えれば、パタフィジック的なるものを星座の牽引力として織りなされる脱中心的《エキセントリック》な芸術家列伝ができあがっていたはずだ。というのも一九五〇年代末のレリスは、コレージュ・ド・パタフィジックに接近し、かつて『新フランス評論』誌のために書いた《グリーン・ボックス》の紹介文を補筆しており、一九五七年には『カイエ・ド・コレージュ・ド・パタフィジック』誌のために、一九二〇年代に書かれたメモをもとに地球は平たいという説の証明を試みる「マゼランの旅行について」と題する奇妙な一文を書き送ったりもしている。一九四六年にサルトルの影響のもとに書かれた「闘牛として考察された文学」で謳われる「積極的リアリズム」の主張があまりにも有名になりすぎて、レリスのうちに潜む遊戯性への傾斜がともすればこれに覆い隠されてしまう傾向があるが、「ただひたすら事実を」というパセティックな響きをおびる「積極的リアリズム」の主張をすべて鵜呑みにするのはあまりにもナイーヴな読み方ではないか。その主張に嘘偽りが混じっているというわけではないが、より多面的なレリスの像を描くには、まさに「遊戯」と「演戯」の側面に目を向ける必要があると思われるのである。レリスがコレージュ・ド・パタフィジック会員となったのは一九五五年九月八日、聴講者の資格で一年七カ月二十三日間にわたって会員であり続けたという。[142]計算してみると一九五七年五月まで、つまりレリスが自殺を試みた日付の直前までという興味深い事実が浮かび上がる。

パノラマ的眺望

以上述べてきた事柄が、それでもなおエピソード的な色合いを免れえないのに対して、一九五七年五月末の自殺未遂事件のあとで、マラルメの名と抱き合わせになってデュシャンの名が浮上してくる経緯を辿り直そうとするならば、われわれは一段と深い闇の領域へと降りて行かなければならなくなる。日記には、睡眠薬を嚥下し自殺を試みたという簡潔な記述の直後に、以下のような言葉が見える。

マラルメの書物もしくはデュシャンの《裸にされた花嫁……》のごとき客観的な全体的作品とする狙いをもって『ゲームの規則』の執筆を再開すること。[143]

つまりレリスはその主著たる連作をマラルメとデュシャンの名のもとにおこうとするのである。『縫糸』では日記をもとにして、さらに入り組んだかたちで書き直しがおこなわれている。問題となる一節は、クロード゠ベルナール病院での治療が進み、退院のめどが立った頃に、担当の医師が病室に入ってきたことを語る部分だが、そのときの彼はノートをひろげて数行の文章を書きつけていたのかもしれないと、例によって話は脇道に逸れて、ノートの表紙デザインにまでこれがおよぶのだが、紆余曲折の多いレリスの叙述を省略なしに書き写すならば、以下のようになる。

入院してすぐに必要になるだろうと考えて受け取った備品のノートをひろげて、ボールペンを手にして、数行の文章を書いていたのかもしれない。ノートは新品の大判のものであり、表紙にはセーヌ河下流の方から見たポン＝ヌフ中央部分とヴェール＝ギャラン小公園を描くかなり大きな飾りの絵が描かれており、極太の字体の活字をもってLUTÈCEなる語もそこに印刷されていた。確かめるのに必要な時間の推移を記したメモが手元にないので、ノート上部に記されたアルファベット文字が（その一致にいまさらのように驚くのだが）例の伯父が用いていた高貴で古びた響きがある筆名のヒントとなった点についてはすでに言及してあるが、その名のもとに繰り返しあらわれた従兄の存在に何らかの影響関係があったのかどうかは判然としない。家から持ってきてもらった本が二冊あり、たぶんそのどちらかを（私の場合、決して優れているとはいえない注意力が許す範囲で）読むのに夢中になっていたのだろう。一冊はマラルメと彼の有名な「書物」に関係するもので、われわれの想像を超える驚くべきメモの数々をまとめた著作であり、その「書物」なるものは決して完成は見ないのであるが、詩人はこれを人生の目標と思い定め、全体的作品〔傍点筆者〕として構想し、宇宙全体を集約〔傍点筆者〕し、みずからの正当性を示すものとなるように構想したのだと思われる。[144]

レリスは書名には言及していないが、マラルメの「書物」に関する一冊とはジャック・シェレルの『マラルメの〈書物〉』のことである。[145]一九五七年に刊行された同書は、その表題にすでにあらわれているように、「〈究極の書物〉のための断章・草稿群」と称される紙片二百二葉を含んでおり、マラルメにおける「書物の神話」の解明に向けたパイオニア的な試みと考えられるものだ。[146]この書物をどの程度までレリスが実際に読んだのかは不明だが、「書物」と「演劇」を二つの柱として、その形而下的な部分と形而上的な部分に分けて論じる同書の前半の「議論」の部分にもまして、断片的なメモを並べる後半の「資料」の部分にレリスの関心が向かっていたことは想像に難くない。シェレルによる未刊資料の扱いは、今日の目からすると、不十分な側面があるとされるが、いわば前後の脈絡なくひたすらカードが並べられているだけに見えるその後半部には、デュシャンの《グリーン・ボックス》を連想させる要素がないわけではないし、また『ゲームの規則』の執筆の舞台裏にある部分、すなわちレリス自身のカードの扱いをこれに重ね合わせてみる誘惑にかられるとしても不思議ではない。とは言っても、「全体的作品」との関連におけるマラルメへの言及としては、上記の引用部分がそのすべてであり、それ以上に踏み込んだ記述はどこにも見当たらない。なぜマラルメとデュシャンの名がここで上げられているのかをこれ以上詮索してみても確かな結果がえられるかどうかの見通しは立たないが、それでもここで引き返すわけにはいかない。

大半の読者にとって「宇宙全体を集約」する「全体的作品」という表現に接するときにまず脳裏に浮かぶのは、ボルヘスが語る「アレフ」ではないか。「エル・アレフ」と呼ばれる球体のなかには地球が、地球のなかにはエル・アレフが、という具合に無限に反復が生じ、合わせ鏡の効果を思わせる展開が派生するしかけはボルヘスの読者にとってはすでに馴染みがふかいものだろうが、一九二〇年代のレリスが書くものには、すでにアレフのように全宇宙の縮約となるものへの執着が、宇宙と人体との関係という主題のうちにあらわれている。たとえば『ドキュマン』誌一九二九年第一号に掲載された「十四世紀と十五世紀の二種類のミクロ的人体像についての覚え書き」はその最初の証拠物件となるものだ。とくに興味深いのは、テクストに並行して誌面に掲載された二様の図像にあって、球体に閉じ込められているかのような裸の人物像が中央におかれ、いわゆるミクロコスモス（人体）とマクロコスモス（宇宙）の呼応を示すようにして、球体の外周と中央におかれた人体を結ぶ投射線のようなものが描かれている点である。[61]「世界は一冊の美しい書物となるためにつくられているのです」

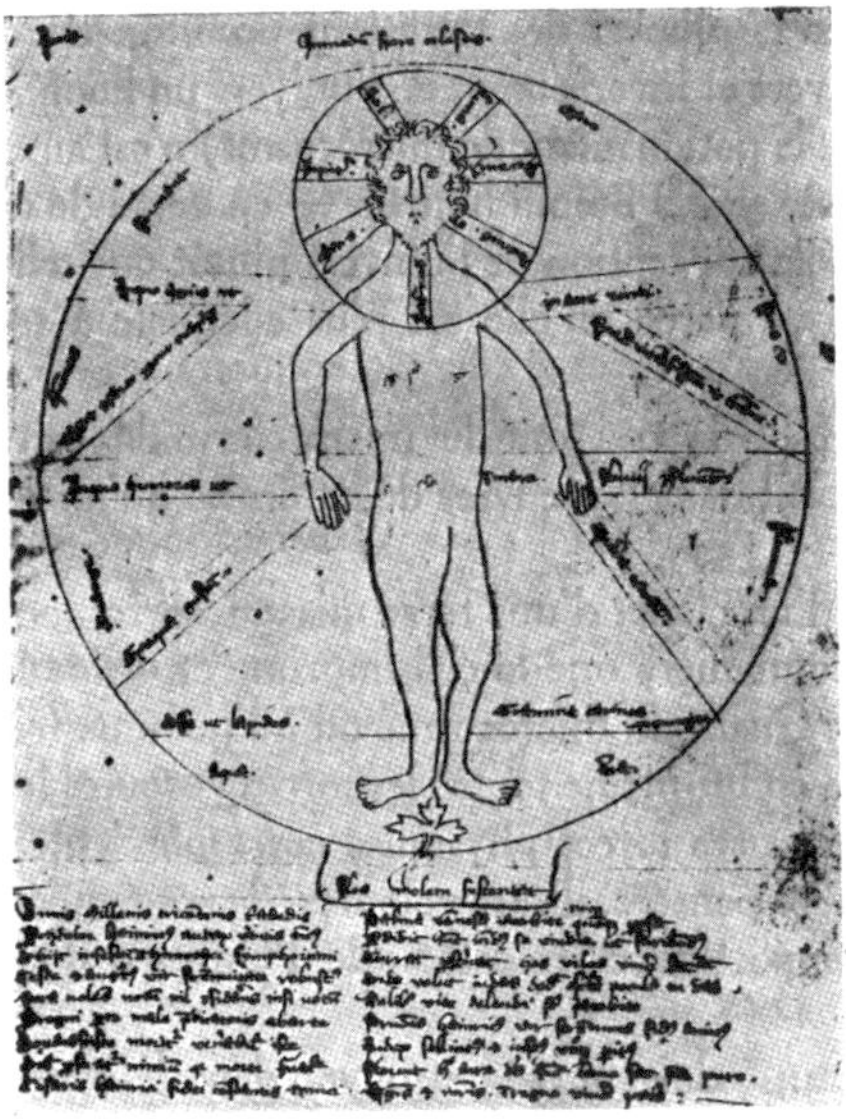

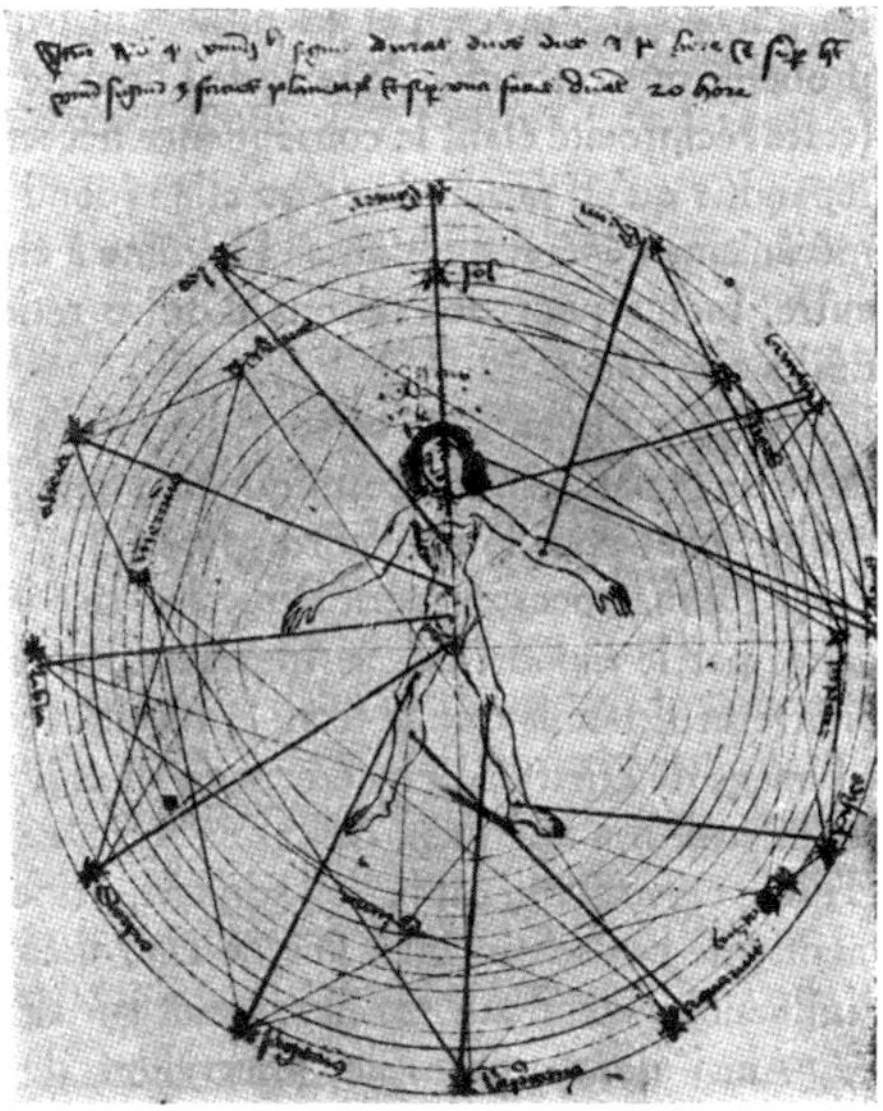

D'après Fritz Saxl, Verzeichnis, Wien

RECUEIL DU MONASTÈRE D'AXPACH — TRACTATUS ASTROLOGICUS APOTELEMATICUS

MANUSCRITS DE LA NATIONAL BIBLIOTHEK DE VIENNE

dans beaucoup de religions. Il jouait le rôle de médiateur entre Dieu et l'Univers et son corps presque immatériel, reflet de Dieu, était indivisé. La chute le fit s'obscurcir ; son corps se condensa, se divisa et c'est alors que s'effectua, en même temps que la différenciation matérielle des sexes, la séparation du genre humain en individualités distinctes. Ainsi naquirent les hommes, dont chacun reste l'image, d'une part de Dieu, de l'autre du grand monde, et le but de leur évolution est de reconstituer ce grand être primitif par le morcellement duquel ils ont été formés. A la fin des temps ils retrouveront cette unité, grâce à l'intervention du Christ, divinité humanisée — c'est-à-dire Adam Kadmôn — qui, reproduisant volontairement la chute en s'incarnant, annule ainsi les conséquences néfastes de cette faiblesse originaire. Tels semblent être, selon les kabbalistes *chrétiens* (1), les rapports fondamentaux existant entre Dieu, l'Homme et l'Univers.

Cette théorie sur la genèse de l'homme, que j'ai indiquée en quelques lignes, fait comprendre pourquoi les occultistes considèrent l'homme, ou microcosme, comme correspondant dans toutes ses parties à l'univers, ou macrocosme. L'humanité actuelle n'étant en quelque sorte que le résidu fragmenté de l'Homme Universel primitif dont la chair impalpable occupait toute l'étendue du monde, il est naturel que le corps humain soit resté un abrégé de l'Univers, de même que l'âme humaine est un abrégé de Dieu. Toutefois, il convient d'ajouter que, si la théorie du microcosme trouve son degré d'expression le plus achevé dans les écrits d'inspiration kabbalistique, elle est loin d'être l'apanage exclusif des kabbalistes juifs et chrétiens. Presque partout, en effet, on peut retrouver au moins la trace de ses équivalents, chez

というマラルメの言葉にあらわれる「書物」とも関係する「全体的作品」の発想に通じる要素の最初のあらわれをここに認めてみてもよいはずだ。

マラルメの「書物」に相当するような「全体的作品」とは、デュシャンの場合ならば、どのようなものになるのか。もちろん念頭におかれているのは先の引用に示されていたように、《大ガラス》であるにちがいない。この作品には、一九一〇年代から二〇年代にかけて制作された「処女」や「花嫁」や「チェスの駒」を主題とする一連の油彩、「チョコレート粉砕器」、「眼科医の証人」などのさまざまな要素が組み込まれていて、それまでのデュシャンの仕事の集大成に相当するものになっているからである。さらにその制作プロセスに関係するメモを中心とする資料を箱に放り込んだかたちをとる《グリーン・ボックス》も「彼女の独身者たちによって裸にされた花嫁、さえも」と同じタイトルをもって呼ばれたり、ボックスの作者としてローズ・セラヴィの名が書き入れられたりする展開も加わり、《大ガラス》の外延も「作品」にとりこまれて「作品」もしくは「プロセス」がたえず膨張をつづけてゆくありさまにはまさしく「全体的作品」と呼ばれるにふさわしいものがある。とは言っても、レリスはこれについて具体的な説明をしているわけではない。

「マルセル・デュシャンの工芸」では、「記号」と「記号内容」の乖離、あるいは距離化という主題設定のもとに、さまざまな「レディ・メイド」を例として取り上げ、問題の検証がなされている。レリスは《大ガラス》にも少しばかり触れていて、一群の出来事もしくは事物が織りなす現実が、透明なガラス板に書き込まれた記号として、抽象化の程度に応じて配列されていると指摘しているが、デュシャン論として改めてわれわれの注意を惹くような要素はそこにはない。ただし、そのすぐあとで、チェスの駒のように非個性化された「九つの雄の鋳型」もしくは「制服とお仕着せの墓場」が出現するとされる一節には、レリス独自の関心のはたらきを見てもよいかもしれない。[62] さらに読み進めると、

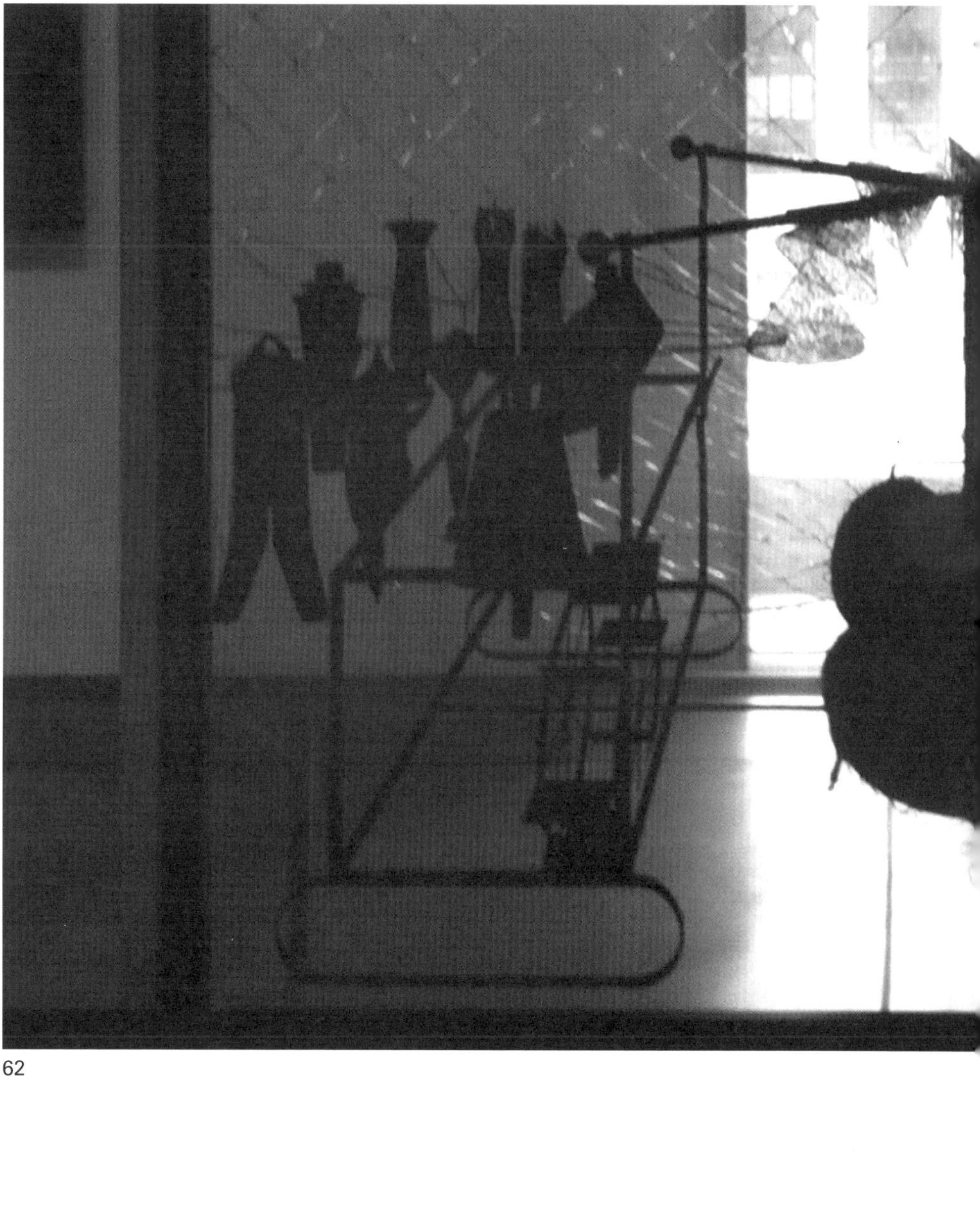

遠近法的な表象空間に代わって、「一つの表面へ個体のさまざまな点を投影するのに効果的な〈焼付〉の方法が示されている」とする部分があらわれる。[147]岡谷公二訳が「焼付」としている原語は、tiré という名詞の複数形であるが、これは《大ガラス》についての標準的な説明というよりもレリス独自の発想にもとづく表現ではないかと思われる。動詞 tirer は「引く」、「刷る」、「撃つ」などの多義的な意味があり、当然のことながら、ガラス板にあいた射撃の跡を記す九つの孔——デュシャン自身の説明にしたがうと、お仕着せを着た九人の独身者たちの欲望の痕跡だということになる——を連想させるが、必ずしも「射撃」という意味に限定されるものではないだろう。《大ガラス》とは、三次元への四次元の投射だとするデュシャン自身の有名な解説あるいは韜晦の表現をここで思い出すこともできる。レリスはそれ以上に深入りはしていないが、その論理をさらに展開させると、想像的な遠近法的空間に代わる形で、距離を介した投影《プロジェクシオン》にもとづくホログラフィックな世界の出現という新たなモデルの生成という話になるはずだ。

　ジャコメッティをめぐる本書の第二章において示したように、『縫糸』においてパノラマ的眺望が主題化される箇所もこの問題にかかわるものだと思われる。この場合のパノラマ的眺望とは空間的な意味に限定されるものではなく、時間的な意味においての理解が必要となるような何かであった。「記憶の円板」の挿話に示されるように、すべての出来事が同時に存在しているという感覚的体験がジャコメッティとレリスを結びつけ、それはまたベンヤミンの言う弁証法的イメージとも関わりをもつのではないかと述べたわけだが、自殺未遂事件という危機の体験を媒介として浮かび上がる「全体的作品」の構想は、このような「眺望」の問題との結びつきを強める。ジャコメッティの「記憶の円板」がベルクソン流に言えば時間の空間化の枠組みを免れ出ていないのに対して、ここにおいてわれわれは「全体的眺望」に関連してこれとは別のモデルを探さざるをえなくなる。

重ね書きと作り直し

レリスの作品のなかでも『ゲームの規則』が「円環」の強いイメージのもとにあるという点は衆目の一致するところだろう。レーモン・ベルールのインタヴューでも、円環の印象があるという指摘を受けて、レリスはそこに狙いがあると言い、「すべては自己に向かって閉じられる」ように工夫されているとしている。[148] ただし『ゲームの規則』の翻訳者のひとりとして、入り組んだ行文の解読に頭を悩まし続けた経験をもつ人間としての感想を述べることが許されるならば、そのような円環の印象をめぐるベルールとレリスのやりとりは、一面的な理解に人を誘い込んでしまい、思考を停止させてしまう誘導尋問のようにも見える。『ゲームの規則』には、各巻ごとに肌触りの違いがあって、一概には言えないが、第三巻の『縫糸』などは、積み木を積み上げてはそれを崩し、また新たに組み立てる際限なき反復が核になっているように思えるのである。際限なき反復は、出口なしの円環という印象にもつながりうる。ただし、繰り返し重ね書きがなされるなかで表面にふと見える綻び、あるいは傷、あるいは裂け目を通して、円環に閉じ込められていたはずの内部が外部とふれあい新たなつながりが生まれ、場合によっては何が内部なのか、何が外部なのか判然としない場に連れ出される印象が生まれるとすれば、そのとき「円環」とはちがった別のモデルの可能性をさぐらねばならなくなる。

　円環ではなく反復の相のもとにレリスの仕事を眺め直してみるとどのようなことになるのか。ドゥルーズを引くまでもなく、ここで問題となる反復とは、差異の回帰のことである。カードをシャッフルすることで絵柄は変化する。描き終えられたはずの像は、時間の経過とともにまた別の様相が見えてくる。以前の像が完全に否定されているわけではない。『軍装』の最終章でアルジェリアの娼婦ハディジャの肖像をみごとに描き上げたレリスは続巻『縫糸』ではその像はあまりにも抒情的なものではなかったかと疑いをさしはさみ、十数年の年月がどのような変化を彼女にもたらしたのかという新たな問いをめぐって思いをめぐらせる。「改詠詩《パリノディ》」とも呼びうる事柄であり、それじたいは珍しいことでもないが、レリスにおける「抹消行為《ビフュール》」にあっては、二重線で消されたものが二重線の下に見えていて、これもまた岡谷公二が繰り返し語ってきたように、「抹消」（biffure）は「分枝」（bifur）でもある点に独自性があった。「鉛の兵隊の落下」を語る『抹消』の冒頭の一章にあらわれるのは、これを実際に読んでみればすぐにわかるが、書く者が、あるいは話者が、いや文章そのものが、この「抹消」と「分枝」という二重の身ぶりを演じるパフォーマンスとなっているのである。かつて描かれた像は打ち消されているように見えながらそのままの姿で残り、新たな像が重ね書きされることで全体は立体的なものへと変化する。『ゲームの規則』連作にあって、最初の二巻には記憶をたどって順次埋もれていたものを掘り起こして行くという平行移動の視線が支配的であったとしても、円城塔の表現にしたがえば、そのうちに「過去は現在においつく」[149]。いわば「歴史の終焉」のような事態が訪れ、否応なく反復を余儀なくされた局面に立ちいたったときに、新たにひらかれるのはこのような重ね書きによる重層的な世界である。

　パノラマ的眺望、そこにはまたライプニッツの『モナドロジー』で語られる表象と視点の問題もまた入り込んでいる。ライプニッツはこの問題に関してきわめてわかりやすい例を示している。あるひとつの都市を異なった方角から眺めると、まったく違った眺望になるというわけだ。この文脈においては、「全体的な眺望」を透視図的な理解から遠ざけなければならない。透視図的な理解において、視点はつねに固定されているからである。この場合の、パノラマ的眺望とは、ミクロ的な視野の足し算によって得られるものではないだろう。足し算ではなく、微小なものが互いに相手を引き寄せ、互いの像をみずからの鏡に映し込み、反映が繰り返されるなかで、新たな絵柄が織られてゆく。谷川多佳子は『モナドロジー』の訳者解説で「宇宙の生きた鏡」について次のように述べている。

そして宇宙のなかにある、魂をもつ生命体、すべての個体は、結びあい適応しあって、そのなかに他を映し込んでいる。ある個体が映す他の個体には自己が映り、合わせ鏡で見たときのように何重にも映し出される。人間であれば、自他が互いに意識しあうことにもなる。モナドは「宇宙の生きた永続の鏡」（同、第五六節）と言い表される所以である。[150]

『成熟の年齢』において語られるよく知られた挿話のひとつは「無限」という小見出しのもとにおかれたものだった。子供時代の朝食の食卓にオランダ製ココア缶がおかれていて、その商標に相当する絵には微笑みをうかべながらココア缶をさしだすオランダ娘の姿が描かれている。娘がさしだす缶に目を移すと、そこにもまた同じ絵柄が繰り返して描かれていて、缶をさしだす娘の姿がまた描かれている。これが無限に繰り返される。ここでは同じ絵柄がしだいに小さくなりながら果てしなく繰り返されるだけであり、パースペクティヴの視点そのものには変化はないが、すでに語られた過去の事象が繰り返し語られる際には、当然のことながら視点の変化に応じて眺望も変化する。反復を通して、そしてまた反復によってすべては別の場におきなおされる、そのようなプロセスのなかで、隠れていたつながりが新たに見出されることになるだろう。

古典的な意味における「自伝」や「自画像」が一個の特異なる個の記述をめざし、特異性を保証するために何らかのかたちで不変の自己同一性がもとめられるとするならば、レリスにおける最大のパラドクスとは特異なる個の探求が他者になりかわってゆくプロセスをも含んでいる点に求められるのではないか。特異点が特異点でありながらも、同時に別のものに変貌してゆくプロセスこそ、クロード＝ベルナール病院での治療の日々にあって、レリスに訪れた「全体的作品」の構想に深くかかわるものだったと思われる。

「全体的作品」と「全体的眺望」は深いつながりをもつといってよい。保坂和志は「全体的眺望を作り直すことが求められている」というレリスの『日記』の言葉を引いたあとで、次のように言う。

作家もしくは芸術家が「全体的眺望」を作り直すことが不可能だとしても、「不可能なんだよ」と冷やかに笑っているよりも、それでもやっぱり「全体的眺望」を作り直そうとする方がいい。生きる態度として正しい、とでも言えばいいいか。[151]

「生きる態度として正しい」というのは、まさにレリスが「ゲームの規則」という表現をもって追求しようとしたことに関係するはずだ。サルトルの影響下になされたレリスなりの「政治参加《アンガジュマン》」に「正しさ」の内実を見るのは教科書的な理解にとどまる。ここでは「文意」ではなく、そしてまた「文体」が個人的な文章の彫琢を示すにとどまるならばそれ以上の何か、たとえ聴き慣れない言葉であっても「文章の身ぶり」とでも表現するほかない何かを想定する必要があるのだ。レリスが書く文はつねに、あれかこれかの二重性のあいだに揺れている。『ゲームの規則』第一巻の冒頭部分にまた話を戻すと、「落ちていた鉛の兵隊をひろいあげた」というひとつの文をもとに、何が言われているのかという命題（文面）のレベルでもなく、また文節を重ねて切れ目なくつづくアクロバット的な文章の彫琢（文体）のレベルでもなく、文章がおかれる位相を確かな記憶像ではなくてかぎりなく錯綜へと押しやろうとする身ぶりこそに注意を向けなければならない。落下したのが「部屋の無情な床」だったのか、「絨毯」だったのか、「応接間」だったのか、「食堂」だったのか、「特別な部屋」だったのか、「日常的な場所」だったのか、というように記憶が揺れ動くさまをそのまま模倣する身ぶりが示されるのである。[152] 常識的に考えれば、書く主体あるいは話者としてのレリスの身ぶりということになるが、この身ぶりを通してはじめてレリスなるものが誕生するのだとすれば、身ぶり以前にその起源となる主体を想定することが果たして妥当なのかどうか。

　レリスの「作品」がいわゆる「自伝」と呼びにくいのは、行為や出来事を記録してゆくという以上に、水面下にひろがるヴァーチャルな部分、夢や幻覚や妄想などの記述が頁を埋めつくしてしまうことがあるからである。直説法をもって現実に生じる出来事を書き記すのではなく、条件法を用いて可能態を書き記してゆく。そのような書法が錯綜を――場合によってはいたずらに錯綜を――まねくのは必至である。さきほど「宇宙の生きた鏡」をこの場合の「全体的眺望」に結びつけようとしたが、それだけでは説明不足の感は否めない。収拾がつかなくなる怖れはあるが、ライプニッツが『弁神論』の最後の部分で語っている「運命の宮殿」の挿話をもとに考えてみたい。レリス自身が「運命の宮殿」の例を出しているわけではない。すでに見たように、彼自身が「全体的作品」を考える手がかりとしてあげるのは、あくまでもマラルメの「書物」とデュシャン《大ガラス》＋《グリーン・ボックス》の二つの例にとどまるが、それだけでは見えてこないものがあるのだ。

　ライプニッツが語る「運命の宮殿」の挿話は、「命題」としてこれを見るならば「あらゆる可能態のなかから神はひとつ選んで最善世界を作った」という文に還元される。ただしこのように要約してしまうのは惜しい。この挿話を読み進める読者は、あまりにも逸脱《ディグレッション》が多いのに面食らうかもしれない。まるで小説――たとえばディドロの『運命論者ジャックとその主人』における話の展開――のようではないか。女神パラスがテオドロスを相手に「運命の宮殿」をもってセクストゥスの生涯を示す部分を引用することにしよう。「運命の宮殿」には無数の部屋があり、それらの部屋は全体でピラミッドをかたちづくっている。ピラミッドの頂上に近づけば近づくほど部屋は美しさと輝きをます。その頂点にあるのが「最善世界」というわけだ。「運命の宮殿」を構成する無数の部屋に無数のセクストゥスがいる。「幸福で高潔なセクストゥス」がいる世界もあれば、「ほどほどの状態で満足しているセクストゥス」がいる世界もある。暴君たるセクストゥスもいれば、人から愛され大往生を遂げるセクストゥスもいる。現実のセクトゥスも可能態というべきセクストゥスもどきの人々も含め、すべてセクストゥスと呼ばれながらも、たがいに異なる無数のセクストゥスがいる。「運命の宮殿」では「さながら芝居のように」セクストゥスの全生涯が演じられている。そこには大部の書物があり、セクストゥスの全生涯を参照することができる。この部分の流れを手短に追ってみることにする。

そこにはユピテルの宮殿があり、そこから退出するセクストゥスがいた。彼は神に服従するであろうということだ。すると次には、二つの海に囲まれた村になった。そこはコリントスのようである。セクストゥスはそこで小さな土地を買った。そこを耕していると宝物を見付けた。彼は金持になり、人から愛され尊敬された。そして村中の人々に惜しまれながら大往生を遂げた。テオドロスは彼の全生涯を、さながら芝居のように一気に見たのである［傍点筆者］。この部屋には大部の書物［傍点筆者］があった。テオドロスはそこに何が書いてあるかどうしても尋ねてみたかった。[153]

この書物について、女神は次のようにテオドロスに語る。

それは今わたしたちが見物している世界を誌した書物です。つまり運命の書なのです。セクストゥスの額《ひたい》に数字が書いてありましたね。この書の中に彼の行跡を示した箇所を探してごらんなさい。[154]

テオドロスは問題の箇所を探し、すでに要約の形で見たことがあるものよりも充実したセクストゥス誌を見つける。さらに女神パラスは言う。

どこでも好きな行に指を置いてごらんなさい。あなたは、その行で概略が述べられたことを詳細にわたって実際にご覧になることでしょう。[155]

任意の行に指をおけば、そこにセクストゥスに関する新たなテクストがひらかれる。テクストのなかにテクストが畳み込まれた状態にあり、ひらかれて読まれるのを待っている。ドゥルーズならばただちに「襞」と呼んだはずのハイパーテクストにも似た潜在的世界の集合がそこに見出される。ここまで読めば、この挿話の魅惑が「最善世界」の命題そのものではなく、むしろ可能態の集合を芝居が演じられる舞台、あるいは書物として、まるで目に見えるようにわれわれの前にさしだしてみせるライプニッツの遊戯的な手技にあることがわかるだろう。

現実態のみならず可能態のすべてが同時に上演されている光景はあくまでも寓話的なものといえるかもしれない。しかしながらレリスの書法が現実態のみならず可能態をひろいあげようとする方向に向かう点を視野に入れつつ、この「寓話」をマラルメの「書物」とデュシャンの「作品」のあいだにおきなおし、いわば三幅対の絵とすることで、「全体的作品」あるいは「全体的眺望」と呼ばれるものはより立体的な理解が可能になるのである。この場合の「作品」と「眺望」に結びつけられる「全体的」という形容はたやすく誤解を引き寄せる性質をおびている。この形容を通じて、人はあたかも足し算の結果として、すべてを包み込む総体としての何かが獲得される印象をもってしまうからである。レリスのミクロ的な描写と記述にはこうした要素はない。すでに述べたように、ミクロの描写と記述はさらにミクロな描写と記述を呼び寄せ、襞のなかにさらに襞をおしひらいてゆく。

ところでこれもまた襞のなかに入り込む「逸脱」に類することになるかもしれないが、なぜここでセクストゥスが呼び出され、「運命の宮殿」の各部屋に無数のセクストゥスとなってあらわれるのか。セクストゥスはタルクィニウス、すなわちリウィウスの『ローマ建国史』にその名が引かれる暴君、あのルクレティアの凌辱をはじめとする数々の乱暴狼藉のせいで民衆の手でローマから追放された者のことである。

『成熟の年齢』（一九三九年初版）の再版（一九四六年）にあたってレリスは、『レ・タン・モデルヌ』誌に掲載された「闘牛として考察された文学」を序文として再録することをもって大きな変更を加えたが、それ以外にもほんのわずかな加筆をおこない、ほんのわずかな変更を加えていた。タイトル裏の頁に認められる「この本の起源に位置するジョルジュ・バタイユに」なる献呈の数語、さらにはこの本の示導動機となったクラナッハの《ルクレティアとユディット》のモノクロ複製写真[48]の扉裏頁への掲載などがその変更点である。われわれは初版刊行時には、レリスとバタイユとの関係に亀裂が入っていたことを知っている。とくに『アセファル』誌を舞台とするバタイユの新展開をレリスは批判的な目で見ていた。初版と再版のあいだに横たわる時期に、艦砲射撃と空爆はフランスの港町ル・アーヴルを根こそぎ破壊し、また英軍機と米軍機を総動員しておこなわれたドレスデンに対する集中的な爆撃はこの都市を跡形がないほどに破壊しつくした。ドレスデンの絵画館の所蔵品だった問題のクラナッハの絵もまた、このときに破壊されたとされている。新たに付け加えられた序文はル・アーヴルの破壊について語っている。再版における複製写真の掲載はレリス流のエロティシズムの証拠物件と見なされるのがつねだが、再版の表紙裏のモノクロ写真のルクレティアとユディットは、いまの自分には、爆撃で破壊されこの世から消滅したすべてのものの証言者として廃墟にたたずんでいるようにしか見えない。過去の記憶は、新たな重ね書きをもって別な眺望《パースペクティヴ》のなかにおきなおされる。

ゲームとその規則

『ゲームの規則』第一巻に相当する『抹消』が刊行されたのは一九四八年のことだが、同年六月の日付をもつ著者自身の紹介文が裏表紙に掲載されており、「詩法」であるとともに「生きる術」[156]であり、その両者が合わさった「システム」だとする基本的な認識が示されている。プレイアード版の『ゲームの規則』の校訂者ドゥニ・オリエは、ここに「ゲームの規則」という語の初出を認め、この紹介文が書かれた時期のレリスは、サルトルの強い影響下にあったことを記している。[157]「ゲームの規則」とは詩法であると同時に倫理でもあるというレリス自身の認識はその後も繰り返し確認されることになるだろう。ただし、オリエの指摘は、いささか皮肉なことに「ゲームの規則」についてのわれわれの理解を狭めてしまう危険をともなっているようにも思われるのである。

『抹消』の執筆が始まったのは一九四〇年のことだと考えられている。もっとも、その冒頭におかれた鉛の兵隊に関するエピソードは数年前に社会学研究会の会合で読み上げられたテクストに見出されるものだった。連作のタイトルとなった「ゲームの規則」という表現が初めて表にあらわれるのがオリエの言うように一九四八年のことだったとしても、同書の刊行にあわせてこの表現が生まれたとは考えにくい。そもそも「ゲームの規則」という着想はどのようにしてレリスに宿ることになったのだろうか。

レーモン・ベルールは一九六六年におこなわれたレリスへのインタヴューの序において、ジャン・ルノワールの『ゲームの規則』（一九三九年）を引いて、この映画監督の作品のなかでもっとも美しい映画にみなぎる自由を連想するのはあながち的外れなことではないとしている。[158]『ゲームの規則』の執筆開始の時期と同名の映画製作の時期がほぼ重なり合っていることからも、符合はたしかに気になるところではあるが、作家の側にはこの映画に関するいかなる言及もない。むしろより重要だと思われるのはデュシャンとの関係である。レリスは『新フランス評論』誌第二七九号（一九三六年十二月）にデュシャンの《グリーン・ボックス》（《彼女の独身者たちによって裸にされた花嫁、さえも》に関係するメモを収めたボックス）の紹介文を書いているが、そのなかには「ゲーム」と「規則」の二語が浮かび上がる瞬間がある。レリスはデュシャンの試みが円の求積問題にひとしい試みであるとしたあとで、そのゲームについて以下のように語ることでこの紹介文を終えている。[159]

デュシャンは、ゲームというものは規則がいったん決まれば、いかさまなどはもってのほかで、規則にしたがわねばゲームが成立しないことを知る遊戯者のまっとうさをもちあわせている。そしてまたゲームにあってひとを夢中にさせる要素は、結果でも、点数でもない。ゲームそれ自身、すなわち駒のたえまない動き、カードのやりとりなど、ゲームが一瞬たりとも凝固しないように——芸術作品とは反対に——仕向ける一切なのである[160]［傍点筆者］。

何の変哲もない一節にも見えるが、レリスのテクストにあって「ゲーム」と「規則」の二語が並んで用いられる最初の用例がここにあるとすれば、しばし立ち止まって考えてみなければならない。プレイアード版の編者の言うように、一九四八年の紹介文が「ゲームの規則」についての自覚的な意識を示すものだとすれば、それより十数年前に書かれたこの《グリーン・ボックス》の紹介文には、「ゲームの規則」をめぐってなされる手探りの最初の痕跡を見出すことができるのではないか。それから半世紀のあいだ『ゲームの規則』連作の執筆と並行して、レリスはその中心課題たる「ゲームの規則」の意味を考えつづける。たとえば、一九六九年八月末の日記にはその総決算ともいえる内容のメモが見出される。この時点でのレリスはすでに『囁音』の執筆にとりかかっていた。「ゲームの規則」をめぐる一連の断片的なメモの冒頭には、「私が考えているような〈ゲームの規則〉、それはゲームが応じるべき私の価値体系（ニーチェを参照）、もしくは本源的選択（サルトルを参照）であり、わが欲求と能力に応じて、私はこのゲームを厳密にしかも一貫性を失わずにやり通そうとする」と書かれている。ニーチェとサルトルという二つの参照系は、別の見方をすれば、『ツァラトゥストラかく語りき』で語られる「無心で無垢な小児」の姿に示される無償な遊戯としてのゲームを一方の極におき、そしてまた偶然性と決定論の二者択一を脱却するために導入される存在論的＝倫理的な選択をもう一方の極におく二律背反的な条件の反映ということにもなるだろう。このような見取り図にあって、デュシャンへの言及は純然たる遊戯の側にあると言えるだろうが、しかしながら、ニーチェ的な意味での小児の遊戯に近づけて考えるには、デュシャンのそれはあまりにもアイロニーと韜晦を濃く含み込んでいる。

　ほかに「規則」をめぐる参照系となるのは、いうまでもなく「規則マニア」であったルーセルの影響である。岡谷公二は「ルーセルにとって規則とは、不安にみちたこの世界にあって、彼を守る護符であり、甲冑であり、防壁であり、また同時に武器でもあった」と述べ、「作品を書く場合でさえ、彼は規則がなければ一行も書けなかったにちがいない」と断定している。[161] 言語遊戯もまたすべてのゲームと同様に規則ぬきでは成立しえぬものであるが、レリスにおいてむしろ特徴的なのは、みずからを護るためというよりも危険にさらすものとしての「規則」の存在が考えられている点である。一九三〇年代末に彼はいくつかの闘牛論を書いており、そのなかで牡牛が死を迎えるまでの三段階のプロセスの構成法や各段階に応じた多様な技の詳細に注目しつつ「闘牛の規則」[162]についての認識を新たにするが、「闘牛として考察された文学」では、闘牛技をモデルとしつつ、レリスなりの政治参加《アンガジュマン》の主張に向けた新たな展開をはかる。レリスが「規則」というとき、そこには「死にいたらしめる」(mise à mort)という含意があることはまちがいない。『縫糸』にはルーセルの自死を語る一節があるが、[163]一九三三年七月十四日にパレルモのホテルでかなりの量のバルビツール睡眠薬を嚥下したことで訪れたその死に、その二十数年後にパリの自宅で生じたレリスの自殺未遂事件を重ね合わせて見ようとする誘惑に駆られるのは筆者だけではあるまい。[164]

　このように「ゲームの規則」について書き記されたメモの数々は、無償の遊戯の可能性と「規則」がなければ成立しえない「ゲーム」のあり方の二重性をめぐる逡巡を反映している。それがもっともよくあらわれているのが、すでに言及した一九六九年八月末の日記の記述であり、内容的にはほぼこれと同じといってよいが、日記に加筆修正を加えて出来上がった『囁音』の巻末に近い部分におかれた以下の記述である。

> すべてはゲームだとすること、それはすべてが芝居であり、シミュラクルであり、幻影であり、結局のところ「すべては虚栄である」とすることに帰着する。この点に関しては揺るぎない信念がある自分のことだから、最後は、みずからすすんでパタフィジシャンとなってみせて、どの解決法にしても本当のものではなく、したがってどれをとるにしても結果は同じであり、最終的にはゼロにひとしいのは自明の理だと主張してもよいかもしれない。[165]

しかしながらレリスはパタフィジシャンに徹しきれない。本来ゲームであるからには「たわいない快楽」がなければならないはずなのに、往々にしてそれを拒んでしまう禁欲的な傾向が自分にある点を彼は自覚している、あるいは自覚している姿をことさら見せようとしている。というのもレリスにあってはゲームそのもの以上に、ゲームをしている姿をスペクタクルとして見せることが問われているのである。

> 結局のところ私が望んでいるのは、自分のためのゲームをすることだが、同時にほかの人々のためにゲームをすることも望んでいて、憧れの的となる芸人やスポーツマンやチェス競技者に倣って、自分がゲームをするありさまを見世物として見てくれる相手にさしだしてみたいのである。[166]

芸人およびスポーツマンと並んでチェス競技者が召喚されているところにデュシャンあるいはルーセルの影を見ることもできるだろう。[63] 八月二十二日—二十四日の日記の記述は、すでに引いた八月二十六日のメモと深いつながりをもつものだが、『ゲームの規則』なるタイトルの説明を試みるにあたって、特定の発想源を明かすことはないが、多かれ少なかれこれに関係するものとしてルネ・ドーマルを中心とする『大いなる賭け』グループ、バタイユにおける「賭け」の観念、マラルメの「賽の一振り」、トランプ遊びをする者たちを描いたマッソンの絵など雑多な要素を列挙している。「賭け」、「好機」、「負け」などの言葉そのものにそなわる魅惑について語られてもいるが、デュシャンやルーセルについての言及はとくにない。

マッソン、ジャコメッティ、ピカソ、ベイコンなどの「画家」たちをめぐるレリスの文章が総じて

63

「表象」の次元の問題を扱っていたとするならば、デュシャンとともに、これとは別種の次元、すなわち「遊戯」の次元へとわれわれは導き入れられることになる。つまり「ゲームの規則」という表現にまとわりつく倫理的な意味合いを薄めたかたちで、「遊戯」の名において、「芸術」の対立項として、デュシャンが招き入れられるのである。一九四六年夏に刊行された『フォンテーヌ』誌五十四号に掲載された「マルセル・デュシャンの工芸」と題する文章はそのような意味での「遊戯」を喚起することで終わっていた。

> 一種の石蹴り遊び——一見すると穏やかに見えるが、随所に形而上的な穴があいている地面での——、理性には片足跳びでまわることしかできない怪しげな一連の領域、まさにこうしたものが、ほかに適当な言葉がないので、彼の「作品」と呼ぶほかはない数多くのものの制作にあたってデュシャンが没頭した作業の種類を説明するのに利用することがほぼできそうなイメージである。彼の陽気でノンシャランな態度からすると、禁欲の対蹠点にあるこの試みは、空にして掃除するといったものと考えられるが、そのはかりしれない利点は、社会的慣習のスクリーンと宗教的な光暈のせいであまりにも霞んでしまった芸術の背後に、遊戯というはたらきを再発見したことにある。[167]

大文字の芸術を回避する思考はいわばボードレールに端を発する「現代性」の意識の核心部をなすものでもある。レリスの「台座なしの天才」という表現もまたその流れのなかにある。レリスがデュシャンに見出すのは、いわゆる反＝芸術というよりも、芸術に置き換わるものとしての遊戯であり、大文字の芸術を退けるという点では同じだが、行くつき先は微妙に違う。

カードとボックス

正確を期して言うならば、「グリーン・ボックス」なる通称で知られる「作品」は「大ガラス」なる通称で知られる「大作」と同じく「彼女の独身者たちによって裸にされた花嫁、さえも」というタイトルのもとに、さらにまたデュシャンではなくローズ・セラヴィの署名のもとに、ローズ・セラヴィなる「出版社」を版元として、一九三四年十月にパリで刊行された。この場合の《彼女の独身者たちによって裸にされた花嫁、さえも》とは、九十四点の手書きのメモ、素描、写真の複製、素描《チョコレート粉砕器》などをおさめた布張りのボール紙の箱のことである。大作《彼女の独身者たちによって裸にされた花嫁、さえも》の制作に関係する一連のドキュメントが詰め込まれた箱、これは「作品」なのか、それとも「ドキュメント」なのか、カルヴィン・トムキンズのデュシャン伝ではこのオブジェは以下のように記述されている。

《グリーン・ボックス》に収められたメモには、デュシャンならではの謎めいて、不条理な、自嘲気味の辛辣さがある。紙の切れはしにほんの二、三行走り書きしただけのものもあれば、何ページにもわたり、科学を装った精緻な図解やら几帳面な数字を連ねた数式をそえたものもある。一九一二年から一九一五年にかけて書かれたものが大半をしめ、《大ガラス》にまつわるアイデアがつぎからつぎに湧いて出た時期のものだが、これといった秩序はない。デュシャンは思いつくまま紙に書きとめ、あらかじめ用意したボール箱に入れておいた。《大ガラス》を見ながら参照できるように、パンフレットかカタログの形で出版することも考えたが、なかなか手をつける
ことができず、《大ガラス》そのものの制作をやめてから十一年を経た一九三四年になってよう

やく刊行の準備にとりかかる。そのときに選ばれた形態は、細部まで神経が行きとどき、謎めいているところなど、いかにもデュシャンらしい。メモ、素描、写真を紙、インク、鉛筆の芯はもとより、破きかた、切りかたも実物と同じ、抹消、訂正、省略、しりきれとんぼのところまでそっくりに複写したものを、緑のスウェード張りの矩形の箱に無造作に収め、限定九四部を制作したのである。箱の前面には劇場の入口に掲げる看板の豆電球の文字に似せて（《大ガラス》と同じ）《彼女の独身者たちによって裸にされた花嫁、さえも》と記してある。[168]

いっぽうレリスの紹介文はといえば、「アーモンド・グリーンのケースの中に入っていて、表紙となる一方の部分に黒と白で、「彼女の独身者たちによって裸にされた花嫁、さえも」という題名が記されている平行六面体の箱」というように、箱の物質感を際立たせるところから始まる。次にデュシャンの手つきを真似るように複製の細かな仕上げに描写がおよび、「写真による複製、図面、手書きのメモ（黒、青、赤のインクか黒鉛筆で書かれ、ときおり下線が引かれ、芯の太い鉛筆による加筆がある文や断片的な文句が記された紙葉や紙切れ）のファクシミリからなる一貫性を欠いた集合」[169]と説明がなされたあとに、ここにあるのは「パズル」であり、「すてきな玩具」であり、「パンドラの箱」だと最後は締めくくられる。

愛玩物のようにして記憶のなかの事象を呼び戻し、微に入り細に入りその描写を始めるとき、レリスの言葉はとくに生き生きと輝きはじめるように思う。『抹消』の「ペルセポネー」と題する一章にあって幼少期の記憶のなかから浮かび上がる蓄音機《フォノグラフ》、同じく『抹消』の最終章で語られる太鼓＝ラッパをはじめとするさまざまな玩具、『軍装』で語られる円形の肖像画がのった「スポーツ記録板」の表紙、『縫糸』ではニューヨークの骨董商で買い求めた蛇の玩具や昆明の道教寺院を訪れた際に目にした黄金の像など、そのようなたわいない事物についてなされる描写は、このように鮮明な記憶が果たして可能なのかといささか怪訝に思われるまでの細密さをもってなされるのである。自殺未遂事件のあとでかつぎ込まれたクロード＝ベルナール病院にあって、回復期に入ったレリスが手にするノートの「セーヌ河下流のほうから見たポン＝ヌフ中央部分とヴェール＝ギャラン小公園を描くかなり大きな飾りの絵が描かれていた」表紙デザインもまた丹念な記述の対象となっていた。そのような微視的ともいえるまなざしは『新アフリカの印象』をはじめとするルーセルの作品に見出すことができるものに似ているとも、そしてまたレディ・メイド作家として既製品の転用をなりわいとしながらも、細部の仕上げに凝りに凝った職人的な技を見せるデュシャンの仕事に通じるともいえるだろう。

自作の構成あるいは成立過程をそのままスペクタクルとして提示するルーセルおよびデュシャンの手法がレリスに少なからぬ刺激をあたえたことは疑いない。レリスの場合は、『ゲームの規則』執筆に、カードがさかんに利用されたことはよく知られているが、このプロセスもまたスペクタクルとして供されることがあるのだ。マドレーヌ・シャプサルによるインタヴューでもレリスはカードを用いる執筆方法に言及している。

――どのようにして仕事をされるのですか。

ＭＬ――大きなカードがあり、それもたえず増えているのです。そこには出来事、思い出、ときにはアフォリズム、さらには私の心を動揺させる点で重要性をおびていると思われる想念や事象が書き記されていて、まえもってそれらがどのように利用されるのか、どのように整理されるのかは見当がついていないにしても用いられなければならないと思っているものがあるのです。

――どのようにしてつなぎ合わせるのですか。

ＭＬ——マリアージュという呼び名のトランプゲームを知っていますか。似たようなカード、あるいは位が同じカードをひとまとめにして、これを別にしておくのです。すると、突然、ある事象と別の事象のあいだに、ひょっとすると一定の関係があるのではないかと思い始め、その解明にあたる必要があると思うわけです。

——プランは絶対にお作りにはならないのですか。

ＭＬ——そんなことは自分には絶対に不可能です。最初の稿をつくり、それをまたあとでやり直すということもね。そうではなくて、私は文字通りカードを次々と重ねて進んでゆくのです。いつも一歩、また一歩という具合で、相当大きな書き直しがあります。『抹消』というタイトルにしたのも理由のひとつはそこにあります。たえず消しては直してゆく。そして決定稿と思われるものができて初めて次に進むのです。[170]

果たしていつ頃からレリスが執筆のためにカードを利用し始めたのかを確定するのは難しいが、民族誌調査の手段としてのカードの利用が作家としての彼の仕事に関係しているのではないかという推測は十分可能だし、その点はレリス自身もはっきり認めている。[171] とくにダカール＝ジブチ調査旅行に始まるマルセル・グリオールがひきいる一九三〇年代のアフリカでの民族学調査で、集団的作業の基礎となるカード単位での記述方式が徹底的に利用されたことがレリスの執筆方法に影響を及ぼしているのは明らかだといえる。[64] この調査方法の概要は、ダカール＝ジブチ調査旅行を特集する『ミノトール』誌第二号に掲載された「十月二十日の狩人」と題する報告文、さらに「方法論的序説」と題された論考によって知ることができる。いずれもグリオールが執筆にあたったものだが、異なる場所で同時進行する葬礼を記録するためにグリオール、レリス、シェフネル、リッタンなど四名のメンバーの

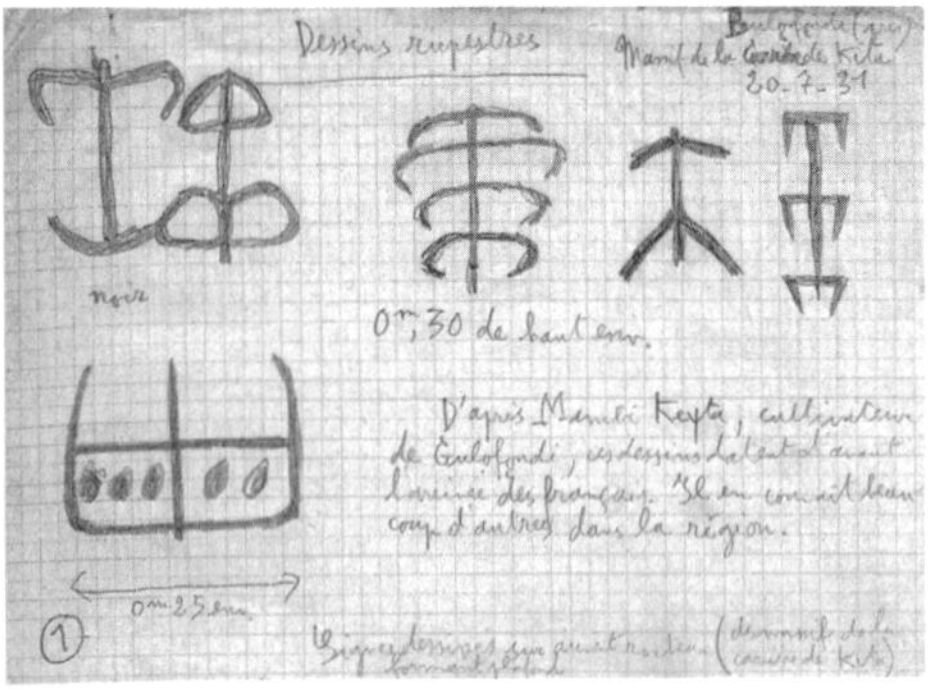
Dessins rupestres
20.7.31
noir
0m,30 de hauteur.
0m25 env.

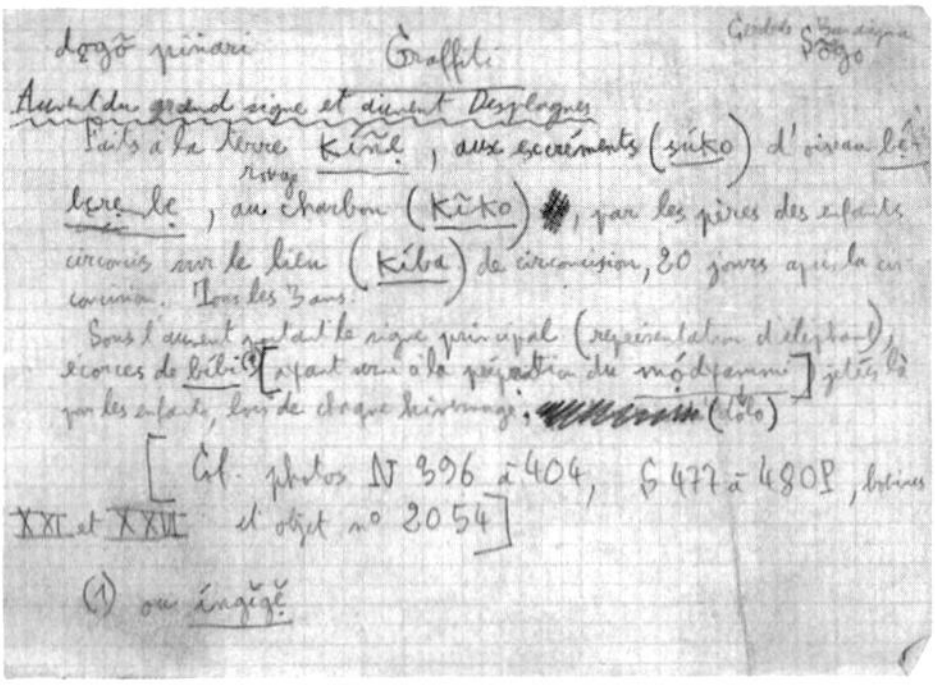
Graffiti
Cf. photos N 396 à 404, G 477 à 480 P
objet n° 20.54

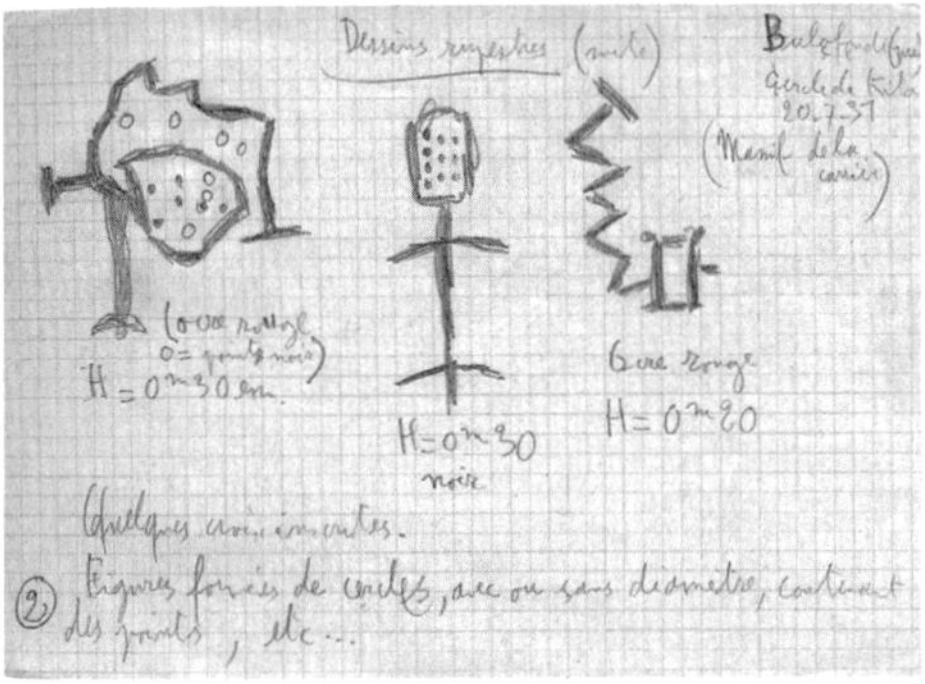
Dessins rupestres (suite)
20.7.31
H = 0m30 env.
H = 0m30
noir
Ocre rouge
H = 0m20
Figures formées de cercles, avec ou sans diamètre, contenant des points, etc...

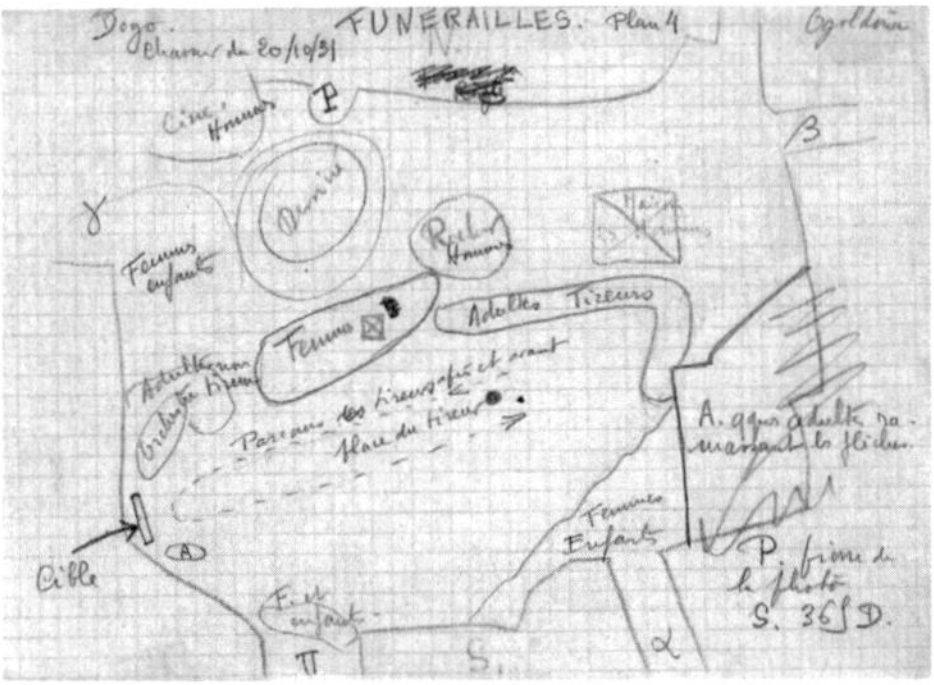
Dogo
FUNERAILLES.
Femmes enfants
Femmes
Adultes Tireurs
Place du tireur
Femmes Enfants
Cible
S. 365 D.

持ち場が決められ、儀礼の進行に応じて簡潔にして克明な記録が分単位でカードに書き記される。その後、複数の記入者によるカードの記録を組み合わせて全体像の再構成にとりかかるというやり方である。複数の人間がカードを用いて同時並行的に記録するこの方法は、マルセル・モースの教えにしたがい、「複雑な儀礼のさまざまな構成部分を一望のもとに把握する」目的のためにグリオールが考案したものだとされている。[172]「複数観察」と呼ばれるその方法は、レリスが『ゲームの規則』の執筆のために用いたカードの扱いとまったく同じではないにせよ、重なり合う部分がある。とくに「一望のもとに把握する」という表現をレリスが繰り返し用いていた点は興味深い。

グリオールの方法は無味乾燥ともいえる記述に徹することを目的としていた。レリスにおいても出発点は事象の記述にある。これがカードでなくノートであるならば、否が応でも叙述の順序の問題に頭を悩まさざるをえない。これに対してカードは断片化を可能にする。カードはボックスに収められ、必要に応じて取り出され、さまざまな組み合わせを試してみることができる。[56] 時間的秩序とは別種の組み合わせが可能になりアナクロニズムは常態化する。こうして見ると、カードの利用は『ゲームの規則』なる「作品」の成立の基本的要件をなしていると見ることもできる。同じくカードを好んで用いた作家としてはロラン・バルトの例があり、彼独自の断章形式の展開もまたこの「手法」に関係していることはまちがいないだろう。レリスの場合にも『ゲームの規則』最終巻となる『囁音』は完全に断章形式となっており、彼自身の証言を信じるならば、それまでの巻の執筆で用いなかったカードがここで洗いざらい用いられることになる。

カードはあくまでも作品を生み出すためのツールだと考えるのが常道であるだろうが、レリスの場合、カードを用いていることをこれみよがしに示す光景は決して珍らしいものではない。とくに『縫糸』では、以前書かれたノートやカードの記述を、新たに本の執筆のために再利用する光景がそのまま描かれることになるのである。舞台裏をなかば見せていることになるが、見方によれば、そこにあるのはすでに「舞台裏」ではなくて「表舞台」だということにもなりえて、その場合「ドキュメント」と「作品」の境界線はきわめて曖昧なものになる。手持ちのカードを隠すのではなく、あえて相手に見せたり、相手の注意をカードを扱う手つきに引き寄せたりする。すなわち《グリーン・ボックス》にレリスが認めたのは、そのような遊戯者の手つきではなかったのか。このように見てきたとき、われわれはデュシャンの名がなぜ自殺未遂事件後に再浮上するのかという疑問にひとつの解答を得た思いになるのである。

第七章　アーティストの／としての肖像

Lovingly
Rrose Sélavy
alias Marcel Duchamp

本書の文脈からするならば、デュシャンが、きわめて遊戯的なやり方で、セルフ・ポートレートの制作にいそしんできた点は見逃せないものとなる。この場合の「セルフ・ポートレート」は、「真実の姿」の追求とは無縁のものであり、遊戯と演戯の名においてすべてが組み立てられている。大半のものは写真を用い、そこに手を加える点で、これもまた——モナリザの絵葉書に髭を書き加えたり、あるいは今度はその髭をとったりした像を作って、そのかたわらに若干の言葉を書き記す行為とおなじく——レディ・メイドの系列に属すといえるだろう。デュシャンの行為は「（セルフ・）ポートレート」という表現を脱臼させ無力化する射程をもつものであり、ゲオルク・ケルガー撮影の《階段を降りるデュシャン》（一九四六年）やシドニー・J・ワイントロブ撮影の《アトリエでチェスをするデュシャン（後ろに《ロトレリーフ》が見える）》（一九五六年）などにしても、ただのポートレートだとは素直に思えない部分がある。写真であることは間違いないとしても、ポートレートなのか、セルフ・ポートレートなのか、それ以外の何か別のものを意味するのか、どれとも決めかねる曖昧さがあるものが多い。なかには、まるでデスマスクのように石膏の型取りを利用したものもある。彼自身の横顔を象った《私の舌を私の頬のなかに》[66]（一九五九年）ならばまだしも、十四の蝿を付着させた右足の裏をボックスに収めた《拷問＝死物》[66][173]などは仮に自分の足を象ったものだとしても、セルフ・ポートレートだと思う人間はいないだろう。このようにデュシャンの「セルフ・ポートレート」はジョークに類

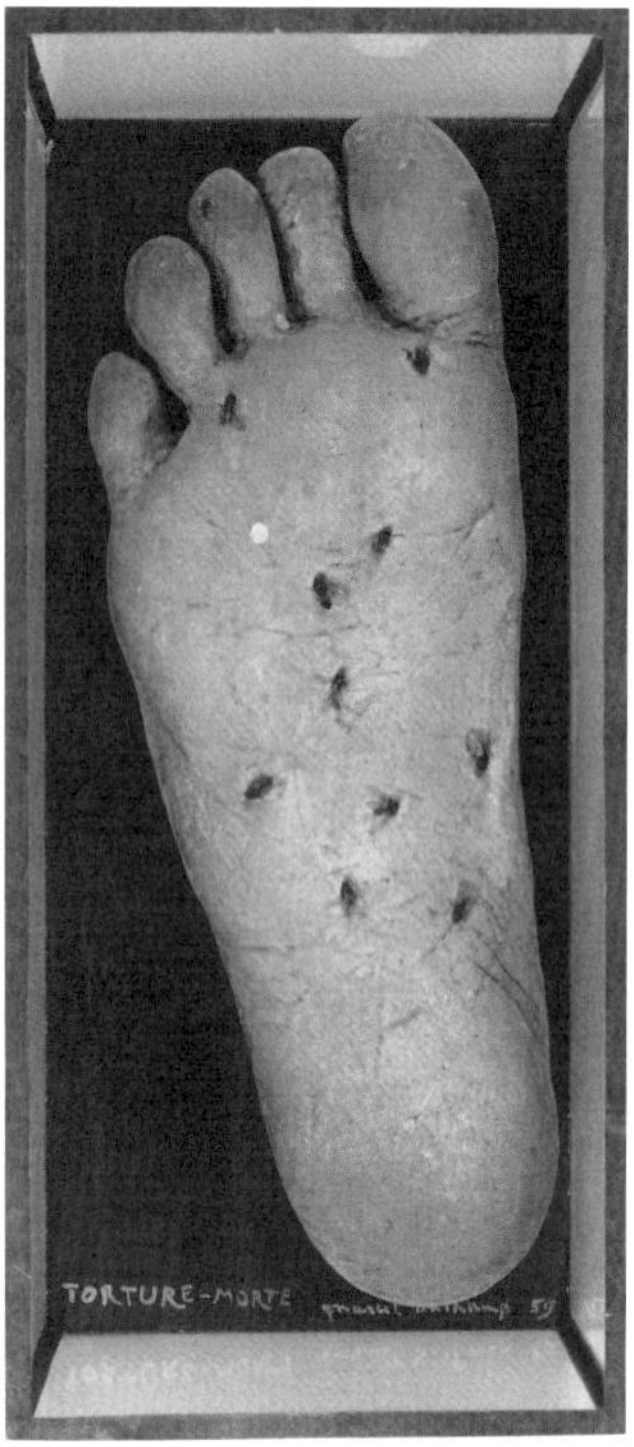
TORTURE-MORTE marcel duchamp 59

67

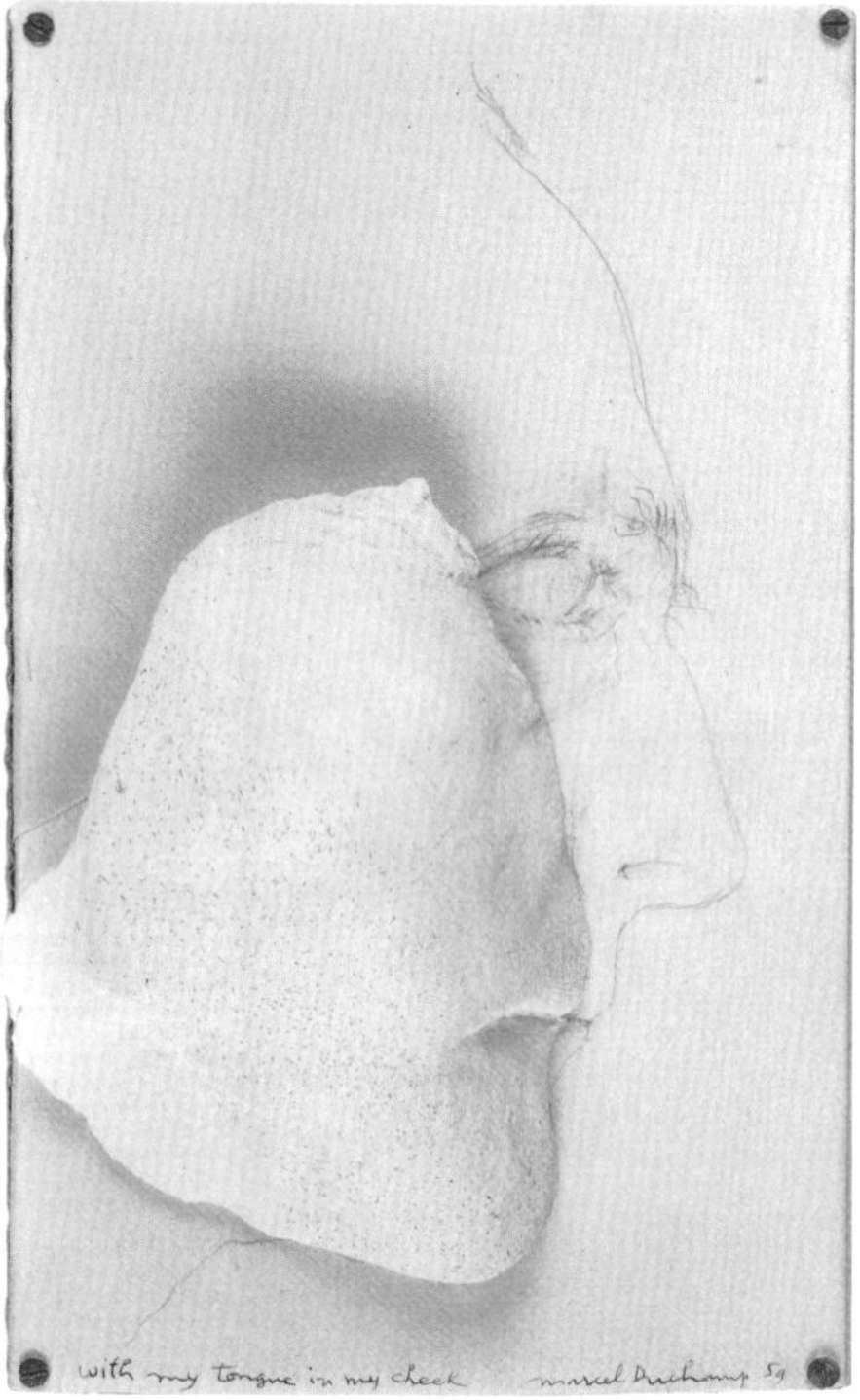
with my tongue in my cheek marcel Duchamp 59

66

1922
STIEGLITZ
MARCEL DUCHAMP AT
THE AGE OF 35
1972
MARCEL DUCHAMP AT
THE AGE OF 85

68

する部分が大きく、下手に近寄ると火傷をしそうだが、少なくともレリスにおける肖像の主題の意味を考えるためには、よく知られたいくつかの例に触れざるをえない。

たとえば、一九四五年には《八十五歳のマルセル・デュシャン》と題する写真が撮影されている。フィラデルフィア美術館刊行の同館の所蔵作品のコンパクトな解説書では、デュシャンとパーシー・レインフォードの共作とされているものだ。このときデュシャンは五十八歳であるから、写真のなかでは実際よりも二十五歳ほど年上の老人を演じている〔68〕ことになる。[174]『デュシャン　人と作品』の著者は「未来の観客との対峙」なる意味をそこに認めているが、デュシャンは一九六八年に没しているので、この写真に記された一九七二年に八十五歳という表記はフィクションの世界に宙吊りになったままだ。

他者を演じてカメラに向かって周到にポーズをとるという点は、一九二〇年代初頭にマン・レイと手を組み、女装してローズ・セラヴィを演じてみせた写真にも共通の要素となっている。そこでのデュシャンは、「活人画《タブロー・ヴィヴァン》」の伝統を踏襲するかのようにして、女優もしくは広告写真のモデルに似たポーズをとって被写体となるのである。折り曲げられた手の指はピカビア夫人のものだとされているが、ローズ・セラヴィの完成度を高めるためのさまざまな細工がなされている。三枚もしくは四枚あるうちの一枚の写真〔65〕の下部には「愛をこめて、ローズ・セラヴィ、またの名をマルセル・デュシャン」という書き込みがなされている。

デュシャンは一九一五年六月にパリを離れニューヨークを拠点とする生活に入るが、「大作」の放棄の年となる一九二三年を転換点としてフランスに戻る。この転換と並行して「芸術家」としてのマルセル・デュシャンの姿は表舞台から消え、その代わりにローズ・セラヴィが姿をあらわすことになる。デュシャンがみずからの頭部を五芒形に剃り上げ、公園のベンチに座っているのをほぼ真上から撮影した写真がある。[69]すでに第五章で見たように、レリスもまた『成熟の年齢』において「頭の毛を剃り上げ、襟首を起点として額の真ん中に達する一本の筋目を、友人の画家のひとりに頼んで剃刀で描いてもらった」と語っていたわけであり、頭髪を剃り上げたデュシャンの姿とのあいだに奇妙な符合が認められる。しかしながらこの場合はデュシャンではなくローズ・セラヴィというべきなのだ。写真に話を戻すと、その下の部分には「ローズ・セラヴィがここにいる。一九二一―」と書き込まれている。この数字はローズ・セラヴィの誕生の年を記すものだろう。ただしローズ・セラヴィの名が最初に記された《フレッシュ・ウィドウ》は一九二〇年の作だった。正確に言うと、この場合に用いられたのは「著作権はローズ・セラヴィにあり」という表現である。翌年に制作された《ローズ・セラヴィよ、なぜくしゃみをしない》（一九二一年）では、作品名に相当する部分にローズ・セラヴィの名が用いられている。

ローズ・セラヴィは《トランクのなかの箱》（一九三五―四一年）の共作者として記された名を最後としてわれわれの前から消え去る。一九三九年には、GLM書店からローズ・セラヴィの名を書名にかかげ、その言語遊戯の集大成にあたるような一冊[70]が刊行されているが、ちなみに同じ年にレリスはマッソンの挿画の入った『語彙集』[71]――この場合も言語遊戯の集大成に相当する一冊だった――を同書店から出しており、偶然だとしてもこの符合は興味深い。いずれにしても一九二〇年初頭からほぼ二十年間にわたり、デュシャンはローズ・セラヴィとしてもうひとつの人生を生きた計算になる。

芸術家のポートレートとは言っても、これまでマッソン、ジャコメッティ、ピカソ、ベイコンらの仕事ぶりを見てきた流れからすると、デュシャンの例は誰の目にも異なる種類のものと見えるだろう。常識的な考え方をすれば、「芸術家」デュシャンは「別人格」ローズ・セラヴィを演じ、そのコスプレ演戯の延長線上に今度は遊戯的な「レディ・メイド」をデュシャンの名ではなくローズ・セラヴィ

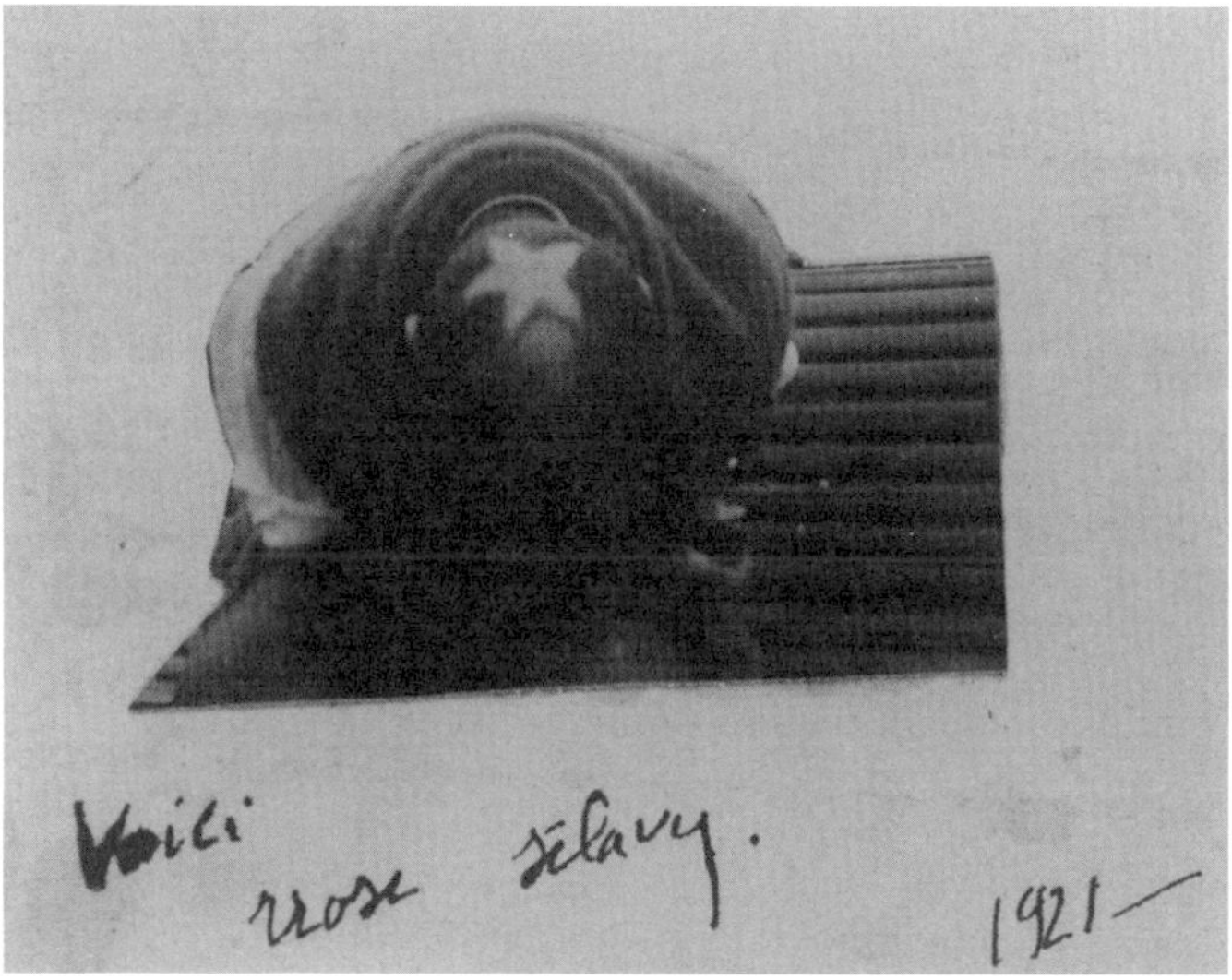
Voici
rrose sélavy.
1921—

69

GLOSSAIRE
J'Y
SERRE
MES GLOSES
MICHEL LEIRIS

71

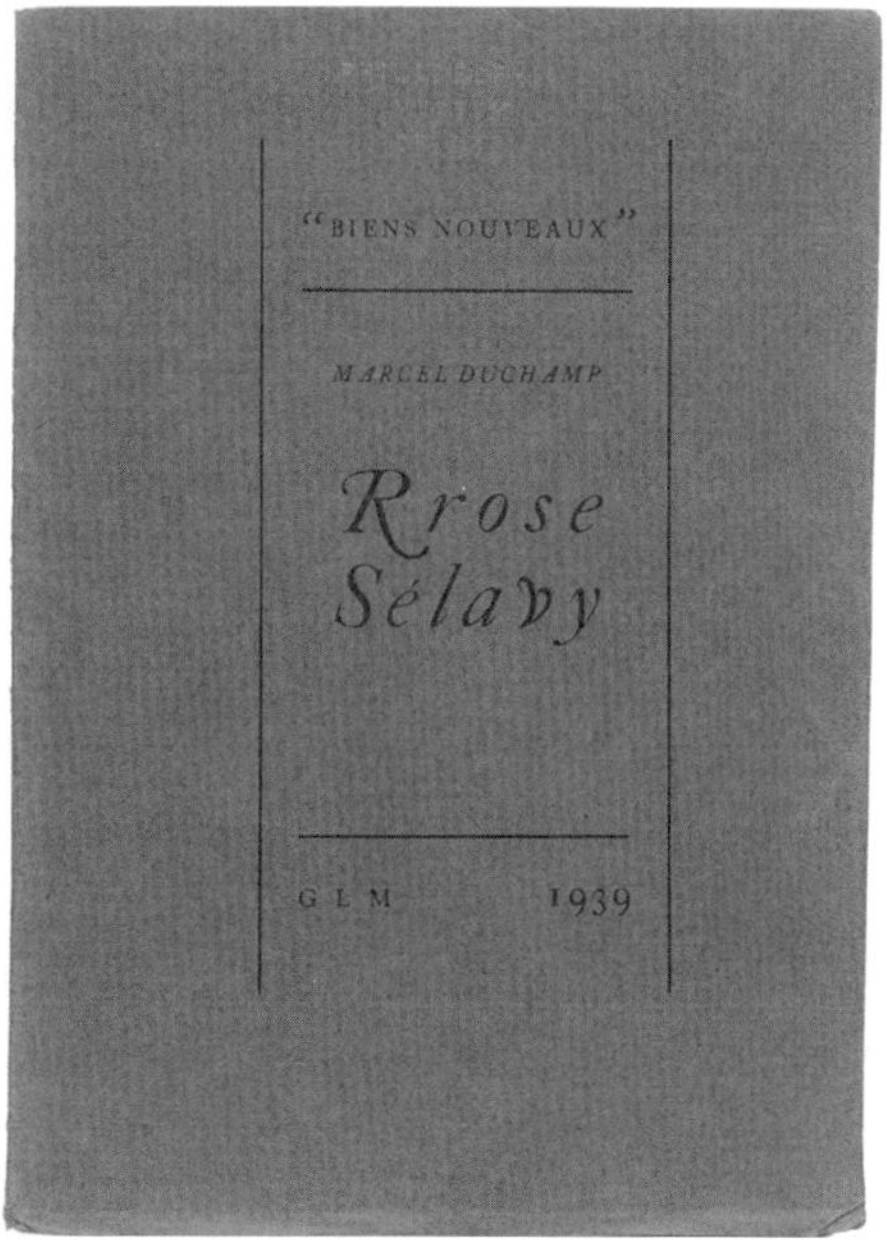
"BIENS NOUVEAUX"
MARCEL DUCHAMP
Rrose Sélavy
GLM 1939

70

の署名をもって世に送り出し、さらに「彼女」を著作権保持者に仕立て上げる遊戯にふけり、彼女の名を冠した出版元を捏造するまで一貫した遊戯をつづける。ただし「芸術家」とその身元保証の役割を果たすはずの「作品」との関係を改めて考え直してみると、以上のような「常識的な考え方」はその足元から掬われる危険を孕んでいることがわかる。「作品」が「芸術家」の身元保証とならないようなケースがありうるからだ。

芸人たちの肖像

マン・レイの撮影になるデュシャンの写真のなかには、彼自身とブローニャ・ペルルミュッテルをモデルとする《シネ・スケッチ、アダムとイヴ》（一九二四年）がある。[72] 一九二四年十二月三十一日にスウェーデン・バレエの公演『本日休演』――作曲者はエリック・サティ――の一場面を撮影したものである。このときデュシャンとペルルミュッテルの二人はルーカス・クラナッハ（父）の《アダムとイヴ》（一五三三年）に見られる男女の身ぶりを模倣する活人画を演じた――それも全裸で――わけだが、写真はそのリハーサルの際にマン・レイが撮影したものだという。写真では判別しがたいが、デュシャンはバラで性器を隠しているとされる。バラがローズ・セラヴィを連想させる点は改めて言うまでもないだろう。これより十年ほど前、デュシャンは一九一二年のミュンヘン滞在の際にアルテ・ピナコテークに日参し、クラナッハの《アダムとイヴ》を見て、とくにこの画家の裸体の肌の色の表現にインスピレーションを得たという。[175]

ミシェル・レリスの『成熟の年齢』が、クラナッハの二枚続きの絵《ルクレティアとユディット》[48]をその主要な発想源としていたことはすでに第五章で述べた。この絵およびデュシャンとの二重の関係において、いま補う必要があると思われるのは、クラナッハが描く二重の裸体像――《ルクレティ

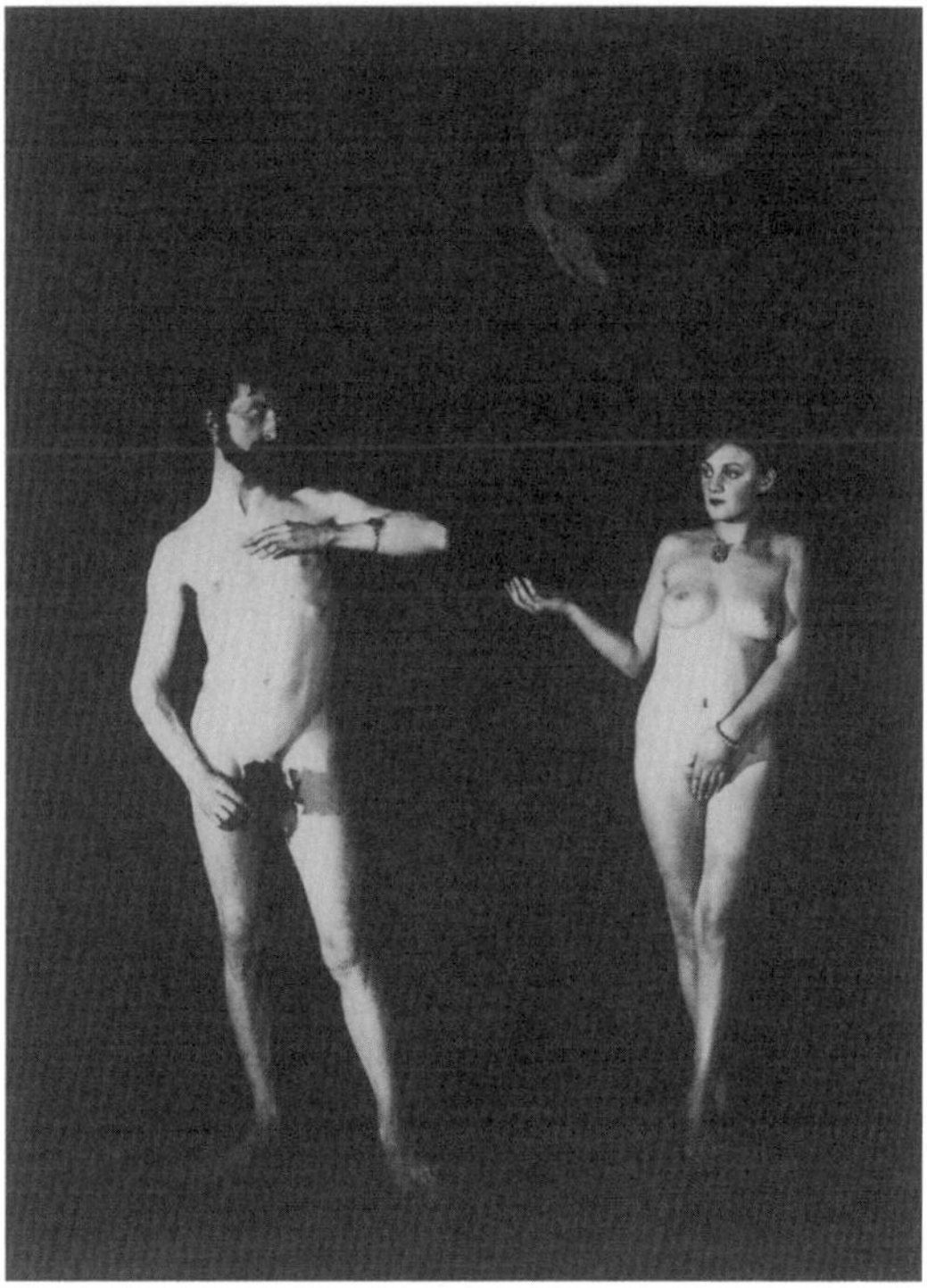
72

アとユディット》および《アダムとイヴ》の二重人物に加えて、この二枚の絵の二重性――の影に隠れてしまった観があるもうひとつの二重像のことである。この場合モデルとなるのはレリス自身の伯父レオン・コベと叔母クレール・フリシェだが、単に親族の一員を描くというのではなくて、いっぽうは軽業師であり、いっぽうはオペラの舞台で活躍する歌姫という点にもっぱら関心が向かう点を見なければならない。「歌姫」はともかく、「軽業師」をいきなり芸術家と呼ぶのは抵抗があるかもしれないが、レリスにあって「アーティスト」――フランス語風に「アルティスト」と発音すべきところだ――の意味が、芸術家であるとともに芸人であり、そのあいだにはいかなる位階秩序もないことを

73

確認するためのよい機会となる。そのような意味でのアーティストの肖像のモデルがここに示されているのである。

ルクレティアとユディットが一対の二重人物像をなすようにして、軽業師の伯父とオペラ歌手の叔母は対位法的な関係におかれる。歌姫は『成熟の年齢』ではリーズ叔母と呼ばれているが、『縫糸』ではクレール・フリシェという本名のもとに姿をあらわして、自殺未遂事件直後のレリスが意識を取り戻す流れのなかできわめて重要な役割を演じることになる。彼女の歌唱の技にみずからの文章行為を重ね合わせて、危機を脱出する手がかりをさぐる一節は叙述の展開の要ともいえる部分をなしているが、これに対して『成熟の年齢』でのリーズ伯母の記述は、古典的な意味での肖像の作成に近い趣をもっている。

リーズ叔母はでっぷりと太っていたが、じつに素直で穏やかで、輝くような健康と素晴らしい声に恵まれた大柄で頑丈な体つきの女性だった。化粧はあまり上手とはいえず、むしろ派手さが目立ち、美しく太い腕、肉づきのよい尻、雌牛の落ち着きをそなえた褐色の美女の重たげな乳房、黒々とした髪の毛、真っ赤な唇、じつにみずみずしい肌、いつも黒すぎると思われるほどに眉墨をひいたみごとな目ばかりが記憶に浮かぶのは、要するにメイクアップが下手だったからなのだ。[176]

プレイアード版の『成熟の年齢』の註は、レリスが母に書き送った一九三二年五月三十日付――そのときレリスはエチオピアにいた――の手紙に「可哀想なレオン伯父、あのひとに自分自身を重ねてとても幸せな気分になることがあった」という言葉が記されていることを紹介している。この伯父に対する愛情がいかなるものであれ、オペラ歌手の叔母は、そのライヴァルたる軽業師の伯父よりもはるかに重要な役割を荷わされている。もちろんエロティシズムやら、レリスにおけるオペラ趣味なども関係しているが、おそらくそれ以上に重要なのは、この叔母が「演じる」もしくは「扮装する」行為に明け暮れる人物だという点にある。[73] すでに述べたとおり、「ピカソと人間喜劇、あるいは大足の災難」はレオンカヴァッロのオペラ『道化師《イ・パリアッチ》』の言及に始まっていたが、幼年時代にこのオペラの上演に立ち会ったレリスは、道化役者の一座による旅芝居の舞台を題材として扱ったこのオペラの劇中劇のなかでネッダがカニオによって刺し殺されるシーンを見て、実際に殺人がおこなわれたと思い込んでしまったという。カニオがネッダに向かって「もうパリアッチョではないぞ」と歌い始める瞬間、その台詞は劇中劇の台詞なのか、それとも相手を殺す直前に発せられた現実の言葉なのか、区別がつかなくなる。舞台裏が舞台をなし、幾重にもイリュージョンが重なり合い、本物と偽物の区別がほぼ不可能になるような状態、すなわちレリスにとってのスペクタクルの魅惑とは、いわば白熱するイリュージョン、騙し絵の魅惑にも通じるものなのである。『成熟の年齢』にあって、リーズ叔母はオペラ歌手という以上に、さまざまな役柄を演じる者として描かれているが、そもそも一枚の肖像画をもってわれわれの目を欺く変身のしかけを描き出すなど原理的に不可能ではないだろうか。結局のところ肖像画はモデルとなる人物に一定の役割をあたえざるをえないからである。

リーズ叔母の演じたさまざまな役柄を思い返したり、それぞれを比べてみたりするなかで――ある種の驚きとともに面白おかしく思うのは――あのように美しくて人柄がよく、物静かで、きわめてブルジョワ的で落ち着いた性格の女性が、子供だった自分の目には男を食う女としてしか見えなかったことに気づく。

残念に思うのは、軽業師の伯父がサーベル呑みの女芸人などではなくて、叔母と結婚しなかったことだ。[177]

「男を食う女」(une mangeuse d'hommes)と「サーベル呑みの女芸人」(une avaleuse de sabres)の対比のうちには、滑稽さをともないつつある種の対位法的な文章上の彫琢がなされていて、思わず読む者の微笑を誘わずにはいないが、想像的な「結婚」を語るこの一節をもってレオン伯父とリーズ叔母の肖像がみごとに重ね合わされる。

『成熟の年齢』のこの一節の初出は「ルクレティアとユディット」なる題名のもとに『ムジュール』誌の一九三六年七月号に掲載された文章である。ジャン・ポーランの求めに応じて寄稿されたものだった。この初出テクストが興味深いのは、後に『成熟の年齢』の書き出しになった「私は三十四歳になった……」という部分を頭におき、次にルクレティアとユディットに話題を転じ、最後にレオン伯父とリーズ叔母の話をもってくるという三段構えの構成になっている点である。「自画像」、クラナッハの「二重像」、芸人の「二重像」が重層的に重ねられ、しかも伯父にレリス自身の姿を重ね合わせる記述が繰り返されている。そこからはクラナッハの「二重像」、芸人の「二重像」は装われた「自画像」だと言いたくなるような構図がはっきり透かし見えるのである。つまり自画像を中心において左右にルクレティアとユディット、あるいはレオン伯父とリーズ叔母を配置すれば三幅対となるし、自画像に伯父と叔母の想像的な結合を集約する機能をもたせれば、それは雌雄同体的な、あるいは両性具有的な像となる。バレエ『本日休演』におけるクラナッハの絵をなぞるデュシャンとペルルミュッテルの活人画が両性具有的なコノテーションを暗示していたとすれば、レリスの場合にもそれに対応する要素が潜んでいるように思われる。デュシャンの場合がそうであるように、この場合の想像的、もしくは遊戯的な性転換は、あるいはアーティストがアーティストとなるために必要不可欠なふるまいというべきではないか。[178]

「私は芸術など信じていない。アーティストのほうを信じているのだ……」――カルヴィン・トムキンズとの対談でデュシャンがこのように発言していることはよく知られている。「神の死」でも「金本位制度の崩壊」でもよい、およそ正統性を保証すべき原器が見出しえない事後の世界にあって「芸術作品」が「芸術家」を担保する構図に綻びが生じることになるが、それでも芸術家としてのふるまいはありつづける。大文字のピカソの代わりに小文字のピカソに出会う瞬間があり、デュシャンではなくローズ・セラヴィに出会う瞬間がある。それもまたいまでは舞台裏ではなくて、堂々たる表舞台になった観がある。『成熟の年齢』から『ゲームの規則』連作にいたる過程で、あるいはそれにかぎらずレリスが書くものの随所に浮かび上がる「アーティスト」たちはどこか鄙びた雰囲気の舞台に棲息し、曖昧な芸を生きていた。そのような芸人たちに自分の姿を投影しながら、レリスもまたみずからをスペクタクルのなかに投げ入れて生きる。ベイコンが描く肖像画を背にしたレリスをファインダーのなかに覗き込んだときフランソワーズ・ユギエの眼にはあたかも彼が肖像を演じているように見えたのかもしれない。すでに演戯はシミュラクルなのか、本物なのか、判別できなくなっている。文字通り生死を賭したものとなっているからである。

註

レリスの著作の出典を示すにあたって以下の略号を用いることにする。

RDJ=Michel Leiris, *La Règle du jeu*, édition publiée sous la direction de Denis Hollier, Gallimard, Bibliothèque de la Pléiade, 2003.

ESA=Michel Leiris, *Ecrits sur l'art*, édition établie, présentée et annotée par Pierre Vilar, CNRS Editions, 2011.

GSP=Michel Leiris, *Un génie sans piédestal et autres écrits sur Picasso*, présentation par Marie-Laure Bernadac, Fourbis, 1992.

なおレリスのテクストの引用にあたっては、岡谷公二訳（『黒人アフリカの美術』新潮社、一九六八年、『ピカソ　ジャコメッティ　ベイコン』人文書院、一九九九年、『デュシャン　ミロ　マッソン　ラム』人文書院、二〇〇二年、『幻のアフリカ』田中淳一、高橋達明共訳、平凡社、二〇一〇年、『抹消』および『軍装』平凡社、二〇一七年）、松崎芳隆訳（『成熟の年齢』現代思潮社、一九六九年）、須藤哲生訳（『闘牛鑑』現代思潮社、一九七一年）、谷昌親訳（『オランピアの頸のリボン』人文書院、一九九九年、『囁音』平凡社、二〇一八年）などを参照した。改めて訳者の方々に敬意と感謝の言葉を記したい。ただし引用にあたっては、本書の執筆との関係で、拙訳（『角笛と叫び』青土社、一九八九年、『ミシェル・レリス日記』みすず書房、二〇〇一―二年、『縫糸』平凡社、二〇一八年）も含めて、語句を入れ替えたり変更したりして既訳にしたがっていないことが多い。混乱を招かないようにするためにも既訳の頁数を入れることは避けた。

1　Michel Leiris, *Ecrits sur l'art*. CNRS Editions, 2011.

2　Françoise Huguier, *Sur les traces de L'Afrique fantôme*, texte de Michel Cressole, Maeght Editeur, 1990.

3　どこで思い違いが生じたのだろうか。ジャン・ジャマンとサリー・プライスを相手にしたインタヴューのなかでレリスは美術品の返還の問題に触れ、人類博物館にあるダオメーの玉座などは返還すべきものの代表例だとしている。おそらくこの玉座の話の記憶のせいで混同が生じてしまったのだろう。Cf. Michel Leiris, *C'est-à-dire*, Jean-Michel Place, 1992, p. 43.

4　Françoise Huguier, *Au doigt et à l'œil : Autoportrait d'une photographe*, Sabine Wespieser Editeur, 2014, pp. 159–160.

5　一九八〇年代だと、マルク・トリヴィエはまだ二十代だったはずだが、レリスのポートレート写真を何度か撮り、ベケットやベイコンの写真も撮っている。

6　Jean Laude, *Les Arts de l'Afrique noire*, Librairie Générale Française, 1966, p. 278.

7　レリスの美術論集として最初の一冊となったのは一九七四年にファタ・モルガーナ書店から刊行されたフランシス・ベイコン論（*Francis Bacon ou la vérité criante*）であり、「フランシス・ベイコンの絵画が私に語りかけたもの」と「フランシス・ベイコンの現在」を合わせて収録したものだった。それ以前に一九四〇年代に彼はアンドレ・マッソンに捧げる二冊の重要な画文集の刊行に協力し、そのうちの一冊ではジョルジュ・ランブールとともに編者となっている。

8　本書で主要に取り上げる四人の画家が書いたテクストをまとめた文集の刊行に際して、レリスが果たした貢献（序文、翻訳、編集など）は大きい。具体的には以下のものがある。Francis Bacon, *L'art de l'impossible : Entretiens avec David Sylvester*, Albert Skira, 1976; *André Masson et le théâtre*, Frédéric Birr, 1983; Picasso, *Ecrits*, Gallimard, 1989; Alberto Giacometti, *Ecrits*, Hermann, 1990.

9　レリスは『リトル・レヴュー』誌（一九二六年）に掲載されたマッソン論で「クリスタル」あるいは「空の目が眩むほどに強い閃光を放つ切子面をさらすようにカットされた石と化した魔力」に言及している。若き日のレリスが好んだ鉱物質のイメージのあらわれの一例であって、分析的というよりも詩的表現に近いが、それでもなお一九二〇年代半ばのマッソンの油彩に頻繁にあらわれるモザイク状の層状的な空間構成を正確に把握している。ヴォーリンガー『抽象と感情移入』の冒頭部分における「有機的」、「無機的」、「結晶的」なるものの対比、あるいはドゥルーズ『シネマ2』における結晶＝イメージをめぐる議論などに重なる要素をここに見出すこともできると言えば、いささか大げさだろうか。

10　Michel Leiris, *Journal, 1922–1989*, Paris, Gallimard, 1992, p. 494.

11 Daniel-Henry Kahnweiler, *Mes galeries et mes peintres. Entretiens avec Francis Crémieux*, Gallimard, Collection Idées, 1982, p. 151.

12 シモン画廊はD＝H・カーンワイラー経営の画廊である。ジャン・ジャマンによれば一九二四年六月五日付の契約書が残されているという。

13 自動デッサンに関する研究としてはフランソワーズ・ルヴァイアン『記号の殺戮』（谷川多佳子／千葉文夫／太田泰人／廣田治子共訳、みすず書房、一九九五年）参照のこと。ほかに以下のものが参考になる。Florence de Mèredieu, *André Masson, les dessins automatiques*, Blusson, 1988.

14 André Masson, *Le Rebelle du surréalisme, Ecrits*, Hermann, 1976.

15 Michel Leiris, « La ligne sans bride », *André Masson, Massacres et autres dessins*, Hermann, 1971.

16 モーリス・ナドーは先駆的なレリス論において、『シミュラクル』の冒頭部分の余白に書かれたこのテクストを引用している。前後の記述からしてナドーへの献本に記された言葉だと考えられる。Cf. Maurice Nadeau, *Michel Leiris et la Quadrature du Cercle*, Julliard, 1963, pp. 123–124.

17 この油彩の最初の所有者はアントナン・アルトーだった。『冥府の臍』にはこの油彩を発想源とするテクストが収められている。その詳細、およびマッソンとアルトーの関係については拙稿「パオロ・ウッチェッロをめぐる変奏――ヴァザーリ、シュオッブ、アルトー」（篠田勝英／海老根龍介／辻川慶子編『引用の文学史』水声社、二〇一九年）を参照して頂ければ幸いである。

18 拙稿「イコンの生成――アセファルの出現」（『早稲田大学フランス語フランス文学論集』第四号、一九九七年）参照。

19 Michel Leiris, « André Masson », *ESA*, pp. 86–87.

20 Antonin Artaud, *Œuvres complètes*, tome I*, Gallimard, 1976, p. 60.

21 詳しくは拙稿「『オーロラ』あるいは名の発見」（鈴木雅雄編『シュルレアリスムの射程』せりか書房、一九九八年）を参照して頂ければ幸いである。

22 Michel Leiris, *A cor et à cri*, Gallimard, 1988, p. 118. ミシェル・レリス『角笛と叫び』千葉文夫訳、青土社、一九八九年。

23 Carolyn Lanchner, « André Masson : Origine et développement », *André Masson*, Centre national

d'art et de culture Georges Pompidou, Musée national d'art moderne, 1977, p. 96.
24 フランカステル『人物画論』天羽均訳、白水社、一九八七年、二二七頁。
25 その詳細については拙稿「パオロ・ウッチェッロをめぐる変奏──ヴァザーリ、シュオッブ、アルトー」(前出)を参照していただきたい。
26 Michel Leiris & Georges Limbour, *André Masson and his Universe*, Editions des Trois Collines, Genève-Paris / Horizon, London, 1947, pp. 197.
27 Michel Leiris, « La ligne sans bride », *ESA*, p. 123.
28 Michel Leiris, « Portraits », *ESA*, p. 116.
29 *Ibid*.
30 ヴィクトル・I・ストイキツァ『絵画の自意識』岡田温司/松原知生訳、ありな書房、二〇〇一年。
31 Jean Genet, *L'Atelier d'Alberto Giacometti*, L'Arbalète, 1986. 矢内原伊作『ジャコメッティ』みすず書房、一九九六年。
32 バーナード・ベレンソンは芸術史上の分類概念として effigy と portrait を区別している。「主題の社会的様相」を表現する前者と「社会的地位とともに内的人間の個を描写する」後者の区別というわけだが、この用語法はここで取り上げられる画家たちにとってはさほど意味をもちえない。
33 Michel Leiris, *Vivantes cendres, innommées*, Jean Hugues, 1961. なおこの詩集を扱うモノグラフィー研究には以下のものがある。Alberto Giacometti, *Vivantes cendres, innommées, Eine unbekannte Graphikfolge*, mit einem Text von Ursula Perucchi-Petri, Kunsthaus Zürich, Benteli Verlag Bern, 1989.
34 Michel Leiris, *Journal 1922-1989*, *op. cit.*, p. 610.
35 Aliette Armel, *Michel Leiris*, Fayard, 1997, p. 576.
36 ジャン・ユーグはジャコメッティがレリス宅でじかに銅版画を制作したと語っている。これに対して、ダミアン・ブリルはこのように想定するのは無理があり、レリス宅でのデッサンをもとにアトリエで銅版画制作がなされたと推測している。Cf. Damien Bril, « Les Livres illustrés dans les années 1950-60 et la place de *Vivantes cendres, innommées* et des *Douze portraits d'Orbandale* », *Giacometti, Leiris et Iliazd / Portraits gravés*, Fondations Alberto et Annette Giacometti, Fage éditions, 2008.
37 Michel Leiris, *Journal 1922-1989*, *op. cit.*, pp. 503-504.

38 Michel Leiris, *Fibrilles*, Gallimard, 1966, *RDJ*, pp. 684-685.

39 Michel Leiris, *Pierres pour un Alberto Giacometti*, L'Echoppe, 1991, *ESA*, p. 245.

40 Michel Leiris, « Alberto Giacometti en timbre-poste. ou en médaillon », *L'Arc*, n° 20, octobre 1962, *ESA*, p. 250.

41 Michel Leiris, « Alberto Giacometti », *Documents*, n° 4, septembre 1929. レリスによるジャコメッティ論は、ほかに以下のものがある。« Pierres pour un Alberto Giacometti », *Derrière le miroir*, n° 39-40, Galerie Maeght, 1951; « Alberto Giacometti en timbre-poste ou en médaillon », *L'Arc*, n° 20, 1962; « Alberto Giacometti », *Les Lettres Françaises*, 20 janvier 1966; « Autres «Pierres ...» », *L'Ephémère*, n° 1, Editions de la Fondation Maeght, 1966; « Autre heure, autres traces ... », *Derrière le miroir* (*Alberto Giacometti, Les murs de l'atelier et de la chambre*), n° 233, Maeght Editeur, mars 1979; « Giacometti, oral et écrit », Préface pour Alberto Giacometti *Ecrits*, Hermann, 1990.『ドキュマン』誌掲載のテクストを除くすべての翻訳が岡谷公二編訳『ピカソ　ジャコメッティ　ベイコン』（前掲書）に収められている。

42 一九六六年一月二十日付の『レットル・フランセーズ』誌に追悼文が掲載されている。

43 Cf. Fumio Chiba, « La dialectique des formes — Chassés-croisés d'Einstein, Bataille et Leiris dans la revue *Documents* », *Pleine Marge*, n° 45, juin 2007.

44 Michel Leiris, « Alberto Giacometti », *Documents*, n° 4, Septembre 1929.

45 *Ibid.*, p. 209.

46 二〇〇一年にポンピドゥー・センターで開催されたジャコメッティ展のカタログの作品解説は、この点に言及している。*Alberto Giacometti, Le dessin à l'œuvre*, Gallimard/Centre Pompidou, 2001, p. 231.

47 Alberto Giacometti, *Ecrits*, *op. cit.*, p. 21.『ジャコメッティ　エクリ』矢内原伊作／宇佐見英治／吉田加南子訳、みすず書房、一九九四年、六八 - 六九頁。

48 Michel Leiris, *Pierres pour un Alberto Giacometti*, *ESA*, p. 241.

49 Alberto Giacometti, *Ecrits*, *op. cit.*, pp. 31-32.『ジャコメッティ　エクリ』前掲書、八四頁。

50 *Ibid.*, pp. 33-35. 同上、八七 - 八八頁。

51 Michel Leiris, *Fibrilles*, *RDJ*, p. 731.

52 Alberto Giacometti, *Ecrits*, *op. cit.*, p. 29.『ジャコ

メッティ—エクリ』前掲書、八〇‐八一頁。

53 *Ibid.*, p. 30. 同上、八二頁。

54 Michel Leiris, « Autre heure, autres traces ...», *ESA*, p. 258.

55 Louis Yvert, *Bibliographie des écrits de Michel Leiris, 1924 à 1995*, Jean-Michel Place, 1996. なお同書は『獣道』とアポリネールの『アルコール』の口絵頁の図版を並べて掲載している。両者の刊行年には半世紀ほどのひらきがあるが、いずれもメルキュール・ド・フランス書店の刊行によるものであり、口絵図版にピカソによる著者の肖像デッサンを使う点なども含めてデザインが似通っている。ただしピカソによるアポリネールの肖像はキュビスム時代のものであり、趣はまったく異なる。『獣道』の口絵図版として用いられたデッサンはその後レリスのほかの評論集『縞模様』の表紙に用いられているが、こちらのほうはモノクロ印刷となっている。Cf. Michel Leiris, *Zébrage*, Gallimard, 1992.

56 *Picasso, Léger, Masson : Daniel Kahnweiler et ses peintres*, LaM, 2013.

57 Cf. Alberto Giacometti, *Vivantes cendres, innommées : Eine unbekannte Graphikfolge*, *op. cit.*, p. 7. 同書は一九八九年五月から六月にかけてチューリッヒのクンストハウスでおこなわれた『生ける灰、名もないまま』の連作をめぐる展覧会カタログであるが、問題となるこの手紙の写真複製を掲載しており、翻訳はこれに依拠したものである。

58 Michel Leiris, *Fibrilles*, *RDJ*, p. 622.

59 最初に公のかたちでこの事実に触れたのは、レリス『日記』の校注者ジャン・ジャマンであり、同書の序文にこのことに関する記述が見える。

60 ミシェル・レリス『縫糸』ではこの逃避行およびそれをめぐる事情についての記述がなされている。Cf. Michel Leiris, *Fibrilles*, *RDJ*, p. 582.

61 レリスにおける闘牛の主題についてはアニー・マイイスの以下の著作が詳しい。Annie Maïllis, *Michel Leiris, L'écrivain matador*, L'Harmattan, 1996. 同じくアニー・マイイスはアンドレ・カステルとレリスの書簡集を編纂し、フランソワーズ・ジローとの対談集も出版している。Cf. André Castel & Michel Leiris, *Correspondance, 1938-1958*, Editions Claire Paulhan, 2002; Françoise Gilot, *Dans l'arène avec Picasso*, Entretiens avec Annie Maïllis, Indigène Editions, 2004.

62 Michel Leiris, *Grande fuite de neige*, Fata Morgana, 1982, p. 10.「カオス的になることを承知で書かれた

この部分には、その当時の私の読書（たとえば『純粋理性批判』だが、本当のところを言えば、いまだなおこれを読了していない）および自伝的要素の切れ端（『成熟の年齢』では魂を「雲のような表面」の姿のもとに表象したわけだが、そのもとになる記憶がここにある）、一定の出来事の細々とした描写などが入り込んでいる。ピカソおよび国籍はまちまちの何人かの人と一緒に私はこの闘牛に立ち会った［……］というのもその種の細々とした描写のひとつだ。」

63　これは「牡牛に扇を」執筆にあたって闘牛に関する専門的知識を確実なものとするためにニーム在住の闘牛愛好家アンドレ・カステルの助力を得たことがきっかけになっている。

64　ローランド・ペンローズは『ピカソその生涯と生活』（高階秀爾／八重樫春樹訳、新潮社、一九七八年）の末尾でこの一節を引用している。

65　ミシェル・レリスのピカソ論を網羅的に集めたものとしては以下のものがある。Michel Leiris, *Un génie sans piédestal et autres écrits sur Picasso*, présentation de Marie-Laure Bernadac, Fourbis, 1992; Michel Leiris, *Ecrits sur l'art*, *op. cit.* 後者におけるピエール・ヴィラールの解説はきわめて充実したものとなっている。岡谷公二編訳『ピカソ　ジャコメッティ　ベイコン』はレリスのピカソ論を網羅的に収録し、巻末には訳者による周到な解説が付されている。

66　Michel Leiris, « Un génie sans piédestal », *GSP*, p. 139.

67　Jean Starobinski, *Portrait de l'artiste en saltimbanque*, Albert Skira Editeur, 1970.

68　Michel Leiris, « Le Peintre et son modèle », *GSP*, p. 132.

69　Michel Leiris, « Picasso et la comédie humaine ou les avatars de Gros-Pied », *GSP*, pp. 50-51.

70　*Ibid.*, pp. 44-45.

71　*Ibid.*, p. 51.

72　『パラード』に関するモノグラフィ研究としてはDeborah Menaker Rothschild, *Picasso's « Parade » : from Street to Stage*, New York, Sotheby's Publications, 1991 がある。

73　後で触れるが、レリスは一九三三年秋にコール・ポーター作曲のミュージカル・コメディ『陽気な離婚』（*The Gay Divorce*）の舞台をロンドンで見ている。その翌年ＲＫＯ映画社がその映画化に際してタイトルを『陽気な離婚者』（*The Gay Divorcee*）に変えたのは、離婚が楽しいというのは不謹慎だという誹りを受けることを慮ってのことだったという。ちなみにこの映画の邦題名は『コンチネンタル』である。レリスがここで『陽気な離婚者』としているのは、映画のほうを念頭においてのことなのか、あるいは彼の記憶の誤りなのかはっきりしない。

74 Michel Leiris, *Biffures*, Gallimard, 1948, *RDJ*, pp. 144-145.

75 Michel Leiris, *Fibrilles*, *RDJ*, p. 561.

76 Michel Leiris, « balzacs en bas de casse et picassos sans majuscules », *GSP*, pp. 69-70.

77 Sebastian Goeppert, Herma Goeppert-Frank, Patrick Cramer, *Pablo Picasso : The Illustrated Books*, Catalogue Raisonné, Patrick Cramer, Publisher, Geneva, 1983, p. 224.

78 Michel Leiris, « Picasso et la comédie humaine ou les avatars de Gros-Pied », *GSP*, p. 44.

79 ジャン＝マリー・シェフェールは『なぜフィクションか?』（久保昭博訳、慶應義塾大学出版会、二〇一九年）においてこの点に言及している。Jean-Marie Schaeffer, *Pourquoi la fiction?*, Seuil, 1999, pp. 53-54.

80 Brassaï, *Conversation avec Picasso*, Gallimard, 1964, p. 176.

81 *Ibid.*, p. 177.

82 Raymond Queneau, *Bâtons, chiffres et lettres*, Gallimard, [1965], 1994, Folio Essais, p. 211.

83 ピカソはジャリの『寝取られ男ユビュ』の手稿を所有していて、暗記しているさまざまな箇所を朗読してみせたという。Cf. Picasso, *Ecrits*, *op. cit.*, p. 437.

84 Michel Leiris, *Miroir de l'Afrique*, Gallimard, Collection Quarto, 1996.

85 Michel Leiris, « Le peintre et son modèle », *GSP*, p. 123.

86 David Sylvester, *The Brutality of Fact : Interview with Francis Bacon*, 3rd enlarged edition, Thames and Hudson, 1987, p. 146. 訳文は『フランシス・ベイコン・インタヴュー』（小林等訳、ちくま学芸文庫、二〇一八年、二〇六頁）による。

87 伝記的な事実に関しては以下のものが参考になる。Michael Peppiatt, *Francis Bacon : Anatomy of an Enigma*, Weidenfeld & Nicolson, 1996. Michael Peppiatt, *L'amitié Leiris Bacon : Une étrange fascination*, Traduit de l'anglais par Patrice Cotensin, L'Echoppe, 2006.

88 マーグ画廊（一九六六年／一九八四年）、グラン・パレ（一九七一年）、クロード・ベルナール画廊（一九七七年）

89 Michel Leiris, « Ce que m'ont dit les peintures de Francis Bacon » (1966) ; « Francis Bacon aujourd'hui » (1971) ; « Le grand jeu de Francis Bacon » (1977) ; « Bacon le hors-la-loi » (1981) ; « Francis Bacon, face et profil » (1983), in Michel Leiris, *Ecrits sur l'art. op. cit.* 以上五本のベイコン論は、いずれも岡谷公二編訳『ピカソ　ジャコメッティ　ベイコン』に翻訳が収録されている。

90 Jacques Dupin, « Fragments dans les marges d'un texte de Michel Leiris », *Repères, cahiers d'art contemporain* nº 10, 1984, p. 16.

91 Michel Leiris, « Ce que m'ont dit les peintures de Francis Bacon », *ESA*, p. 478.

92 Francis Bacon, *L'Art de l'impossible. Entretiens avec David Sylvester, op. cit.*, p. 20.

93 ここで言及の対象となっているベイコンの自画像は一九八四年にレリス夫妻の所蔵品がポンピドゥー・センターに寄贈された際にリストのなかに入っていたもののはずだ。レリスの死の一年前、サンティレールの家の壁にこの絵が本当にかかっていたのだろうか。

94 Michel Leiris, *Journal 1922–1989, op. cit.*, p. 924.

95 たとえば以下の展覧会図録の作品解説を参照のこと。 Francis Bacon, *The Violence of the Real*, Thames & Hudson, 2006, p.157. これとは別に東京近代美術館のベイコン展図録では、《三つの人物像と肖像》（一九七八年）の画面中央奥の壁にかかった肖像画のモデルはレリスではないかと推測している。

96 Michel Leiris, « Francis Bacon aujourd'hui », *ESA*, p. 493.

97 *Leiris & Co. Picasso, Masson, Miró, Giacometti, Lam, Bacon...*, Centre Pompidou-Metz.

98 保坂和志『小説の誕生』新潮社、二〇〇六年、一五—一九頁。

99 保坂和志『小説、世界の奏でる音楽』新潮社、二〇〇八年、九二—九七頁。

100 ミシェル・レリス『幻のアフリカ』岡谷公二ほか訳、平凡社ライブラリー、二〇一〇年、一七九頁。

101 保坂和志『小説、世界の奏でる音楽』前掲書、九九頁。

102 Michel Leiris, *Glossaire j'y serre mes gloses*, GLM, 1939.

103 Michel Leiris, *Langage tangage ou ce que les mots me disent*, Gallimard, 1983, p. 53.

104 Michel Leiris, « Francis Bacon, face et profil », *ESA*, p. 519.

105 Michel Leiris, *L'Âge d'homme*, 2e édition Gallimard, Gallimard, 1946, p. 26.

106 ルクレティアとユディットの裸像のうちに凝縮して示されるのはアリストテレスの『詩学』が問題化するような悲劇の根源にある感情に関係する記憶の数々である。アリストテレスは「悲劇において描写されるのは完結した行為だけではなく、恐れと憐れみと呼ぶような出来事でなければならない」としているわけだが、ルクレティアとユディットはそれぞれ「憐れみ」と「恐れ」を象徴的に表現するイメージなのである。レリスがアレゴリーという表現をもって語ろうとするのはまさにそのことだ。

107 ルクレティア像およびユディット像の形成という問題に関しては、ジェンダー論的視点からする若桑みどり氏の力作『象徴としての女性像』（筑摩書房、二〇〇〇年）が詳しい。レリスと比較的近いところでは、ピエール・クロソフスキーがルクレティアとユディットに言及し、そればかりでなくみずからこの主題をもとにしたデッサンを描いている。

108 Michel Leiris, *L'Âge d'homme*, *op. cit.*, p. 59.

109 *Ibid.*, p. 44.

110 *Ibid.*, pp. 153-154.

111 *Ibid.*, p. 154.

112 Cf. Georges Didi-Huberman, *Ouvrir Vénus*, Gallimard, 1999, pp. 86-99. ディディ゠ユベルマン『ヴィーナスを開く』宮下志朗／森元庸介訳、白水社、二〇〇二年。心的対象とは、ディディ゠ユベルマンが用いる objet psychique の訳語だが、これはピエール・クロソフスキーの語る「情動的基層」(substrat affectif) に通じる表現のように思われる。クロソフスキーは「裸体画のデカダンス」と題された文章において、「裸婦」が「巨匠の威光のおかげで提供された《美しい裸の婦人》を眺める絶好の機会」となり、いかがわしい彫刻や絵画が「思春期の少年の夢想」の恰好な餌食となってきたことを述べている。裸婦を前にしたときの内奥の動揺は、レリスの場合には、クラナッハ描くルクレティアとユディットの二重像を前にしたときの動揺、すなわち «se pâmer» という語句によって示唆される情動として表現される。レリスが問題化するのは「心的対象」もしくは「情動的基層」としての裸体像なのである。「娼館と美術館」と題された『成熟の年齢』の一節が喚起するのもまた似たような問題だ。ルクレティアあるいはユディットの姿を描く際に、レリスとクロソフスキーの両者は、凝った文体を駆使する点において重なり合う。

113 *Documents*, 2e année, n° 5, 1930.

114 *Documents*, n° 7, décembre 1929.

115 ジョルジュ・バタイユ『エロスの涙』にもこの絵の図版が掲載されている。「エロスの涙」という表現そのものからしてフォンテーヌブロー派の絵の題名に由来するものだった。アンドレ・ブルトンの『魔術的芸術』には、カロンの《冬の勝利》の複製写真が掲載されている。

116 *Documents*, n° 4, septembre 1929.

117 *Documents*, 2e année, n° 5, 1930, p. 266.

118 Cf. Georges Didi-Huberman, *La Peinture incarnée*, Les Editions de Minuit, 1985, p. 37.

119 Michel Leiris et Jacqueline Delange, *Afrique Noire : La création plastique*, Gallimard, 1967, p. 117. ミシェル・レリス、ジャクリーヌ・ドランジュ『黒人アフリカの美術』岡谷公二訳、新潮社、一九六八年、一一七頁。

120 仮面＝マスクは言うまでもなくレリスにとってきわめて重要な主題である。この問題に触れた論考としては真島一郎氏のレリス論「頭蓋・顔・皮膚——フランス仮面論の一系譜」（鈴木雅雄／真島一郎編『文化解体の想像力』人文書院、二〇〇〇年）がある。

121 Michel Leiris et Jacqueline Delange, *Afrique Noire : La création plastique*, *op. cit.*, p. 119.

122 Michel Leiris, *L'Age d'homme*, *op. cit.*, p. 201.

123 *Documents*, n° 6, novembre 1929.

124 *Documents*, 2e année, n° 8, 1930.

125 Georges Bataille, *Œuvres complètes VIII*, Gallimard, 1976, p.172, ジョルジュ・バタイユ「シュルレアリスムその日その日」岡谷公二訳、『夜想』13、ペヨトル工房、一九八四年。

126 Michel Leiris, *L'Age d'homme*, *op. cit.*, p. 200.

127 Michel Leiris, *Frêle bruit*, Gallimard, 1976, *RDJ*, pp. 973-980. そのもとになった記述が、一九六二年三月十日の日記に読まれる。Cf. Michel Leiris, *Journal 1922 - 1989*, *op. cit.*, pp. 571-573.

128 Michel Leiris, *Frêle bruit*, *RDJ*, p. 972.

129 Michel Leiris, *L'Age d'homme*, *op. cit.*, p. 77.

130 Michel Leiris, *Miroir de la tauromachie*, précédé de *Tauromachies*, Fata Morgana, 1981, p. 14.

131 Michel Leiris, *L'Age d'homme*, *op. cit.*, p. 223.

132 Michel Leiris, *Miroir de la tauromachie*, *op. cit.*, p.

36.

133 Michel Leiris, *L'Age d'homme*, *op.cit.*, p. 45.

134 Michel Leiris, *Fibrilles*, *RDJ*, p. 690.

135 Michel Leiris, *Le Ruban au cou d'Olympia*, Gallimard, 1981. p. 268.

136 ロザリンド・クラウスはこの絵を論じている。Cf. Rosalind Krauss, « « Michel, Bataille et moi » après tout », *Georges Bataille après tout*, sous la direction de Denis Hollier, Belin, 1995.

137 ほかに『ドキュマン』誌一九三〇年第五号に掲載された短い記事「キュビスム展」に十行ほどのデュシャンについての言及がある。

138 第一巻から第四巻までフランス語タイトルを並べてみると、*Biffures*, *Fourbis*, *Fibrilles*, *Frêle bruit* となる。四巻だけが二語だが、音節はすべて二音節。共通する子音をもっており語音転換の遊戯がなされているが、それと同時に各巻に特徴的な書き手の身ぶりの縮約ともいえる言葉が選ばれていることがわかる。岡谷公二、谷昌親、千葉文夫の三者による邦訳は言語遊戯としての性格をなんとか取り入れようとして、漢字二文字の組み合わせをルールとして「抹消」、「軍装」、「縫糸」、「囁音」としている。

139 Michel Leiris, *Mots sans mémoire*, Gallimard, 1969, p. 132.

140 Jennifer Gough-Cooper and Jacques Caumont, *Ephemerides on and about Marcel Duchamp and Rrose Sélavy*, 1887-1968, *Marcel Duchamp Work and Life* The MIT Press, 1993.

141 Marcel Duchamp, « Criticavit », *The Essential Writings of Marcel Duchamp*, edited by Michel Sanouillet & Elmer Peterson, Thames and Hudson, 1975, p. 126. 以下はカルヴィン・トムキンズ『マルセル・デュシャン』（木下哲夫訳、みすず書房、二〇〇三年、九三頁）に引用された該当箇所の訳である。「ルーセルの『アフリカの印象』から、おおまかな段どりを学んだ。アポリネールと観たルーセルのこの芝居が、わたしの仕事のある一面にはおおいに役立った。ルーセルの影響を活かせると、一目でわかったよ。画家としては、ほかの画家よりも作家から影響されるほうがずっとよい。ルーセルがどうすればよいか教えてくれたわけだ。」

142 Thieri Foulc, « Leiris le Satrape », *Leiris & Co*, Gallimard / Centre Pompidou, 2015, p. 276.

143 Michel Leiris, *Journal 1922-1989*, *op. cit.*, p. 501.

144 Michel Leiris, *Fibrilles*, *RDJ*, P. 675.

145 Jacques Schérer, *Le « Livre » de Mallarmé*,

premières recherches sur des documents inédits, Gallimard, 1957.

146 清水徹は『書物について　その形而下学と形而上学』岩波書店、二〇〇一年）において、「この「二百二葉」という数は「半世紀来の覚書の山」としてはあまりにすくないし、そのなかには明らかに八〇年代末から九〇年代はじめのエッセーや手紙の下書と推定できるものがずいぶん混じっている」と述べている（同書、二五二頁）。

147 Michel Leiris, « Arts et métiers de Marcel Duchamp », *ESA*, p. 600. 岡谷公二編訳『デュシャン　ミロ　マッソン　ラム』に収録。

148 Raymond Bellour, « Entretiens avec Michel Leiris », *RDJ*, p. 1279.

149 円城塔「人生を小説にする野望の行方」『朝日新聞』二〇一八年三月二十五日。

150 ライプニッツ『モナドロジー』谷川多佳子／岡部英男訳、岩波文庫、二〇一九年、二四二頁。

151 保坂和志『小説の誕生』前掲書、一九頁。

152 Michel Leiris, *Biffures, op. cit.*, *RDJ*, pp. 3-6.

153 ライプニッツ『弁神論　下』佐々木能章訳、工作舎、一九九一年、一五七頁。

154 同上。

155 同上。

156 もとのフランス語の savoir-vivre は「処世術」とも訳しうるものだが、むしろこの場合は倫理的な性格が強い。

157 「強い影響下」というのはわかりやすい表現だが、その二年前に書かれた「闘牛として考察された文学」にあっても、初出の『レ・タン・モデルヌ』誌の政治的姿勢を意識しながらも、ブルトンへの言及などの点で、そこから微妙に離れようとする二重の身ぶりがすでに見られるように思われる。

158 Raymond Bellour, « Entretiens avec Michel Leiris », *RDJ*, p. 1278.

159 最初のレリス論の著者となったモーリス・ナドーは、その書名の副題として「円の求積問題」という表現を用いている。

160 Michel Leiris, « A propos d'une œuvre de Marcel Duchamp », *ESA*, p. 596.

161 岡谷公二『レーモン・ルーセルの謎』国書刊行会、一九九八年、一〇二-一〇三頁。

162 Michel Leiris, *L'Age d'homme*, *op. cit.*, p. 20.

163 Michel Leiris, *Fibrilles*, *RDJ*, p. 555.

164 このように書いた直後に、ルーセルとレリスは二人ともパリ十六区にあるジャンソン＝ド＝サイイ校を出ていることに気づいた。

165 Michel Leiris, *Frêle bruit*, *RDJ*, p. 986. Michel Leiris, *Journal* 1922–1989, *op. cit.*, pp. 638–639.

166 Michel Leiris, *Journal 1922–1989*, *op, cit.*, p. 639.

167 Michel Leiris, « Arts et métiers de Marcel Duchamp », *ESA*, p. 602.

168 カルヴィン・トムキンズ『マルセル・デュシャン』前掲書、一〇頁。

169 Michel Leiris, « A propos d'une œuvre de Marcel Duchamp », *ESA*, 596.

170 Madeleine Chapsal, *Les Ecrivains en personne*, Union Générale d'Editions, 1973, pp. 146–147.

171 Michel Leiris, *C'est-à-dire*, *op. cit.*, p. 49.

172 Eric Jolly, « Du fichier ethnographique au fichier informatique. Le fonds Marcel Griaule : le classement des notes de terrain », *Gradhiva*, n°s 30–31, Jean-Michel Place, 2002/2002.pp. 81–103. とくに『ミノトール』誌第二号の特集に示されるカードを用いる調査方法については拙稿「グリオールとレリスのあいだに——ドゴンの儀礼をめぐるジャン・ルーシュの映像誌」（金子遊／千葉文夫編『ジャン・ルーシュ』森話社、二〇一九年）を参照頂ければ幸いである。

173 タイトルの Torture-morte は、もちろん「静物」(nature morte) をもじった言語遊戯である。アルトゥーロ・シュワルツによるデュシャンの「カタログ・レゾネ」を参照すればすぐにわかるが、《私の舌を私の頬のなかに入れて》(*With My Tongue in My Cheek*)、《拷問＝死物》(*Torture-morte/Still Torture*)は、《彫刻＝死物》(*Sculpture-morte/ Still Sculpture*)と合わせて三幅対を構成している。制作年はいずれも一九五九年である。なおここでの日本語タイトルはあくまでも仮のものである。Cf. Arturo Schwarz, *The Complete Works of Marcel Duchamp*, revised and expanded Paperback Edition, 2000, Delano Greenidge Editions, 2000, pp. 820–821.

174 「一九四五年一月十三日、キースラーは「宇宙詩」に使う予定の写真を確認しに、レインフォードのスタジオを訪れた。そこでは、偶然にもデュシャンが暗い背景を背に、肖像写真のポーズをとろうとしているところだった。彼は化粧粉を顔と髪にたたいて、上方から照明を当てて仮面のような効果を高めており、実際よりはるかに老けて見えた。デュシャンは、後日この写真を『ヴュー』の一九四五年三月号の最終頁に、スティーグリッツによる横顔の肖像と並べて載せた。スティーグリッツの写真には一九二二年の表記と「三十五歳のマルセル・デュシャン」というキャプションが、そしてレインフォードの写真には一九七二年の表記と「八十五歳のマルセル・デュシャン」というキャプションが入れられている。」マシュー・アフロン『デュシャン　人と作品』日本語監訳中尾拓哉、日本語翻訳奈良博、フィラデルフィア美術館／東京国立博物館、二〇一八年、一〇四頁。

175 Michael R. Taylor, « Visiting the Alte Pinakohtek with Marcel Duchamp », *Marcel Duchamp in Munich 1912*, Schirmer/Mosel, 2012, p. 55.

176 Michel Leiris, *L'Age d'homme*, *op. cit.*, p. 97.

177 *Ibid.*, p. 107.

178 『縫糸』では、クロード＝ベルナール病院で意識をとりもどしたレリスを襲う幻覚のひとつに彼がスノッブな英国人作家夫妻に変貌するというものがあった。また本書第五章で触れたように、『成熟の年齢』では、男女の衣裳を交換することによってはじめて性交渉が可能になったという体験が語られている。

あとがき

本書の原稿をひとまず書き終えたとき、フランスに行ってレリスの足跡を辿り直してみようという考えが頭に浮かんだ。

ただしレリスが長いこと暮らしたセーヌ河に面したアパルトマンについては、これまで何度もその前を通ったことがあるし、彼が勤めていた人類博物館があるトロカデロ広場の界隈は、昔はシネマテークがエッフェル塔に臨むテラスを介してこの博物館に隣接していたこともあって、筆者にとってはすでになじみ深い場所である。留学時代はそこに行くのに、六十三番のバスを使うのが常だったが、おそらくレリスもまた同じ路線のバスで通っていたのだろう。ほかにも、訪れたことがある場所はいろいろある。子供時代のレリスはパリ十六区のオートゥイユ界隈に住み、何回か引っ越しを経験しているが、どの住居も半径にしておそらく数百メートル程度の区域に集中しており、そのすべてを確認して歩いてみたことがあった。二十代半ばにルイーズ・ゴドンと結婚したレリスがカーンワイラー夫妻とともに住んだブローニュ＝ビヤンクールの家も行ってみたし、ブロメ街のアトリエ跡の公園も訪れたことがあって、以上の場所を訪れるだけだったらいまさらパリまで行く必要があるとは思えない。

それでもペール・ラシェーズの墓はまだ詣でたことがなかったし、そのほかに、可能ならば子供時代のレリスが夏を過ごしたパリ郊外のヴィロフレー、そしてレリスが最期のときを迎えたサンティレールの別荘も訪れてみたいと思った。こうして急遽パリに一週間ほど滞在することにしたのである。六月に入ったというのに、天候のすぐれない肌寒い日々が続き、場合によっては上着の下に薄手のダウン・ジャケットを着込んでちょうどよいくらいだった。

パリを訪れるたびに、記憶は鮮明なのに、時系列の混乱に似たものを体験することになるのはどうしたことなのか。最初の滞在はもう四十年以上昔の留学時代だが、その後の長期および短期あわせると十数回におよぶ滞在のどの時点の出来事なのか、パリに足を踏み入れたとたんにわからなくなるのだ。少しばかり大げさな言い方だが、これはむしろ、自分から進んで時系列の判別がつかない迷路のような状態にわが身を投げ込みたいという願望があるからだといったほうが正確かもしれない。本書で触れられたジャコメッティの「記憶の円板」を連想させる現象だが、あちらが完全なる円をもって成立しているのに対して、こちらの場合は、パリという都市の外周をそのままトレースしたような楕円形である。現実のパリを掌にのるほどの大きさに縮小した「記憶の楕円」、そこには時系列の整序を嫌い、ただひたすら強度の体験としてみずからをさしだそうとする幾つかの出来事がピンでとめられている。楕円であるからには中心というべきものが二つあるはずだが、そのうちのひとつには間違いなくミシェル・レリスの名が書き込まれている。

＊

六月九日日曜、この日は小雨が降る空模様だったが、夕方にはすっかり晴れて青空がひろがった。六時を過ぎてもまだ昼間のように明るい。そのとき筆者はレリスが別荘として利用してきた家の前庭にいて、高台から眼下にひろがる広大な庭園を眺めていた。

サンティレールは、パリ南郊百キロほどのところにある小さな村である。一枚の写真、そしてこの別荘に関する若干の記述を手がかりにして、その家をさぐりあてることができた。家は高い塀に隠れていて、外からは二階部分がかろうじて見えるだけである。それでも敷地の脇を通る緑の小径はおそらくレリスが愛犬を連れて出た散歩道だろうと見当をつけて、これを少しばかり歩いてみるだけでも来た甲斐はあると思うことにした。ところが、現場をさぐりあてたというささやかな満足感だけで終わらずに、その先に予想しない展閑があったのである。類い稀なる幸運が重なったとしか思えないのは、家というよりも屋敷と呼ぶべきその大きな建物と庭の現在の主《あるじ》となったJ夫妻が、縁もゆかりもないわれわれのために門をひらき、邸内に迎え入れてくれたことである。家の裏手の大きな門から中に入ると、左手には廃墟となって久しい聖アウグスティノ女子修道会の建物跡がある。かつてその前にはピカソの巨大なコンクリート作品《腕をひろげた女》がおかれていたが、これはその後ポンピドゥー・センターに寄贈され、いまはリール市郊外の美術館の庭にあるという。

廃墟の脇を通って前庭にまわり、塀の向こうに広大な庭がひろがるのを見下ろしながら、本書を書いたのは、ただひたすらここに来るためだったのではないかという不思議な思いにとらわれた。普通ならば、話は逆になるにちがいない。ある場所を訪れるのは、本を書くことに付随する行為であり、いわゆる現場を確かめ、そのことで対象の理解を深めるなど、本を書くという目的に応じた理由がある。本を書くことが主たる目的であり、ゆかりの場所を訪れるというのは、あくまでも二次的な行為であるというわけだ。しかし、サンティレールの家の前庭に立って下を見下ろしたときの自分の感覚は明らかにそのような流れではとらえきれないものだった。要するに、四月半ばから五月の連休明けまでひたすら原稿を書き続けたのは、前庭から下を眺め降ろすこの幸福感を味わうためではなかったのか、そのような不可思議な体験に結びついた魔術的な場に足を踏み入れるのに必要な通行許可証を得るためだったのではなかったのかと思ったのである。

庭を少し歩いて、建物を外側から眺め、何枚か写真を撮らせてもらう、こちらはそれくらいのつもりでいたが、J夫妻は家の中に招き入れてくれ、レリスが最期のときを迎えたのは前庭から見て一番右側の二階にある寝室だったとか、グアッシュと墨を使って食堂の壁にじかに描かれたフェルナン・レジェの絵は、ポンピドゥー・センターへの寄贈作品の目録に入っているが、壁ごと切り取るわけにもゆかないので、そのままここにあるのだという話をしてくれた。夫妻はサンティレールおよびこの家に関するさまざまな文書を取り出して見せてくれたばかりでなく、文書の幾つかを私に託してくれた。J夫人は必要なドキュメントがあればいくらでも送ってくれると親切に言ってくれたが、自分にとって大事なのはドキュメント以上に、いまあなたとお話をしているこの瞬間なのだとそれに応じたのは、社交辞令でもなんでもなく、心底そう思ったからである。

三十年近く昔のことになるが、雑誌「みすず」にレリスの死に関する記事を書いたとき、サンティレールはどんなところなのだろうかという思いがふと頭をかすめたのを覚えている。その後レリスの『日記』の翻訳や、さらに『ゲームの規則』の第三巻目にあたる『縫糸』の翻訳の過程で、繰り返しサンティレールの名に出会い、こちらの記憶のなかにこの固有名は沈殿し、いつのまにか堆積層を生みだしていた。とくに『縫糸』では、これもまたレリスにとってなじみ深いサン゠ピエール゠レ゠ヌムールの家および庭との対比でサンティレールの家と庭の記憶がたどりなおされる箇所がある。といってもレリスは夢のなかにあらわれる庭の話をするだけで、この家と庭の具体的描写をあえて避けているようでもある。むしろそこにレリスの書法の基本的な特徴が見出せるといってもよい。この家についてのより具体的な記述は、ブラッサイの『語るピカソ』やピエール・アスリーヌの『カーンワイラー――画商・出版人・作家』などに見出されるが、この家の生きた記憶という点ではジュルジュ・ランブールの短文にまさるものはない。アスリーヌの記述もこの文章に多くを負っている。

ところでこの家を探しあてることができたのは、旧知のW夫妻のおかげだったことに言及せずにすますことはできない。この日の午前はW夫妻および妻と一緒にヴィロフレーを訪れ、子供時代のレリスが夏の休暇を過ごした家があったという通りを歩いてみた。昼前から午後遅くまでは、クーランスのお城や、ミリー゠ラ゠フォレにあるコクトーの家などを訪れ、サンティレールに向かったのは午後もかなり遅い時間になってのことだったが、見渡すかぎりどこまでも平らにひろがる風景のなかをただひたすら走り続ける車の助手席にいた私はすでに幸せだった。スタンダールが語る「幸福の約束」とはあのような状態を言うのではないか。アメリカへの取材旅行が二日後に迫っているというのに、おそらく二百キロ近い行程を疲れた表情などいささかも見せずに運転してくれた畏友WK、インターフォン越しに来意を静かにしかも雄弁に説明してくれたW夫人、インターフォンのやりとりにいたる前、もう諦めて帰ろうとするところ、最後のだめ押しの呼び鈴を押してくれた妻も含めて、奇跡というべき出来事は、類い稀なる連繫プレーによってもたらされたものだったことを記しておきたい。

＊

一九四〇年代前半からほぼ半世紀近くにわたりレリス夫妻はパリ六区のグランゾギュスタン河岸五十三番の二に位置する建物五階のアパルトマンに暮らした。今回のパリ滞在にあたっては同じ番地に位置するホテルに宿泊した。まえもって五階の部屋、セーヌ河に面する部屋とそうでない部屋の両方を頼んでおいたのは、レリスがアパルトマンから眺め降ろしたセーヌ河の同じ風景を自分の目でたしかめてみたいということがあり、そしてまた半ば冗談だが、場合によってレリスが自殺未遂事件を引き起こした一室と壁を隔てて隣り合わせになった部屋に滞在することもありうると考えたからだった。

ホテルを引き払う間際になって、最初の三日間に宿泊した一室が中庭を隔ててレリスが暮らしたアパルトマンと正面から相対する位置関係にあったことに遅まきながら気づいた。ホテルはレリスが長いこと暮らしたアパルトマンのある建物と横並びになっているだけでなく、その背後に回り込むかたちになっていることに最初のうちは気づかなかったのである。もともと空間的な位置関係の把握には弱いところがあるのかもしれない。不覚だったが、逆に最初の日の未明、時差のせいもあるのだろうが眠れないまま、中庭を隔てて相対する向こう側の建物になぜか知らないが不思議に目が引き寄せられた瞬間の記憶がかえって強まることになった。階段の踊り場と思われる部分だけは照明で明るいが、それ以外は暗く、そしてあまりにもひっそりと静まり返っていた。

そのとき私がそれと知らず見つめていたのは、一九四四年三月十九日にはピカソの芝居『尻尾を摑まれた欲望』の私的な上演に立ち会うために約百名の人間がおしかけ、さらに一九五七年五月末日にはレリスが自殺未遂事件を引き起こした場所だったというわけである。レリスの遺言執行人ジャン・ジャマンから聞いた話だと思うが、レリスの死後、アパルトマンは彼の一番上の兄ジャック・レリスの子孫の手にわたったという。ただしこの話を聞いてからかなりの年月が過ぎていて、いまはどうなっているのかわからない。自分としては、その後の消息よりも、明け方、眠れないままに窓辺に立ちすくみ、中庭を隔てて目と鼻の先にある建物の壁面と窓から目が離せないでいたあの感覚を心にとどめておきたい。

＊

滞在の最終日は天気が好転し、午前は人類博物館を手始めに、あとはレリスが住んだ幾つかの建物を訪ねて十六区を歩きまわった。午後は墓参りのためにペール・ラシェーズ墓地に行った。彼の墓は同墓地の九十七区にあるが、見つけるのに苦労し、レリスとつながりが深かった作家ルイ゠ルネ・デ・フォレの研究に取り組んでいる留学中のＩＫが同行してくれなかったら途中で諦めていたかもしれない。

墓石には、リュシー・カーンワイラー、ジャンヌ・ゴドン、ダニエル・カーンワイラー、ルイーズ・レリス、ミシェル・レリスという順序で五人の名が刻まれている。女性三人はいずれもゴドン家の人々である。リュシーは長女、ジャンヌは次女であり、ルイーズは長いこと一番下の妹とされてきた。ほかに三女のベルト、四女のジェルメーヌがいるが、三女は画家エリー・ラスコーと結婚し、四女は若くして亡くなっているのでこの墓に二人の名前はない。レリスが亡くなって彼の日記が公刊されたとき初めてルイーズがリュシーの娘だということがわかった。そのことを知っていたのは、ピカソなどごく少数の親しい人間だけだったという。ミシェル・レリスはその秘密を墓にまでもっていったことになる。

墓に刻まれた名を眺めていると、発見というほどではないにせよ、新たな思いが湧いてくる。レリスにとって男系よりも女系の親族のつながりが大切だったということは、『縫糸』を読んでも想像がつくが、この墓に刻まれた名にもそのことがあらわれている。つまりこれはいわゆるレリス家の墓ではないのである。ゴドン家に生まれた三人の女性の名が記され、血縁の絆で結ばれた女性たちに寄り添うようにダニエル・カーンワイラーとミシェル・レリスの名が刻まれている。カーンワイラーとレリスはゴドン家を介して義理の親子の関係をなしていることになる。カーンワイラーは義理の父だが、レリスは義理の兄と呼ぶことで秘密を守り通すとともに、そのことによって父子の関係をできるだけ消去しようとしていたようにも見える。

サンティレールの家は一九五四年にカーンワイラーとレリスが共同で購入したものである。根拠のない憶測は控えるべきところだが、地所と家の購入資金を用意したのは、レリス本人というよりも画廊経営者としてのルイーズ・レリスだと考えるのが順当ではないか。つまりミシェル・レリスはゴドン家の女性たちを介してカーンワイラーとのじつに深いコネクションのなかに身を置いて生きていたわけである。

サンティレールの家の現在の所有者J夫妻はわれわれをレリスの書斎にまで招き入れてくれた。大きな机の背後にある壁一面の本棚には大判の美術書がぎっしり並んでいて、思わずこれはレリスの蔵書を受け継いだのかと尋ねると、そうではなく、この家を購入した際には本は一冊もなかったという答えだった。机の上にはアフリカの大きな木彫が二体並べられ、これもまたレリスの所蔵品だったと言われても不思議ではない種類のものだった。J夫妻はカーンワイラー＝レリスの精神を受け継ごうとしているように思われた。そのようなことがなければ、いきなり家を訪ねたわれわれのような未知の人間を招き入れてくれたはずはない。

＊

本書の献辞についてはは多くの説明は要しないはずだ。それは本書がレリスの「美術論」を主要な対象として書かれており、岡谷公二氏が、ほぼそのすべてを翻訳し二冊の本にまとめているという理由からだけではない。レリスに関することはもとより、そのほかの多くの事柄についてもまた、私はただひたすら彼の後を追いかけるようにして生きてきたように思うのだ。

本書の半分以上はすでに別のところに発表した文章がもとになっている。本書の第一章から第五章までの初出は以下の通りである。

「ミシェル・レリスの肖像――アンドレ・マッソンの場合」（マリアンヌ・シモン＝及川編『絵を書く』水声社、二〇一二年）
「ミシェル・レリスの肖像――アルベルト・ジャコメッティの場合」（『早稲田大学大学院文学研究科紀要』第五十七輯、二〇一一年）
「ミシェル・レリスの肖像――パブロ・ピカソの場合」（マリアンヌ・シモン＝及川編『詩とイメージ』水声社、二〇一五年）
「フランシス・ベーコンによるミシェル・レリスの肖像」（マリアンヌ・シモン＝及川編『テクストとイメージ』水声社、二〇一八年）
「裸体・皮膚・衣裳――ミシェル・レリスの変身譚」（『岩波講座　文学11　身体と性』岩波書店、二〇〇二年）

以上からもわかるように、マリアンヌ・シモン＝及川さんは彼女が主宰する研究プロジェクトに何度も私を誘ってくれて、発表の機会を与えてくれた。筆者が母の介護に向き合い、ほとんど書けなくなっていた時期、原稿が出来上がるのを辛抱強く待ってくれたことも含めて彼女に改めて感謝の言葉をしるしたい。また水声社の神社美江、井戸亮のお二人の編集者にも謝意を表しておきたい。

「裸体・皮膚・衣裳」は『岩波講座　文学』の編者のひとりである松浦寿輝さんに頼まれて書いた。事情があって、執筆期間は二週間ほどしかないけれど引き受けてくれないかという依頼だった。何とか〆切に間に合うように原稿が書けたのは電話口の松浦さんのしなやかな声の威力のおかげではなかったかと思う。だいぶ昔のことになるが、改めて松浦さんへの感謝の言葉を記しておきたい。

本書の起源には、研究論文として書かれた一連の原稿がある。いずれも自分としては、先行研究を踏まえ、独自の問題設定を試み、何らかの知見を新たに付け加えることをめざす共同作業の地平をめざして書いたつもりである。しかしながら、そこにはすでに研究から脱線する傾向が潜んでいたのかもしれないとも思う。本書をまとめるにあたっては、研究論文という枠のなかでは拾いきれない何かに突き動かされているのを感じることがあった。すでに発表した文章を大幅に書き直すことになったのも、このことと無関係ではない。サンティレールの高台にある家の前庭から眼下にひろがる光景を眺めていたときに自分を包んだある種の幸福感はそのようなひそかな衝動によってもたらされた何かだったのではないだろうか。逸脱をも含めてすべてを受け止め、本書を完成にまで導いてくれた尾方邦雄氏への特別な感謝の言葉を最後に記しておきたい。

千葉文夫

二〇一九年八月二十九日

図版一覧

第7章　アーティストの／としての肖像

65　マン・レイ《ローズ・セラヴィとしてのマルセル・デュシャン》［1921 頃］21.6 × 17.3cm（フィラデルフィア美術館）

66　マルセル・デュシャン《私の舌を私の頬のなかに》［1959］

67　マルセル・デュシャン《拷問＝死物》［1959］

68　35 歳のデュシャン（スティーグリッツ撮影）と「85 歳のデュシャン」（レインフォード撮影）．『ヴュー』誌 1945 年 3 月号より．

69　マルセル・デュシャン〈ローズ・セラヴィがここにいる〉［1935 年以後］8.3 × 12.7cm（フィラデルフィア美術館）

70　マルセル・デュシャン著『ローズ・セラヴィ』（1939，GLM 刊）表紙．

71　レリス著『語彙集』（1939，GLM 刊）表紙．

72　マン・レイ《シネ・スケッチ，アダムとイヴ（マルセル・デュシャンとブローニャ・ペルルミュッテル）》［1924］11.6 × 8.7cm（フィラデルフィア美術館）

73　テアトル・ド・ラ・モネでリヒャルト・シュトラウス『サロメ』を演じるクレール・フリシェ［1908-1910 頃］

［1905 頃］23 × 16.3cm（撮影者不詳，個人蔵）

第 4 章　アナモルフォーシスの遊戯

35　フランシス・ベイコン《ミシェル・レリスあるいは肖像画習作》［1978］油彩，35.5 × 30.5cm（ポンピドゥー・センター）

36　フランシス・ベイコン《自画像》［1971］油彩，35.5 × 30.5cm（ポンピドゥー・センター）

37　フランシス・ベイコン《自画像》［1969］油彩，35.5 × 30.5cm（個人蔵）

38　フランシス・ベイコン《闘牛のための習作 No.1》［1969］油彩，197.7 × 147.8cm（個人蔵）

39　ロンドン南部バタシーにあったベイコンのアトリエ［1960］（ダグラス・グラス撮影）

40　アトリエの床に落ちていたベイコンとレリスの写真（モルオール撮影）

41　同じ写真の別プリント　24 × 30.8cm（モルオール撮影）（ジャック・ドゥーセ文庫）

42　レリスがベイコンに献呈した著書『レーモン・ルーセル　無垢な人』（1987，ファタ・モルガーナ刊）の見返しに描かれたデッサン［1989 頃］（バリー・ジュール所蔵）

43　レリスがベイコンに献呈した著書『幻のアフリカ』再版（1951，ガリマール刊）に描かれたデッサン（ピカソ美術館）

44　同書の写真頁に描かれたデッサン（ピカソ美術館）

45　《ミシェル・レリス》［1975 頃］厚紙に貼られた雑誌頁に油彩とパステル，21.5 × 26.6cm（バリー・ジュール所蔵）

46　ダカール＝ジブチ調査旅行中のレリス［1932 年 5 月 13 日］18 × 13cm（ジャック・ドゥーセ文庫）

第 5 章　レリスの変身譚

47　ルーカス・クラナッハ《ルクレティアとユディット》［1530 頃］の複製写真（ロジェ・ヴィオレ撮影）

48　アントワーヌ・カロン《三頭政治下の大虐殺》［1566］（ルーヴル美術館）

49　同上，部分図，『ドキュマン』誌 1929 年第 7 号掲載の写真．

50　『ドキュマン』誌 1930 年第 6 号の写真頁．ホロフェルネスの首は，クラナッハ《ユディット》［1530］（ウィーン美術史美術館）の部分．

51　同上，写真頁．

52　『ドキュマン』誌 1930 年第 5 号掲載，アメ・ブルドン『新解剖図』（1678 刊）より．

53　フレッド・アステアとクレア・ルース．『陽気な離婚』ロンドン公演の宣伝写真［1933］

54　エドゥアール・マネ《オランピア》［1863］（オルセー美術館）部分．

55　レリス著『闘牛』（1937，GLM 刊）と『闘牛鑑』（1938，GLM 刊）より．

第 6 章　ゲームとその規則

56　レリス『ゲームの規則』執筆のためのカード 399 枚が入った箱（ジャック・ドゥーセ文庫）

57　ホアン・ミロ《絵画＝詩（音楽，セーヌ河，ミシェル，バタイユと私）》［1927］油彩，80.8 × 100cm（フォルカート財団）

58　ルー・ローラン＝ラムによる，猿のようなレリスの肖像［1982］

59　エリー・ラスコーの絵日記［1958 －］より．墨と色鉛筆，22 × 17cm（個人蔵）

60　レーモン・ルーセル『アフリカの印象』初演の舞台写真．『ル・テアトル』誌 1912 年 6 月号より．

61　『ドキュマン』誌 1929 年第 1 号掲載のミクロコスモスとしての人体像．

62　マルセル・デュシャン《大ガラス》（フィラデルフィア美術館）部分（筆者撮影）

63　ルネ・クレール監督の短編無声映画『幕間』［1924］より．チェスをするデュシャン（左）とマン・レイ．

64　レリスがダカール＝ジブチ調査旅行で記入したカードより．

図版一覧

はじめに

1　フランシス・ベイコン《ミシェル・レリスの肖像》［1976］油彩，34 × 29cm（ポンピドゥー・センター）

2　レリスの死を報じる『リベラシオン』紙 1990 年 10 月 2 日付，第 1 面.

3　グランゾギュスタン河岸の書斎でのレリス（マルティーヌ・フランク撮影）［1977］25 × 20.4cm（ジャック・ドゥーセ文庫）

第 1 章　骰子をふる男

4　アンドレ・マッソン《ゲームをする人（ミシェル・レリスの肖像）》［1923］紙に木炭，32.5 × 22.1cm（ポンピドゥー・センター）

5　アンドレ・マッソン《カード遊びをする人々》［1923］油彩，81 × 54cm（ルイーズ・レリス画廊）

6　アンドレ・マッソン《アンドレ・ブルトンの肖像》［1923 ～ 1925］紙にインク，23.5 × 30cm（個人蔵）

7　アンドレ・マッソン《ミシェル・レリスの肖像》［1925］紙にインク，31.8 × 24cm（ポンピドゥー・センター）

8　アンドレ・マッソン《ジョルジュ・ランブール》［1922］油彩，55 × 38cm（個人蔵）

9　アンドレ・マッソン，レリス詩集『シミュラクル』（1925，シモン画廊刊）のための石版画.

10　レリスによるデッサン「私自身によるわが生涯」［1928］『日記』第 3 冊の背表紙に貼られていた.

11　アンドレ・マッソン《ミシェル・レリスの肖像》［1938］紙に鉛筆，33 × 25cm（個人蔵）

12　アンドレ・マッソン《オレンジをもつ男》［1923］油彩，81 × 54cm（グルノーブル美術館）

13　エリー・ラスコー《羽毛＝男の家》［1925］油彩，46 × 61cm（ポンピドゥー・センター）

14　アンドレ・マッソン《ダンテをデッサンする私自身》［1940］紙に筆，インク，水墨，63 × 48cm（ニューヨーク近代美術館）

第 2 章　ラザロのように

15 ～ 21　アルベルト・ジャコメッティ，レリス詩集『生ける灰，名もないまま』（1961，ジャン・ユーグ刊）のための銅版画［1957］

22　『ドキュマン』誌 1929 年第 4 号に掲載されたジャコメッティの彫刻（マルク・ヴォー撮影）

23　アルベルト・ジャコメッティ《午前四時のパレス》［1932］（ニューヨーク近代美術館）

24　アルベルト・ジャコメッティ《午前四時のパレス》のためのデッサン［1932］（ニューヨーク近代美術館）

25　アルベルト・ジャコメッティ「夢・スフィンクス楼・T の死」の一部，『ラビリント』誌 1946 年第 22 － 23 号より.

第 3 章　道化役者の肖像

26　パブロ・ピカソ，レリス評論集『獣道』（1966，メルキュール・ド・フランス刊）の口絵.

27　パブロ・ピカソがレリスを描いたデッサン 9 点［1963 年 4 月 28 日］紙に粉末グラファイト，37.2 × 27cm（ポンピドゥー・センター）

28　ニームで闘牛を観るレリス，ジャクリーヌ，ピカソ［1960 年 8 月 28 日］（エドワード・クイン撮影）

29　パブロ・ピカソ，バレエ『パラード』のための緞帳［1917］1050 × 1650cm（ポンピドゥー・センター）

30　パブロ・ピカソ《バルザックの肖像》連作［1952］リトグラフ，33 × 25.2cm. レリス著『小文字のバルザックと大文字なしのピカソ』（1957，ルイーズ・レリス画廊刊）より.

31　ピカソの戯曲『尻尾を摑まれた欲望』上演の記念写真［1944 年 6 月 16 日］（ブラッサイ撮影）

32・33　南仏のピカソの家におけるピカソとレリス［1961］（撮影者不詳）

34　闘牛士に扮した兄ピエールとミシェル・レリス

著者略歴

（ちば・ふみお）

1949年生まれ．早稲田大学大学院文学研究科満期退学．パリ第一大学博士課程修了．早稲田大学名誉教授．著書に『ファントマ幻想』（青土社），編著に『ジャン・ルーシュ　映像人類学の越境者』（森話社），分担執筆に『ストローブ＝ユイレ　シネマの絶対に向けて』『クリス・マルケル　遊動と闘争のシネアスト』（以上，森話社），『引用の文学史』『異貌のパリ』『生表象の近代――自伝・フィクション・学知』『詩とイメージ――マラルメ以降のテクストとイメージ』（以上，水声社），『文化解体の想像力』『時代劇映画とはなにか』（以上，人文書院），訳書に，レリス『角笛と叫び』（青土社），同『ミシェル・レリス日記』（みすず書房），同『縫糸』（「ゲームの規則」Ⅲ，平凡社），スタロバンスキー『オペラ，魅惑する女たち』，ドゥレ『リッチ&ライト』（以上，みすず書房），シュネデール『グレン・グールド　孤独のアリア』，同『シューマン　黄昏のアリア』，オーデル編『プーランクは語る』（以上，筑摩書房），クロソフスキー『古代ローマの女たち』（平凡社ライブラリー），マセ『最後のエジプト人』（白水社），『マルセル・シュオップ全集』（共訳，国書刊行会），ジャンケレヴィッチ『夜の音楽』（共訳，シンフォニア）などがある．

千葉文夫
ミシェル・レリスの肖像
マッソン、ジャコメッティ、ピカソ、
ベイコン、そしてデュシャンさえも

2019年10月25日　第1刷発行

発行所 株式会社 みすず書房
〒113-0033 東京都文京区本郷2丁目20-7
電話 03-3814-0131（営業） 03-3815-9181（編集）
www.msz.co.jp

本文組版 キャップス
本文印刷所 加藤文明社
扉・表紙・カバー印刷所 リヒトプランニング
製本所 松岳社

ISBN 978-4-622-08847-9
［ミシェルレリスのしょうぞう］